花月日記 文化九年・十年

木村三四吾編校

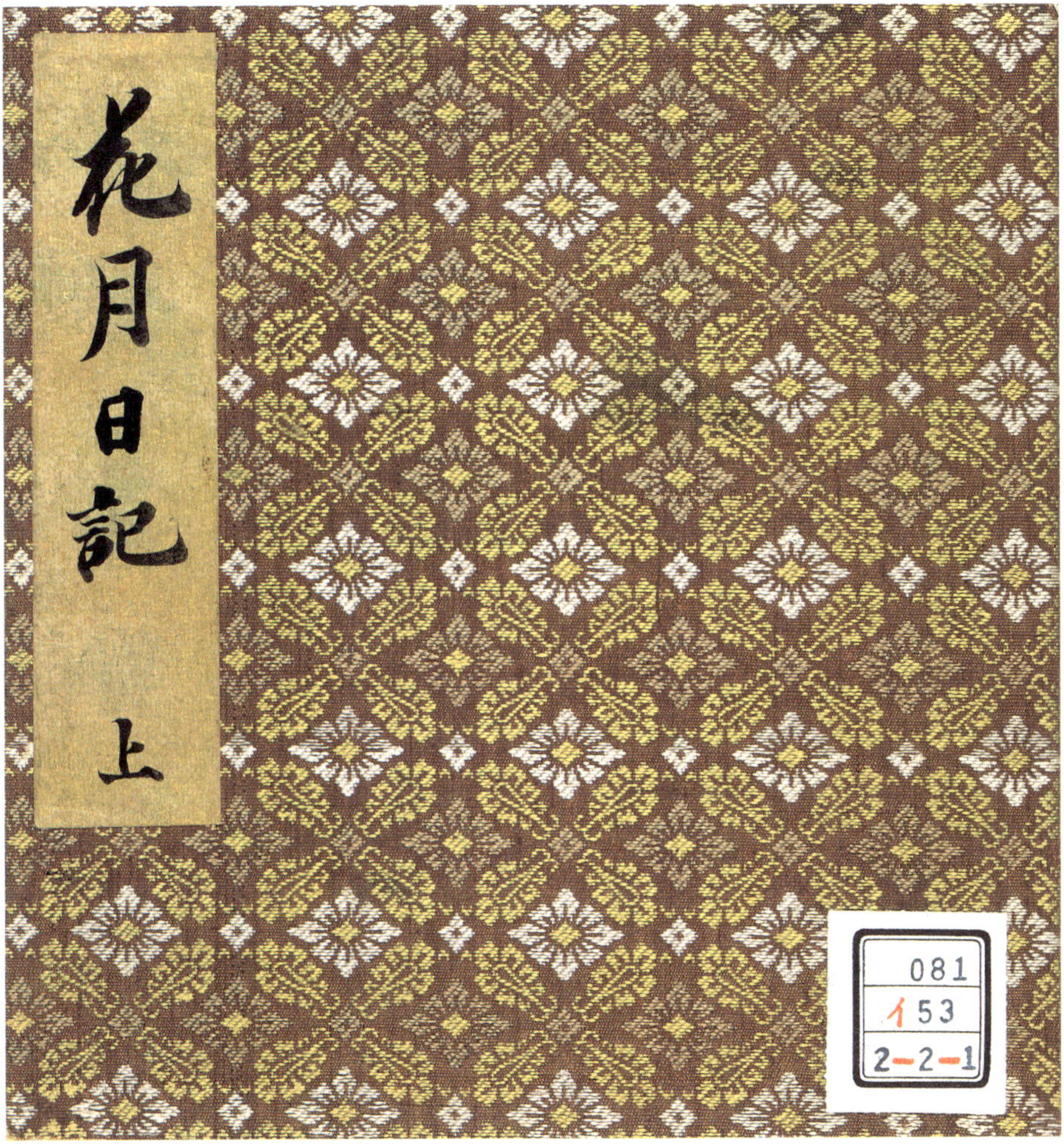

花月日記 文化九年 上

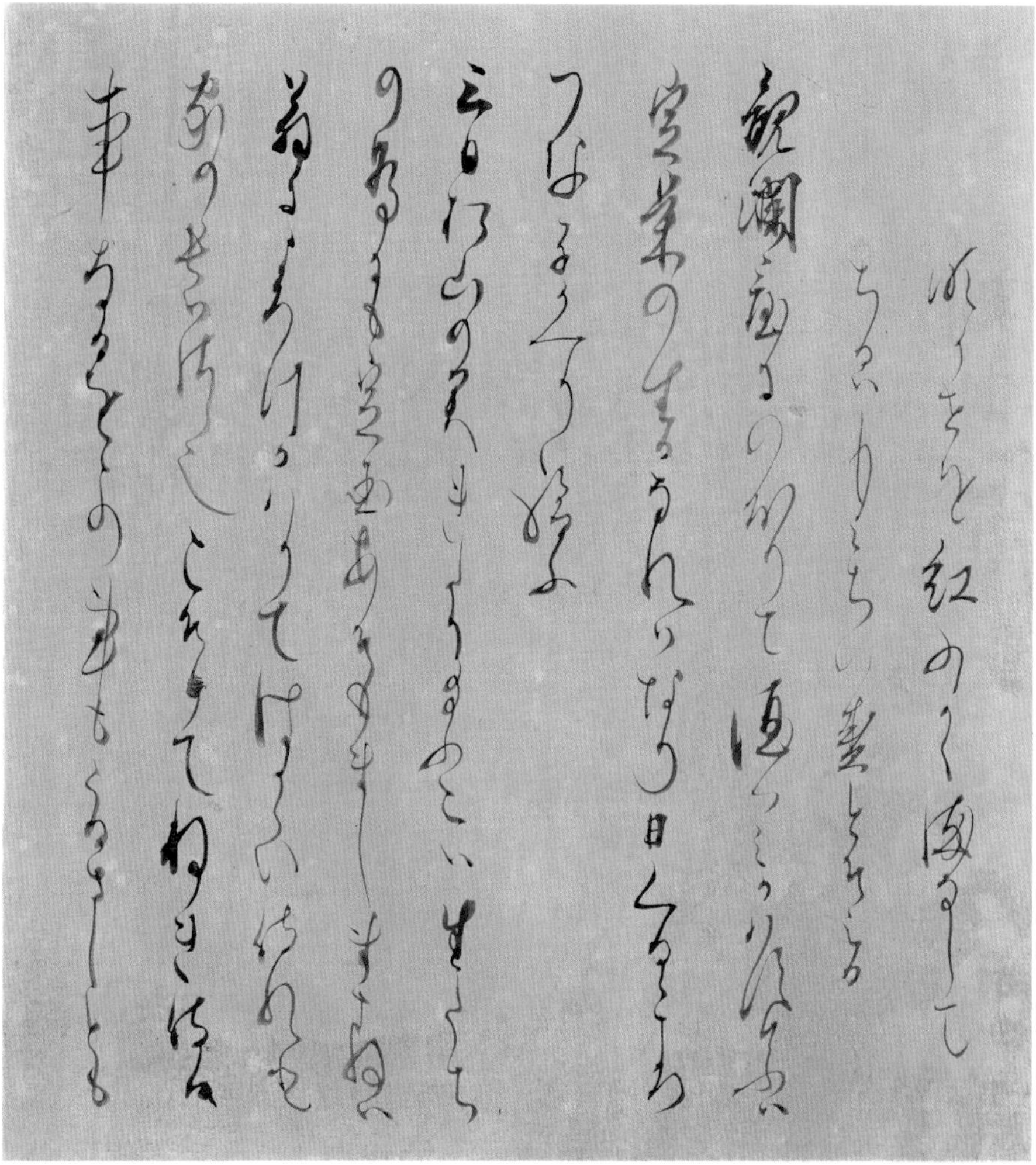

花月日記 文化九年 下

浴恩園眞景（星野文良画）

目次

花月日記 文化九年・十年

凡例

一、本書は天理図書館蔵松平定信文庫（図書分類記号 081/イ53）所収松平定信自筆清書本『花月日記』全三五帖のうち、文化九年十年度分六帖を翻刻したものである。即ち、

　文化九年　上冊―自四月六日至九月、下冊―自十月至十二月、計二帖

　文化十年　春冊・夏冊・秋冊・冬冊、計四帖

一、翻刻にあたっては、用字は、漢字は当用漢字、仮名は通行の平仮名によるを原則としたが、明らかに片仮名意識あるものはその書体表記に従った。

一、句読点・清濁は私意により仮りに新補したが、底本の既に濁れるには（濁ママ）と傍記し、以て原補の別を明らかにした。

一、原本に於ける誤記訂正、補記傍書はそのままの姿に従ったが、明らかに誤記して、そのため文意不通と思われるものについては（ママ）とのみ傍注した。但し、当時通行の仮名遣い等の誤法、例えば願ひ・願い両用の如きはそのまま原に従った。

一、和歌表記の体裁については必ずしも原本の姿に従わず、上下句二行分ちがき、下句一字下げの形式に統一した。

一、文中人名称呼に付して頻出する「うし」を「氏」と解して「うじ」と濁り読むか、「大人」に宛てて「うし」と清むか、両々ともに用例もありにわかに決しかねるが、しばらく「大人」に従い、「うし」の訓みに統一した。

一、底本のうち、文化九年度分上下両帖の複製は天理図書館善本叢書第七十九巻所収。その書誌等については同書日野龍夫氏解題参照。なお、三葉の口絵は、許可を得て、同叢書本に所収のものをそのままに流用したものである。

一、参考として、天理図書館蔵松平定信自筆『浴恩園仮名記』（図書分類記号721/イ51/3）の翻字、及び松平定信文庫本天保十三年写成『浴恩園御在時之図』、ならびに文化十年須原屋茂兵衛版分間江戸大絵図中の松平越中守下屋敷近辺図を付載する。

花月日記

文化九年

卯　月

六日　願ひゆりてけり。つくゞゝと思に、わがごときものといへども、かくめでたき御代なれバこそ、楽ミ侍ることも出くれ。

　やすけなき世ならバいかで世を捨て
　　此たのしミの身とハなら南

かくてぞ、楽翁とハいひける。先のとし、この願いのほゐしろしめて、おもき仰を蒙りけるときになむ(上一オ)、

　契置し月と花とにたがふとも
　　たがハじものを君が恵に

とよミて、病やしなひつゝ、しゐて出でつかふ侍りけるが、はや三とせになりにけり。年月のそふにぞ老ぼれ行て、けさきゝしことも、いひしことをも、わすれがちなれバ、翁さび、人のわらハん事のミはづかしくぞ思ひける。

　月花も君が恵のひかりより
　　またよにしらぬ色かをぞしる

心のうちのどやかに、何を見、何を(上一ウ)きくにも、いとしづかなるそらゐ、今までしらざりけることを、けふなん、

　月花もまたか斗の色かとハ
　　しらで過こし身をおもふかな

わがごとき愚なるものも、かくおもきつかさ位を得て、家をも新らしうものし侍りて、世にところせきミとなりて、けふまでも此月はなのか斗なりしをしらざりけるミを、くりかへしおもへバ、御恵のいはんかたなきなり(上二オ)。けふよりこそ、

　雲風をうきよの空に残し置て
　　いざ月花をわがものにせん

かくてしもわすれぬものハそのかミの
　　御階のはなに高殿の月

かゝることばなどをもて、花月老人とミづからいふ。つ

かゝまつりしうちにも、よのとがめにあひしこともなく、天明の比よりいまに至るまで、御恵の聊かハる事なく、世にも人にもこえしミとなれバ、只いかゞあらんとのミ（上二ウ）おもひたるに、まづけふにてつかへし道ハおへにけり。されど、この末にも人の物わらひとなりて、かれこそことになし給し人なるが、いかでかいまハかくよ、などいはれんハ、身のはじのミかハ、と念じて、

　いまこそハちり行花よちるとても
　　名だゝる花の名をバくたせじ

ほこりかなるやうにも聞ゆらんと、これらの歌ハ人にも祕してけり。其（上三オ）日、酒くミあひて、御恵のかしこさをかたりあひつゝ、なきにけり。

七日　郭公のなきし、といふをきゝて、

　人つての人のことさへ老がミハ
　　耳傾けてきくほとゝぎす

けふなど、事少なゝれど、たゞかの兎裘へうつらんとて、てうどゞも引ならべ、あるハこの調度ハ家にのこすべし、こハわがもてくべし、といふもかねて定めたれど、いまさらの事にもさたし侍る事おほし。わが一代に（上三ウ）つくりたるもの、得てしものなどハ、皆もて行ぬ。いさゝかのうつハにても、かねて家にありしものハ、ようなきものもミなのこし侍るなり。家守のしろがねの兵庫くさりの太刀、くま毛のよろひ、さかきのやり、馬じるし、ことに賜ハりし馬具なんど、あらためてゆづりつ。きのふのよろこび、とあるハせうそこ来り、またハつかひこし給ふなど、いまだ世のちりに交ハる（上四オ）こゝちす。されど、家国の掟・まつりごとなどハ、花橘録・哀鳴筆記なんどいふくさ〴〵にかい置て、定永あそにまいらせ、大臣心得べき事、又ハ非常・軍旅のこと、その余つかさ〴〵の心得べき事の巻々かいをけるを、それ〴〵にあたふ。されバ、これらの事にハさして口たゝく事もなし。

八日　月、いとさやけし。弥兎裘を思ふ。

九日　阿波少将、きたり給ふ。この人、旅だつなれバ、はなむけとて、あけの日（上四ウ）、

海山の日ごとにかハるけしきにも
　草の庵の露なわすれそ
九鬼泉州もたびだてバ、
　旅衣きつゝなれてものべの露
　　やまのあらしハミにやしむらん
道服初てきたる時になん、
　橘のか斗かハるたもとにも
　　むかしミはしのもとハわすれず
七日のころにやありけん、今わすれたり。致仕して、さまぐ〳〵の職名つくるハいかなる事にや、しらず。わがまたきぬ（上五オ）べき衣の定りもなければ、むかし西山公の道服の製、今ものこれるをうつして、きしなり。されど、そハたけながし。よて、ちゞめぬ。心にまかするが此服のもと也。
十一日　楽亭へうつりぬ。軒の松かぜ、いと静なり。酒などもて心やるべき心もなく、池のおも、岩のたゝずまゐ、夏木立のしげりあひたるも、けふをまち得しやうになん。つねハ、時によりて侍臣などよび出で、酒くミあひ、興じたるが、かゝる心もなし。長岡の君よりつかひものして、盃にことの（上五ウ）はそへて、たまふ。定永あそもきたり給ふ。めずらしさに、あかず庭をめぐりありき、夜ハはやくいねぬ。
　かくてぞ、ひるハ園中散歩逍遥し侍れバ、ともしびつくるころハいとねぶく、戌の半刻に閨に入るハむかしよりの事にて、かゝることも、かゝるミとなりて心のまゝにすべしとハ思ハず、うちしのびて、やう〳〵その比に至りて閨に入も、おかし。されど、老の習いのねざ《（ママ）》ハ怠らず、いと心の底ぞすミぬる（上六オ）。
十三日　おもき職つとめたるころより内献上をなすが、溜の職となりてもかハらずなしゝ也。致仕の後ハいかゞあらん、と平岡氏へいひやりたれバ、たゞちに御けしきうかゞひたるに、今にかハらず、たてまつれ、との御事にて、ミづからせうそこし給ふ。いと有がたき御事なり。

十四日　大洲の君、たびだつ、とていとまごひにきたり給ふ。

十五日　定永あそ・つな子、きたり給ふ。打つれて、園中ありく。浸月亭にて酒出したるに、かゝるうへハ事少なゝるこそ（上六ウ）おかしけれ、とは《さ》かなもいとさゝやかなるうつハにいれしのミにて、事そげたるも、つき〴〵し。こよひの月ミ給へ、よそハともしなくかへり給ふ事なれど、こゝハ例もあるまじ、とて心よく打ものがたり居たるが、くもりたり。

十八日　隠居・家督の御礼あり。けふハたき子のすまゐへ行、はやかへる。

十九日　長岡の君・墨水の君、きたり給ふ。高崎の君きたり給ハゞいと興あらんといひあひて、つかひはせていはせたるが（上七オ）、そのつかひかへらざるうちに、はやこし給ふ。いちはやき人なり。けふ、竹が岡より、いきたる鯛などこす。けふもけふも、定永あそ、長岡の君にあひ給ハん、とて来り給ふ。

廿一日　よべより、雨風あらく侍りし。この比より、田安に居給ふあま君、何となふつねにあらず、といひこしたり。さらでも、一たびよろこび、おそれ侍るものを、ことし八十余り五になり給へバ、つねならぬときくにも、むねうちつぶる。雨風をもよそにして立出しが、道半行ほどに雨やミて、空はれぬ。久しく出ざりしかば（上七ウ）、田安の君などいとよろこび給ひて、何くれと心尽し給ふも、かたじけなし。あま君もよろこび給ふより、御心ちもさハやかなり、といふ。いかにも、きゝしよりハたいらかにおハしましぬ。さま〴〵ものがたりなどして、またこそ、とてかへりぬ。

廿二日　定永あそ、きたり給ふ。

廿三日　かきつばた・芍薬ハ盛過たり。さうび、少しひらく。

廿四日　つなこ、来り給ふ。

廿七日　此ほとりの浜の御園へ、御船にてならせ（上八オ）

給ふ。わが園の寂然亭のつゝミの下ハ海にて侍れバ、翁も小はかまに道服きて、秋月亭のあたりに、ならせ給ふまで、居たり。

廿八日　田安の長野内蔵、きたる。こハ御使也。ミづからかい給ひし画に、おかしき籠にさかな入て、給ふ。内蔵も、ゆりの花にたんざくかけてふものをつけて、ミづからの歌をかいて付て、出しぬ。是も、翁がいと事そげたるすまゐを興じたり。ゆりの花ハさき草といへバ、けふにつき〴〵しくこそ。

この日記、ミな月の比までは、事あるとき斗しるしたるを、日なミにかき侍れといふ(上八ウ)ものゝありしかば、そのゝちハゑうなき事もかいたるが、げにほどへてミれバ、われながらおもしろく覚ゆるにぞ、秋のころよりハくハしく成にけり。

さつき

朔日　入梅といへど、空いと晴たり。けふハ、北のかたとゝもに、八丁堀の邸へはじめて行。何くれとふたりして孝つくし給ふをミるハ、月花よりもげにこそ。

三日　定永あそ・つな子、来り給ふ。

四日　池の岸なるあやミ（ママ）を、ミづからひくとて（上九オ）、

　われもまた世の人なミにあやめ艸
　ひかばや千よの為ならなくに

ひさしハ土もりて、草しげる軒なれバ、ところ〴〵によもぎそへて、さゝせたり。百草などとりあつむる事など、さたす。

五日

　けふのミのなれが盛ぞあやめ艸
　はなにも匂へ露の朝かぜ

　われこそハミくさがくれのあやめ草
　ひかれぬのミかかる人もなし

服部丹後、白川へかへる。明月楼にて、酒などくミ、歌などよむ（上九ウ）。

七日　八王寺あたりより、蛍おほくつゝミて、こしたり。くれまちて、庭へはなつ。所得がほに飛かふ、いとおかし。月さやかなる夜、物むつかしきこかげも、なつかしきまでにミゆ。

八日　月、うすし。

九日　雨、ふる。

十日　何となふ、五月雨おぼゆるけしきなり。述斎君のもとへいひやりける、

　五月雨に軒ばの松のかぜたへて（上一〇オ）
　いとゞしづけきわが庵かな

十一日　また、定永あそ・つな子、きたり給ふ。月ミに、となり。また、くもる。

十三日　月、いとよし。定永あそ来り給ひて、船さしてあそび給ふ。

十四日　花あやめを献上す。致仕のうへも、かゝる事なんいとミにしミて覚侍りぬ。

　長き根の契絶せであやめ艸
　　あやめもわかぬ恵をぞ思ふ

七日のころより季三郎いたミわづらひたるが、こぞハふしぎにおこたりぬ、ことしハ（上一〇ウ）いかゞあらん、と思ふ。日にまし、よからぬありさまなり。

十六日　季三郎、弥、不豫、不乳、疳症を発す。扶桑花、はじめてひらく。あぢさゐ、盛也。清水寺縁起きたる。うつしをけ、といひつくる。

廿日　季三郎、ミまかりぬ。つねにいとよハく侍りたり。かのむかし物がたりに、ひかるといひけむもかくこそ、とミな人々いひけり。いかにもめづらしきまでに生れ出で、ことしふたつにて侍れども、ものゝわきまへもありし。いかなる人にかおひたゝんとおぼえたるも（上一一オ）、かゝるべしとにやありけん。翁ハ、かの子に遠ざかる、などかしこき道まねぶにハあらねど、心にハいとほしくもあハれにもおぼゆれど、人のごといだきかゝへなどし侍る事もせざりしが、十あまり五日の比にか有けん、翁をミ給ひてハいだかれたきさまし給ふ事、たび〳〵なりし。こハめづらしといへど、もし永訣の為にハあらざめるや、と心にハいむほどにおもひたりしなり。老たるミハ、させるほどにあらでも、いたづきなどゝもなり侍れバ、こたびハいかゞあらん（上一一ウ）、と定永あそをはじめ、あんじものし給ふけしきなり。翁、老たりとて、くりごとなどいひ、ゑうなき事に心をいため侍る事なけれバ、さしてかハる事もなし。つな子のもとより、かゝるべきたねとなりしがなでしこの世にたぐひなき花とミてしも　なんど、いひこし給ふ。

　かゝるべき契なれとや撫子の
　　色しもふかく思ひ初しハ

廿一日　定永あそ、つとめて、来り給ふ。

廿二日　浜川荻かぜの十あまり七に（上一二オ）なりたるむすめの、久しくわづらひたるが、けふなん身まかりぬと

きゝて、くだものなどこにいれて、歌をさへつかハしける、

かゝるたぐひあれバあるよとなぐさめて
よその歎の袂をもとふ

あハれなることゞも、いとおほかり。季三郎生れしときよりいだきかゝへたる老女が、ぢぞうぼさの文字をかミにをきてよミしうちに、うさぎせし御手に念珠をかけて、とやらんよミしそのことおもひいでゝ、むねつとふたがるを、ねんじてかけ出で、草木などに水そゝぐなり。こゝへうつり侍るまでハ、日毎（上一二ウ）に書写をたのしミとして、あまたの双紙をうつしものし侍るハ、かぞへ尽すべうもあらざりけり。こゝへきたりてハ、日ごとにいく度となく園中を散歩し、例の書写もおこたりぬ。雨ふる日、又ハひるのうちあつき比ハ、とり出しつ。此ごろ、草根集のあまりに巻々のおほくて、ミがたけれバ、題をわかちて抄出したるが、おハりにけり。六家集も名家のなれバ、部類してをかんにハ、末学の為ハしらず、翁などのミ侍るにもたよりよけれバ（上一三オ）、善本をもて校合し、後鳥羽院の御集をもくハへて、書あつむる事をはじめたれど、昔とかハりて、散歩逍遥に時をうつし、盆にうへたるものを朝夕水そゝぎ、夜ハ庭へはこび、朝ハ軒の下にをくなど、水もミづからくミてはせありくにぞ、事とぐる事おそかるべし。たゞ、ひめもすかうやうのゐうなき事をしてやしなひ侍るのミうきに、かゝれバいとゞおとろへて、物おぼえあしくなりもて行ぬ。

わすれ草しげさまされる老がミハ（上一三ウ）
こいしのぶてふ事だにもなし

夕やミの空打まもりて、

月ならで袖とふものハ夕やミの
空にさやけき松かぜの声

廿七日　述斎君より、先のころ、対州へ行給ふ道にてもとめ得給ひし、とてよど川の水車のつるべと、たごの浦のしほくむ桶をこし給ふ。いとうれしくて、つるべにハ、くミあげてミれど月也水車　とかきて、花いくるうつハ

にす。しほ（上一四オ）くむおけによてよめる歌、

たごのうらやしほくむあまの袖かけて
　ミるめはるかにかすむなミかな
たごのうらやしほくむあまの心にも
　波たゝぬ日の春やのどけき
たごのうらにしほくむあまの袖をミよ
　一日も波にぬれぬものかハ
たごのうらにしほくむあまの心をも
　くむらんからき世をわたるひと

廿九日　よその夕立しつ（上一四ウ）。

ミな月

朔日　定永あそ、きたり給ふ。
五日　長岡の君など、きたり給ふ。
六日　田安に居給ふあま君、またすぐれ給ハずときけバ、けふなん行ぬ。おもひしよりハこゝちよくなり給ひて、先の比よりは何となふわづらハしき御けしきもなし。
七日

　きのふかとおもふ斗ぞ廿あまり
　　ミしよの月のかげきえし空

きのふより、たらちおの廿三年の法会あり（上一五オ）。
八日　霊岸寺へまうでぬ。

　なき玉のありかも今ハとひぬべし
　　うきよの外に出しミなれバ

なんど、おもひつゞけ奉りぬ。
九日　また、ふたり、きたり給ふ。また、くもる。
十日　ほうごなどミる。本多忠勝あそのかたなの鍔をすりものしたるを見出いたり。其つばに、すぐ《過》んうき世《浮世》かいま《今》ハまる《真丸》　こらこら《小児ノ事こらこらなどいふ》といふをゑりたり。そのときのことばなるを、このひと、世のくだれるさまをなげきて、かくハし給ひけん。そのころこの歎ありとハ今ハしらず、後のいまを（上一五ウ）ミても、猶しのぶものもありやせん。

　いつのよにいかなる人か忍ぶらん
　　今ハとしのぶよをしのぶミを

十一日　土用入、いちじるく、あつさたえがたし。永次郎の初誕生をいわふ。夕がた、くもる。
十二日　月、いとさやけし。かのくづれずの岸へ行て、海原をミる。

　いさり火もきえてあとなき波上に
　　ひとりさやけき月のかげ哉
うなバらや空もひとつのかげのうちに（上一六オ）
　船の帆くろし月の浦かぜ

それより池辺を徘徊し、小艇をうかぶ。

　波のうへ松の梢にミぬかぜも
　　袖に涼しく匂ふよの月

十三日　家隆卿の和歌式てふものをミる。いかにもめづらし。真蹟うたがふべくもあらず。はじめつかたより、述斎君に、いまのミにはことなし、かねてやくしたるハ心がゝりなるものなり、月の明らかなるべき夕つかた、来り給へ、といふ。きのふ、さやけし。けふもまた空はれて、風も清らに吹かふ。来り給ハんかとハおもへど、かねごとせし（上一六ウ）にもあらざりけれバ、待べうもなし。この頃、定栄やまひありて、時々ミに行。けふも夕つかたミにいきしが、留守の侍臣、あしをそらにてはせきたる。何とゝへバ、述斎君きたり給ふ、といきミじかにいふ。さらバ、とてかへりぬ。定栄のそうしよりハ、園中をへだてゝ遠けれバ、いそぎて行。日のくるゝころ也。園中ともなひて散歩す。月の光、やゝそひたり。船にのる。この君、いと風流清雅の君子にして、花さへ実さへ、今ならぶ人ハあらじ、と人もいふとぞ（上一七オ）。

　とふ君もとハるゝわれもむかふよの
　　月より外ハことのはもなし

十四日　朝霧ふかし。ミるがうちに日かげさしわたりて、あつさ、けふハましぬ。こよひも、清光きのふにまさる。

十五日　ふたり、き給ふ。蓁子もきたり給ふ。空晴わたりて、きのふよりげに、とおもふ。つな子が、はるゝと

てかくまではるゝけふの月わがまだしらぬかげをミよとや

など聞え給ふ。蓁子・たき《子》・烈子など、かたミにうたよむ。おもしろさに（上一七ウ）、

　かたりあふ心のうちのくまなさハ
　　こよひの月の影にミえけむ

　つれなさのひごろのうさハ情ぞと
　　こよひの月に思ひしるらむ

こハ、月ミんとてきたり給ふが、いつもくもり侍るを、こよひことなる清光にて、日比のつらさに、このよろこびのはへあるをおもへバ、つらきハ情とやいふべからん

とてなむ。池に月のうつるを、

　魚躍るあたりの水ハ乱れもの
　　ミだるゝ月のかげぞ涼しき（上一八オ）

おぼこといふいほ、うき藻のひま〳〵におどり侍るをなん。

十六日　快晴。清輝、きのふにかハらず。嘉祥とても、わが方にハもとよりさせ《る》事なし。

十七日　月、さやけし。一葉をうかぶ。

十八日　月に乗じて、貴長がゝたへ行。それハくづかづらの岸のほとりなり。例の時刻になれバ、秋風亭の池にうかべて、かへる。

十九日　浸月亭にて、月をまつ。月しろの梢のうへにミえたるに、さればよとミるに、しげミのうちに少しきらめきたり（上一八ウ）。

　梢にハ先だつ光ほのミえて
　　このまに月の影ぞいざよふ

ことがきとおなじき歌ハ、いとつたなさのたぐひなきものなり。土佐のにきなどミぬ人とやいはなん。

廿一日　やしろ弘賢がもとより、わが侍臣のもとへ、賀筵をひらくべきよし伝承る、とてもち伝たる古写本の増かゞミをはこに入て、けふよりハ君が齢をますかゞミ千とせのかげをうつしてやミん　とありければ（上一九オ）、

　賀のやうなる事し侍るよし伝聞給ふとて、ふるき人のうつしものしたるますかゞミをからびつにいれ、歌をさへおくりこし給ふ。浅からずおもひ侍るの余り、などかいて、

　老らくの齢をましてますかゞミ
　　くもらぬ月に猶あそべとや

この比、連夜の清光によてなん。

廿二日　けふハ、わが婢妾の年回の法事あり。こハ中井氏にて、わが妾腹の男女はミなこのはらにて侍りける。こゝろだても、女にハめづらしく覚えたる（上一九ウ）。

　雲ときえし行衛をしたふ袖上ハ
　　夕の雨に猶そぼちつゝ

そのよ、なつかしう打ながめたるに、よその夕
　立の雨の、はら〳〵とふりきたりけれバなん。

夕つかた、風はげしくふきて、墨ながしけんやうなる雲のわき出るに、きのふ松がおかよりふねこぎならふものらがのり来るをねぎらひて、ものなどやり《て》かへしたるが、この風いかゞあらん、とあんじものす。これより先にも、竹がおかよりもきたりしなり。いかにも人の志てふものハおそ（上二〇オ）ろしきものにて、山里にすミてやうやく近きころ、関の湖の船こぐ斗のものなるが、こぞの冬の比、船中のはたらきなれ侍るハ、船こぐにまさる事ハあらじと翁がいひたるによて、いまハそれにて世渡るものにもおとらず。きのふ房州の洲崎よりこぎ出で、御掟あれバ萩生より上陸し、又竹が岡よりのりて、きのふのひる過るころ、きたりしほど也けり。

廿三日　また、ふたり、き給ふ。よその揚火てふものをミ給ふ。くれてより、雨ふる。この比、たえかねしあつさをわするゝとて、人々はした《ゐ》して（上二〇ウ）、空あふぎてよろこぶ。

廿四日　雨。廿五日ハ、夜半月よし。

廿六日　百代子・寿子、きたり給ふ。つりなどし給ふ。

廿八日　定永あそ、たび立給ふ。よべより雨風はげしく、かミさへなりたるが、立出給ふ時ハ雨斗ぞふる。翁もやミぢの心はれがたく、行て何くれとさたし侍りぬ。つな子のわかれおしミ給ふがくるしく、ことにことにつねにもあらざれバ、いとやすからずおもひ、なぐさめなどして、ひるつかた、かへれり（上二一オ）。

廿九日　思ふ事つきぬる身には、何をかはらハん。世の人らが、おもふ事皆つきねとてはらふも、千とせのいのちのばへんと思ふも、いとまがりたる心也けり。

　いかにせんけふのミそぎの麻のはに
　　まじるよもぎがもとの心ハ

（上二一ウ）

ふミ月

朔日　けふハ立秋なり。雨のおとも風の吹かふも、心からにや、しるくも秋のきにけり。此庵ハ人のとハんとするをもいたくふせぎてけれど、かならずきまほしとひたすらにいひこし給ふハ、せんかたなし。されど猶、すゞしき比、などゝいひのばしつ。かく事なくたのしミ侍るものを、などて楽しませ給ハぬ人の心よ、など心にハおもひて、心にわらふぞかし。

　門さしてなしとこたふる草のとを
　　露のひまにや秋ハきにけん（上二二オ）

つな子、きのふより来り給ひしが、けふかへり給ふ。房州洪水にて、定永あそも幸手の宿にとまり給ふが、今堤のきれて、そのすくへも水の来るぞ、とところのものらがいひのゝしる。さハかしこへ立のかん、など用意するころ、むかひのつゝミきれて、その宿ハ難なかりしなど、またハ、いつ川わたり侍るべき比もしらず、なんど日に二たび三たびもたよりある事也。ミちのくの旅路に、かゝる水にて長くとまりし事ハきかず。定永あそもそれ〴〵（上二二ウ）まめやかにさたし、ず（濁ママ）さなどもいとよろこび侍るとなり。めづらしきことにて、すぎやうにもなり侍れ、などゝハいひやれども、日ごとの雨に心もはれず。

三日　村上の君、夕つかた、来り給ふ。白川の関のあたりよりねこじてうへたるすゝき斗ハ、はや穂に出たり。

　秋立ていくかもあらぬを初尾花
　　ほに出てたれをまねかんとする
　まねけとてうへしにあらぬ心をも
　　しらぬ尾花やほにハ出らん（上二三オ）

この比、雨ふらぬ日もなく、いつも遠かたにてかミさへなるなり。

六日　法如上人にハかにやミふす、ときく。たづねとひし人にきゝたるに、けさも後の事などいひ置、端座して、つゐにうせにしとぞ。さもありなん。今の世にハいとめづらかなる人なりし。儒者・仏さハさらなり、何の道にも聞えし人ハ年〲にうせて、これぞ其名つぐべしとおもふものも、いまだきかず。老のくりごとにハあらずなん（上二三ウ）。

なき人のことしハまたも数そひぬ
　かくてハたれかわれをとふらん

七日　けふハ星まつる日也とて、わらハべの、七首よミたる詠草もてく。翁も口まねびせんとて、いちはやくよミ出たる、いとかたはなる事おほかり。

くれ行バかげそふ秋の置霜に
　月こそわたれかさゝぎの橋
けふにあへバなれも願ひの糸筋を
　かけてやたのむ軒のさゝがに（上二四オ）
夕月の入ぬる後ハ空すミて
　ひとりしづけき天の川波
星祭る庭のともし火かげきえて
　尾花にミする明ぼのゝそら
ほしあひのなき名ハ人の秋の雲
　かけても清し天の川波
琴のねの軒ばの松の調をバ
　こよひの星の手向にハせん
ことしこそ願のいとの一筋も
　心にかけぬ星合の空

雉子橋の明子、夏の比よりつゝしミ（上二四ウ）わづらひ給ふ。この比より、くすしの事などきけど、わが方にてもせんかたなかりしを、たゞ心をいため侍るのミ也。八日になん、ミまかりぬ。四人も《ま》でものし給ひしが、皆おなじやまひにて露ときえぬる事、いふべくもあらずなん。初めものし給ひしとき、うれしさの涙かハかぬ袖のうへに、などよミ侍りたり。いかにもはかなき契にこそ。

あさがほの朝な〲に咲つぐも
　おなじくもろき盛をぞミる（上二五オ）
朝がほもさすが朝日にあふものを
　などてはかなき宵のいなづま

夕つかたより雨つようふりて、風もそひぬるが、夜ふくるに猶そひて、こゝのかき、かしこのひさしなど吹おとし、雨ハしきりにふりて、人の声さへきこえず。ふと目ざめたるが、いもやらず。

常にきく松のしらべの音たへて
あらしものうき草のいほかな

世のうさに吹かハりたるあらしぞと
おもへバ安き草のとのうち（上二五ウ）

けふハ玉樹院の四十九日なり。

生したてしそのよハおそき年月の
いかでか早くいまハたつらむ

九日　けさも雲とぢて、雨やまず。よべの野分、おもふ人のたびぢいかゞあらん。六日に房州ハこし給ふときけば、けふハ白川の城へつき給ふべかりしを、よべの雨風いかゞあらん、とくりかへしおもふ。みな月の廿八日よりきのふまで、かならず雨ふり、かみのおとす。いとめづらしくこそ。されどもことしハ、神なるとても、近うおとすることハなし。郭公の少なかりしを、といふ（上二六オ）。

十日　こゝろよくはれぬ。平岡氏より文こし給ひて、府中の瓜賜ハる、との仰をつたふ。かゝるうへにもかゝるよ、といとかしこまりて、なみだぞおつる。

草のとのかゝる露にもふりしよの
月の御かげハへだてざりけり

あるかたより、むさしのゝまつむしを得て、庭へはなつ。これにも今の御事を、

むさしのゝまつてふ虫ハとことハに
ひろき恵の露たのむらし

十一日　つな子、きたり給ふ。月、いとさやけし。例の一葉をうかべ、みづから棹とり（上二六ウ）て、

とる棹のもとの雫も末の露も
月のなかなる池の友ふね

てる月にちりもくもらぬ池のおもハ
うかべる船やくまと成らん

つく〱と月を打ながめて、

心しる友なきやどの草のとに

いはずかたらず月をミるかな

晴くもるかげをバ空にまかせ置て

心のどかに月をミるかな

ことのはにうつさん露もよそにして

只つく〱と月をミる哉（上二七オ）

十二日　九日、白川の城へつき給ひし、とこまやかにいひこし給ふ。心もはるゝ、月もさやけし。

十三日　雨ふる。つな子、かへり給ふ。政子、この比より疳症にて、あやうくミえ給ふ。

十四日　政子、驚風を発す。灸も針も及ばず、せんかたなくて、豆凡丹・走馬湯などをもあたへ、瓜蒂一銭目用ひたるが、つゐにひらけて、乳をさへのミ給ふ。

十五日　浜の御園へならせ給ふ。御船にて侍れバ、例のごと、秋風亭に居たり。還（上二七ウ）御にハ、つねにかハれる御道にて、西のかたの門ミゆるかたをはるかに通御まします、ときく。よて、その門のかたハらに居たり。

十六日　政子、いよ〱おこたる。やうやく抑肝剤など用ゆ。ある人のもとより、露むすぶ蓬の窓にくりかへし独ミるらん文月のかげ　とありけれバ、かげとありければ、例の書写もやめて、月ミる比なれば、

怠りの学の窓にくりかへし

ミるものとてハ長《ふミ》月のかげ

けふハ雨ふる。きのふの清光、けふの雨色、ミなわが楽事をなす（上二八オ）。

月も雨も只わが為のものとミて

外にもとめぬ草のとの中

ともし火少しくらく、かねのおともうちしめりたるに、軒の玉水のひゞきたえず。

心すむ草の庵の雨の夜ハ

ミぬいにしへの人もこひしき

十七日　けふも、雨ふる。風さへそふ。

淋しさもなれてあハれの色ぞ添

軒ばの雨に松かぜの声

夕つかたより空晴て、月出たり。

村雨のはるゝ跡より霧たちて
春をおぼゆる朧夜の月（上二八ウ）

十八日　あるかたより、素暹法師が五百五十年の回忌にとて、思往事といふ題をもて、和歌の勧進あり。もとより、その子孫なるものなり。翁ハ、人の勧進する賀、あるハ追善などいふものハ、しらざる人のハ、必らずよまず。されど、是ハ人がらといひ、かの為家卿がわが門第一といはれしほどの人なれバ、自余の類ならず。よて、よめる、

敷嶋の道に入のゝはなすゝき（上二九オ）
霜にもかれぬ栄をぞミる

こハ、この法師の歌に、さをしかの入のゝ薄霜がれて手枕寒き秋夜月　といふが続古今に入られしかば。

十九日　この比ハ、晴るかとおもへバ、ふるなり。海の水いと高く、いつもミちしほのやうになん。水出んといふ人おほし。よく人のいふ時ハ、事なきものなり。仙台の地、めづらしき洪水せしとなり。さりし朔日にハ、京師大雷せしとぞ。ちかき頃、京師の雷いとつよくおつること、いと（上二九ウ）しげし。かの山々の、木々の、といふ、つねのことなり。

廿日　あつきと思ふに、冷風ミにしミ侍るやうにおぼゆ。湿気のやまひうくるひと、おほかるべし。きのふの夕つかた、井上氏より、しゐてあひたまひたき、といひこし給ふ。もとよりけふは御忌日にわが母の忌日なれど、遊楽の為にもあらねバ、との事也。翁もこの頃の気に感じて、かしらいたミて、風にくむこゝちすれど、せんかたなく諾せしが、辰刻比きたり給ひ（上三〇オ）、巳の刻ごろ、かへり給ふ。わた殿までおくり出て、立かへるよりはや、枕をとる。卯月十一日にこゝへうつりて、雨ふる日も、晴ま待得ても、またかさゝしても、必らず散歩せしが、けふ斗ハなし、とて人々あんじものす。胃苓湯を服す。

廿一日　きのふのいたづき、半バ癒たれど、いまだ風に

くむこゝちし、食もすゝまず。ことに、けふハ雨しきり也。終日そともへも出ず、書写などす。あるかたより、快雪堂の日記かし給ふ。むかしミしものにて、今わす(上三〇ウ)れたり。ことものをミるこゝちす。

廿二日　ひるハ雨ふる。夜更て、めざめたり。月ハいかゞと窓のとをあくれバ、庭ハたゞ霜のをきたらんやうなり。余りのうれしさに、つまどをあけてミれバ、月いとさやけし。

　ふけ行バあいより青き空の色に
　　月の霜しく有明の庭
　起出てミるてふ人のなきのミや
　　有明の月のくまといふらん

虫のね、いとしきりなり。

廿五日　やミの夜もおかし、とはしゐしたるに、虫のね、いと盛也(上三一オ)。

　さやかなる虫のなくねをひかりにて
　　月をもまたぬ夕やミの庭

海おもてにて、また揚火とかいふものをともす。よにいふ、はな火の大きなるものなり。諸侯の藩中のさむらひも多くありとぞ。是をならひおぼえて、何にせんとし侍るにや。いかにもおさまれる世ハ、ものゝふの道もいとおぼろげなる事ぞおほかる。清てふ国にてハ、遠征を時々なすハ、おさまりたる世に軍旅の道をわすれさせじ、との事とぞ。これらハかの三代にもまさりしことゝやいはん。治まれる世に乱るゝをわすれざれ、とおしゆることハ(上三一ウ)、たゞいたづらごとにのミなりて、かうやうのことも軍旅の事よ、など思ふほどにハなりにけり。

廿六日　女郎花・きゝやう、盛なり。萩、未開。

廿七日　二百十日といへど、風打たえて、いとあつし。夕つかた、よその夕立の雲少しかゝりて、かミのおともきこゆ。雨もつよくハふらず。

廿八日　きのふのよその夕立に、けふハいと涼し。つな子のもとより、きのふたき子の物がたりに、砌のむしのね、いとしげきよしきゝ給ふとて、

よそにきく秋こそことに淋しけれ
　むしのねすめるよハの哀を（上三二オ）
ふりはへて行ばと思ふこゝろのミ
　通ふミぎりのすゞむしのこゑ
心こそまづひかれけれ吹かぜの
　音にのミきく松むしの声
とありけれバ、つかひまたせて、
よそにきく秋よりも猶しづけしは
　虫のねすめる蓬生のやど
ふりはへてよしとハずとも秋風の
　通ふを虫のねにハたつらん
ことのはの情の露に松むしも
　今一しほの音をやそへなん

廿九日　はてしなきあつさも、庭などミわたすに、木草の色もミどりふかく、いかで（上三二ウ）秋の色をとミにみすべきとおもへば、心よハき梅柳ハ少し葉色うすくなりもて行ぬ。夕つかたハ、この比にくらべても涼し。いかにも蚊ハまれになりにけりといへば、いかにも、といふ。さかりに出て、軒ばに雲なす比ハ、そのうさのミいひのゝしりたるが、はやいま、うれしといふものもなし。（上三三オ）

葉月

朔日　空晴わたりて、いとあつし。けふハ野分などする日といふ。引かへて、いと静也。真西山の大学衍義をかねてこのミ侍るが、けふおもひ出て、うつしそむ。翁がいとおさなき時に、かんなの軍ものがたりなどミ侍るに、大学の綱領にしたがひ、その似たる事をあつめものをして一部にせんと書初めたるハ、十余り一ツふたつの比にかありけん。そのゝち、この衍義あることをきゝて恥たる事をも、いまわすれず。また、廿斗より、この衍義の(上三三ウ)註を蘭林先生の半し置たるを見出して、ミづから補註せしが、草稿も三たび斗かへたるが、それもおもしろからねバ、やめつ。いまハ、只ありのまゝにかきて、人君・人臣のミるべきものたるを、わが子等・孫らなどにしらしめん、と思ふ斗にぞ有ける。あら川の源に大湖石あり、といふ。

四日　この比、あさハすゞしくて、空はれわたり、ひるつかたハ日かげのいとはしたなきまであつくおぼゆるが、老たるものゝさかんなるやうに、夕つかたハはや衰ふ(上三四オ)。ことにけふはれて、夕月の光そひしけしき、えもいひがたし。

　紅の入日を残す空のいろに
　　まがハですめる夕月のかげ

五日　けふなん、上使もて、御鷹のとりたるひばりを賜ハる。思ひよらぬハさら也、いかなりける御恵の、今もかくかハらず侍る事やとおもへば、涙ぞおつる。八丁堀の邸へ行ぬ。上使すミて、酒くミかハし、とにかく御恵のふかさ、いひも尽せず。戌の刻ごろ、かへりぬ。夕月(上三四ウ)、いとおかし。けふ、つな子が、さま〴〵の扇とりいでたる中に、歌よめ、とありけるをミれば、すまのうらのおちばをつけたり。

　須まのうらや関吹こゆる秋風に
　　なミこゝもとも山のもミぢバ

六日　亀山の大夫、きたる。

七日　朝とく井上うし来、午の刻ごろ、かへり給ふ。夕つかた、述斎君きたり給ふ。月の林のこのまへいらんとするころ、かへり給ふ。けふなんきく、旗下の士に長谷川主馬といふ人ありけり。今ハ世をさりて、その子弥右衛門とて、右筆の（上三五オ）かしらとかいふ。その主馬、あるときいなかへ遊びに行しが、ある農家の軒近き松の、いと年ふりてことの外大キなるをミて、ことにあかずめでし余りに、家のあるじに、この松をおのれに得させよ、といふ。むかしよりあるものを、とてまことゝせざりしを、さらばかひてん、あたいいかほどにかする、ととふ。農夫もそのことき〻て、かれが心にはいと高料と思ふ斗の事をいひたれば、やをらふところよりこがね出して、いひしほどかぞへて農夫にあたへ、けふよりこそ（上三五ウ）わが松よ、などこゝちよげにいひつゝ、かへりけり。いつかこの松をもてこし給ふやと思ふに、きたらず。日数たちて、きたりぬ。さハ力車の七車斗りも引つれてきたり給ふかとミれバ、わりごなどもちて、ひとり来り、むしろかし給へ、とてそのむしろを木かげにしき、飯くひ、酒のミ、つゐにそのもとにふして、打ながめたり。いかなる事ともわきまへず。夕つかたになりたれバ、かへりにけり。それより、時々きたりて、かくめでしとなん。むかしものがたりにもありつ（上三六オ）べき事とぞ。

十日　雨、そぼふる。萩、いまだなかばなり。

十一日　仙台の君、はじめてしるかたへ旅立給ふ。是をミるもの、いとおほし。そのとも人のさま、様々のちりめんのはおりき、鑓・長柄などなげあげ、声かけつゝありくさま、市のわらハのほめものし侍らんことをのミ心とするにや、といふ人もありしとぞ。夕ぐれのけしきを打ながめて、

すてしミもわすれぬ秋の夕かな
うきハうきよの心ならひに（上三六ウ）

この比、村雨ふる。夕つかた晴るとおもへば、夜半玉水の音をきく。萩やゝ盛にちかく、女郎花ハおとろふ。荻

ハいまだおともなし。

十四日　例のくもりたるが、晴て、月いとさやけし。浸月亭へ行て、ミれバ、池水にうつる。

　月かげもまどかにうつる池水に
　　まつも声せぬ夕くれの空

つく／＼と打ながめて（上三七オ）、

　花にさへとハれぬやどの柴のとハ
　　さゝで有明のかげまでもミん
　荻のミか声なき葛のうらミまで
　　月にのこさぬ庭のおもかな

ミるがうちに、雲かゝれり。

　ひたすらにいとはん月の雲ならめ
　　すてしうきよに思ひこりずバ

あすの清光いかゞあらん、といふをきゝて、

　一筋にこよひの月をめづるかな
　　あすをバあすの空にまかせて（上三七ウ）

十五日　朝のほどくもりたるが、日かげおり／＼さしわたりて、ひる過るころより残りなふ晴たり。こよひハむかしより月を賞する例なれど、よの人まねにすべきにもあらずなん。世中にてハ、なにか祝の式あるやうに心得て、かねて歌よミをき、またハ月にたよりなき遊び事し侍るたぐいぞおほき。月なくバ、なにをかミん。もし晴たらバ、いかにも千里のほか故人のこゝろ、いくとせかいくばくのひとのめでし名残もそふなれバ（上三八オ）、心ことにおもハるゝ夜半なれ。園の北のかたの高楼にのぼりて月を待侍れど、出るかたに雲のこりしけバ、いづかたにてミるもひとしからめ、とてまた園中をめぐりありきたるに、浸月亭の大きなる松の下行ほどに、むかひの木のまにきらめきて、おどろく斗ミえたり。おい、出でにけるよ、といへバ、皆はせあつまりてミる。さらバこよひハ興尽し侍らん、とて侍臣の外にふたりミたりよび出、酒くミあへど、さかなハなし。きのふ房州よりきたりし塩からの壺とり出て、是にてたりなん（上三八ウ）といふほどに、下谷のあま君、あるハ百代子・蓁子などより、

いづれもさゝやかなるうつハにさかないれて、こしたり。それらをもち出たるが、筵中たちまちにぎハ、しきほどになりにけり。それより船にのりて、郢曲うたひ、酒くミあひ、笛・ひちりきなど心々にふきありくもありけり。折から風もやミて、さゞ波さへもたゝず、星もなきまでに晴たる空に、月の余りに物さびしげにミゆるぞ、いとまれなるよハなりける。光ハひるにかハらで、木下かげも、しそくもて行もの（上三九オ）はなし。よる斗といはまほしき波さへなし、とてよろこぶ。こぞも晴たれど、かくハあらざりけり。しら川のあたりもさぞな月の秋かぜ身にしミ侍らん、などかたミにいひあひて、歌よミたれど、こよひの月にこたふべきことのはもなければ、只うちづしたるのミにて、書もとゞめず。余りに興ありければ、時うつるも忘れつ。おどろきてとへバ、亥刻にもなりなん、といふ。かのぬる比をバ少し過しにけり、とてはや盃とゞめ、戸おしたてゝ、ぬる。枕につきて、おもひやりつゝよめりける（上三九ウ）、

都びといか斗にか月をミる
よもぎが露の静なる夜に

田安のおとゞより、十五夜の月のうためされければ、

草の庵に心しづけく詠れバ
恵も月もミにぞミちぬる

十六日　ひねもす雨ふる。亀山の君、きたる。
十七日　月、いとさやけし。例の、亭へ行てミる。

立のぼる水の煙も月かげに
かすミこめたる池の遠方

まず、しら川のかたを思ひ出て、

月をミてまづこそおもへ白川の（上四〇オ）
関のあたりの秋の小夜かぜ

つく〴〵とうちながめて、

つく〴〵とこたへぬ月をながむれバ
袖にまづとふ秋のしら露

いつの秋いかなる人かけふのこよひ
われとひとしく月をミるらん

かくて、酒のミ侍るに、さかなゝし。北のかたもけふハ風のこゝちして出給ハねバ、さかなハ侍らずや、とわらハべもて、いひやる。かの、酒なしとて婦にはかりしといふためしとは事かハれり、とわらひ侍りぬ。しバしゝて、かハらけにミそをもり、ひとつにハ、さゝやかなる(上四〇ウ)いはしの子にや、あミのやうにほしたるものをあぶりて、こし給ふ。いと興あることにて、松江のすゞきにもおとるまじ、とてよろこぶ。それよりして千秋館にかへるに、道の芝生、露いとふかし。

雲のうへにミる斗かハ秋の月
よもぎが露も玉をかざれり

十八日　暁、ねざめしたるが、鈴の音きこゆ。いかに、と人をおどろかす。人もはせいでゝとふ。きけバ、綱子臨産のけしき、とて声わなゝきてこたふ。さらバ、とのゐのもの(上四一オ)、馬はせて行ね、北のかたよりも人やり給へ、などいふ。産月は九月にてありしを、いかなる事にかと心ならずゐたるが、卯の刻ごろ、やすらかにものし給ふ、ことにおとこにて侍る、としらせこしたり。うれしさ、いふべくもあらず。さらバ行てミん、供とくそろへよ、といひつゝ、ふすまなげのけ、帳をも立しまゝにてかゝげ出、例のごと、ひとりかたハらに向ひて湯水ミづからくミ、くちすゝぎ、かほあらひなどし、千秋館へ出て髪ゆふまに、朝いひ出したり(上四一ウ)。半くふ比、はや、供そろひたり、といへバ、くひさして出ぬ。けふハ浜の御園へならせ給ふゆへ、真田のおば君がもとへいくべかりしが、きのふやめたれども、むま子といひ、おとこにて侍れば、何かまつべき。ことにけふの御成ハおそけれバ、ならせ給ふ比ハかへりぬべし、とてとく出たるなり。行てミしに、つな子もいとしづかにて、なにのなやミもなう、わかごハ、いろといひ、かミなどのはへたらんけしきまで、ほど(上四二オ)よきさまなり、といしなどもいふにぞ、心もおちゐぬ。さらバ外に用なし、とてかへるに、いまならせ給ふとて、こゝの橋のほとりにて行来とめたれバ、せんかたなくやすらふ。やゝして道ひらけて、かへりぬ。午の刻ごろにやありけん、北のかたも行給ふ。かへりてのち、ともに酒のミて、例のふたりミたりよび出で、賀筵のまねするも、おかし。ことに、けふ《ハ》朝より雲の一筋もなく晴わたりたるに、月を待とる松かぜのおと、いと（上四二ウ）すミ行て、されバこそ東のこのまきらめきて、月のかほさし出たるぞ、ミにしむこゝちす。庭の虫ハミやぎの・むさしのなんどのをはなちたるが、こゝをせになくも、月のかげそふこゝちす。けふハ、月より、げにこたびのよろこびいひつゝ、酒のミてたのしむ。嘉辰令月など、しきりにうたう。それより、散歩逍遥して、いぬ。

十九日　先のころ給ハりし雲雀を、けふなんひらく。よて、そのときたのミたりし（上四三オ）今治の世子若狭守、同性のうちむかしよりしたしくし侍る豊前守・伊予守・織部など、まねく。御恵のふかさかしこまりて、酒などくミあふ。春風・秋風の亭などにて酒宴し、かへりの比ハ酉の半比なりし。

廿日　朝のほど、八丁堀の邸へ行。若子安全、つな子ハ平日にかハらず。未の刻比、かへりぬ。けふ、しら魚をくふ。わが若かりしとき、師走の比、いとのやうなるをめづらしとてくひしを、かうやうのものまでいちはやく出くるハ、いかなる事にや（上四三ウ）。けふきく、雷声に驚て気絶したるもの、土中の蚯蚓をとりて臍中へうへ《こめ、》より灸すれバ忽蘇す、といふ。

廿一日　夕がた、少し雨。けふハ内藤氏・良之助、ともに来り給ふ。しら川ハ、十五夜、雨いとつよかりしとぞ。千里の外もくまなからんとおもひしを。風犬傷にハ虎骨・紫蘇香・附子・陳皮・甘草炙を服すれバ、治せざる事なし。赤小豆などくひても、いさゝか障る事なし。虎骨の外ハいとたいらかなる薬にて、いまのよにて、大患の病者にハたのミ少なくおぼえて、はづ（濁マヽ）・大黄（上四四オ）、さてハ烏頭・石薬などいふものなどをたのむハ、はかなき心といふべし。脚気衝心など、病の勢さかんなれバ、いしも、いかでこの草根木皮もてとおもひて、水銀など用ひ侍りても効なき、などよくいふ事なり。前田の家代々、脚気を治療す。衡心とても、紫蘇のたぐひにてかならず効をとる。越婢さへ用ゆるハ、脚気のうち、十に一人ハなきものとぞ。いかにも脚気にならんとするとき、蓼をすりて酢に交へ、一合斗も用ゆれバ、きハめて治す。翁も已に見及び侍りぬ。されど、おなじ脚気（上四四ウ）のかたちにて、その因によてたがふをしらず。久年の痘毒・麻毒、又ハ雁瘡、またハ虫積なども、変じて脚気のかたちをなす。湿疫も誤治すれバ脚気のやうにミゆるなり。いまの代、諸侯に脚気のおほきハ、誤治よりつくりなすところ多し。橘うしの脚気説、年をおふて其ことのしるしあるをミるなり。

廿二日　夕つかた、くもりたり。

廿三日　冷雨。長岡君・高崎君、きたり給ふ。雨ままち得て、しゐて園中へ出たるが、またふる。日くれて、道泥濘、衣かゝげて（上四五オ）たどりありく、興あり。

廿四日　はれぬ。けふハわか子が七夜なれど、さハる事あれば、廿八日にいはふ。朝のうち、本邸へ行て、ミる。弥安全。すミやかにかへる。海川のるべきほどの船をつくらせたり。この夕、何となく、沖のかたなどのりありく。いづかたへ行んとおもへバ、心もとまる。只こぎ出て、日のくるゝころ、かへりぬ。もとより、竹芝の沖にて大船のかゝりたるところへハ、まだいと遠し。けふ、浦々をミわたして、

　　ミわたせばいづこのうらも笘をなミ
　　瓦やつゞく賎が家々（上四五ウ）

致仕したりとて、人のごと微行閑歩などいふ事ハせず、かならず馬をひかせ、やりもたせざれバ、出ず。船にのりて行バ、海にてもあれ川にてもあれ、陸へあがる事をせず。船よりあがれバ、かの馬・やりなどもかくれバなり。ミづからかたくなしき法則たてをくも、何の為にや。

廿五日　例の朝の散歩に、初雁をきく。

　　月花のたよりありけるなれとてや
　　まづわが方の秋をとふらん

はやくきゝけりとうれしくて、人に（上四六オ）かたれバ、きのふきゝしを、ときくもあさましくて、
世の人のうとき斗か老がミハ
あきの友さへつらさミせけり
夕つかた、よめりける、
よを捨し心やいづこ柴のとも
松のあらしの秋の夕ぐれ
淋しさハ誰とかたりてなぐさめん
友なきやどの秋の夕ぐれ
かくいひ侍りてハ、友なき人のやうに侍れバなん、心しる友てふ友もかぞふれば（上四六ウ）
ミつにハたらぬいざよひの月
廿六日　けふハ、松山の君、はじめてきたり給ふ。浜町のいよ子も、来り給ふ。
廿七日　墨水の君・述斎君、来り給ふ。この比の俗腸をあらふこゝちぞする。桜がふち・花のかけはしより秋錦亭、それより悠然斎・おばなのつゝミ行バ、松の出崎にかりにわら屋をかまへ、わりご・おりなどをはじめ、ふるきさまのもてなしゝたるが、いと興ありけり。船にのりて、千秋館へかへる。けふハ尾花の宴なり（上四七オ）。
ほに出てまねく尾花もけふのミハ
こゝろにまかせ庭の秋かぜ
廿八日　例の散歩し、かへりてより長〳〵と文かきて、あるかたへまいらす。けふハ七夜いはふなり。ひるつかたより本邸へ行。いとにぎ《ぎ》やかなり。けふなん、永太郎と名づく。父の名の末の文字をとりて、太郎・次郎・三郎と順にしたがひ侍る事に、かねて定めたる故也。心ありて、けさよめりける、
子をおもふやミぢのうちも明らけき
御代の光をたのむ斗ぞ
廿九日　朝、亀山君、きたる。物がたり畢て（上四七ウ）、たゞちにかへり給ふ。ひる過るころ、黒沢維直きたる。十二年ほどあひ侍らず。余りになつかしく、今ハ事も少なからん、とてしきりにミまほしといふにぞ、あひぬる。

いさゝかかたりあひぬ。けふハ翁、風のこゝちす。黒沢うし斗庭をミ給へ、とてかへしぬ。その時のものがたりに、退隠のうへハ閑歩し給ふときく、興ある事なめり、といふにぞおどろきて、いかにといえば、かれ是その物語なしつ、といふ。翁ハ只此園中ありくのミにて、尼君のやまひにも二たび田安へ行しのミ。その余ハ本邸へたまさか行て、いづかたへものし侍ら（上四八オ）ざるものをといふに、またおどろく。これは細川の隠居なるが、同名のなの、いんきよといふによて、翁の事と人々とれるも、あなさいはい得てし事にこそ、と打わらふ。すでにかの隠居、清水の観音の開帳にまうで給ひたるを、越中守のいんきよとのミ聞て、翁よ、めづらしく開帳にハ行給ひぬ、といふ人ありき。（上四八ウ）

なが月

朔日　空はれたり。きのふより風のこゝちす。桂枝加蒼朮を服す。されど、園中の散歩ハおこたらず。小浜の世子、来り給ふ。こぞより、きたり給ひたきとのことなれども、かのまらうどの多きをきらひて、あたゝかなるころ、涼しきころ、といひつゝありし。されど、この人ハもとより物語も出くる人にて、文学をこのミ給ひ、父の讃州にも翁に深く託し給ひしに、もとよりえにしあるがうへに、いとねもごろなれバ、この人を（上四九オ）辞すにハあらず。よその人をこばまんが為に、これかれいひのばし置たるなり。しばらく物語し、園中ハ次郎・定栄があないして行。けふハ風をふせげ、といしのいふ故也。夕つかたより頭いたミ、あしこしもいたミ侍れど、心ちハつねのごとなれバ、物などかく。あるひと、茶匕をけづりて、名をこふ。匕のなから、少しすきまあり。よて、雨月と名づく。

　すミ捨し小田の庵のひまをあらミ
　　月と雨とやもりかハるらん

是も田邸の臣、ひちりきの名を乞。黄門（上四九ウ）の君このミ給ひし道なれバ、むかしの事思ひいでゝ、日ごとにふくとなんきく。竹風と名づけて、

　　起臥にしたふ心ハ末ながく
　　　吹もつたへよ竹の下かぜ

二日　真田のおば君のかたへ行べかりしが、風の心ちして、ゆかず。北のかたと次郎斗ぞゆく。

三日　風ひやゝかに、空晴わたりて、いかにも、この気候にうつりてハ、この比の疫邪もしぞくべし。先のころより湿疫流行しける、おほくハ誤治によてうし（上五〇オ）なひしもの少なからず。たゞ、湿疫ハ、水を遂ひつくせば、熱はをのづから解しはべるを、末をミて因をしらず、さま〱の変症によて、あるハ水気といひ、脚気といふ。陰症のごとミゆるも、水をおひのくれバ忽ち陽症のすが

たなす。さるに、真武を服し、越婢を服して功なきのミか、くすしの為にあやまるぞ多き。いかにも、中医の、薬にあたる、といふもにくからず。秋田の君より、十三夜にとこへかくべし、此絵に賛せよ、十五夜のもかゝせたれバ、ともに参らす（上五〇ウ）、などいひこし給ふ。十五夜のかたハ、月に尾花をおほくかけり。

むさしのや広き恵にをく露も
　共にミちぬる望月のかげ

十三夜のハ、月の下にかりのつらなりたるなり。

鵲のはしかと斗長月の
　月にとわたるよハのかりがね

古賀先生のもとより、滝の画に賛せよ、とありけれバ、

繰返しミれどもあかね滝のいとの
　よるひるとなき水の心ハ（上五一オ）

いづれも、調といひ、いといやし。いなかうどのものがたりのやうに聞ゆめり。

四日　けふも何くれと事多し。少しちりにまじハるこゝちす。つらねかゝんもかた〳〵し。夕つかた、月やいかにと庭へいづれバ、夕日ハ入はてゝ、たゞ西の方うす紅に染たる空に、白く、少しにほひありて、梢より一尺斗も高くミえたるぞ、ふりわけがミの末たのもしきわらべの、一斤染などのきぬきたらんやうにて、老がミにもわかゞへる心ちぞする。先のとし（上五一ウ）、まゆねかきミそめし秋の夕より月のかほのミ身にハそひつゝ　とよミけんをうちずして。

五日　あさ、猶冷なり。あすハおば君きたり給ふ。七十余り七ツになり給ひて、こぞより鶴の歩もたど〳〵しくなり給へるが、ふしぎにきたり給ふ、との事なり。もとよりわが家より真田家へ嫁し給ふて、わが家につきたる親しきえにしハ、たゞ此おば君なら（上五二オ）ではなきに、またいつ来り給ハんもしらざれバ、けさより庭の事などさたし、さま〳〵心をくだく。夕つかたハ心のつかれ侍るやうにてありしを、田安のいしの夕翁来りければ、よきおりとて、ともなひて散歩し、二ツ三ツ盃かたぶけて、

かへりぬ。それよりまた、室中の事など、何くれとさたし侍りけり。

六日　きのふ、鶴なく。いかゞあらんと思ひしに、夕つかたより雲出て、夜ハかならずふりなんと（上五二ウ）おぼゆ。けさ起たれバ、ふらず。けふハ寒けれバ、ふらじと思ふ。おば君、きのふより風ひき給ふて、けふハこし給ハず。真田と播磨守のいんきよ、おなじく右京大夫といふ、この人きたり給ふ。させる風流もなし。この比、よその浦はの波あらく、風もいかゞ吹かハり侍らん、と聞ゆ。韓氏の、われ何の憂るところかあらん、うれふるところハわが力にあらず、とよミたりしハ、心浅かりけりとや（上五三オ）いふべからん、とぞいふとぞ。

七日　月よし。尾花、けふハやゝ雪のおもかげをなす。ある人の尾ばなのことのはにいらへして、

　寒からぬおばなが雪も身にぞしむ
　　こと《の》はぐさの露のひかりに

八日　例の逍遥散歩ハさらなり、柿のミなどゝらせて、ミる。つはぶき、やゝひらく。菊ハつぼミなり。夕つかた、海上を眺望して、

　ふじのねハ入日の跡にまだ《猶》ミえて
　　夕月白き秋のうらなミ

九日　あさとく本邸へ行て、むまごをミる。いよ〳〵安全。たゞちにかへる。けふなん（上五三ウ）咲かとミれど、ミなつぼミなり。

　よの事をきかぬ心や通ひけん
　　つぼめるまゝの菊のませ垣

十日　雲多し。斎藤がもとより、十無尽院の古写経ミする。明恵上人の経おさめしからびつ来る。夕つかた、雲猶おほし。月ハ春よりげにおぼろにて、ありかのそれとミゆる斗なり。この比、くもれバ、暖なり。いねんとする比、戸をあくれバ、月のいとさへて、雲もなし。いかにも夜寒のみおぼえて、虫の音もおとろへ、荻吹風もそよさらに（上五四オ）、人のとふおとするも、おかし。

　虫のねもよハり行つゝくさむらの

露すさまじき月のはつ霜

よひのまの雲ハいづこぞふくかぜも
むなしき空の月のはつしも

十一日　くもる。巳の刻過るころ、井上のかたへ行。こハめづらしきといふらめ。家のおさにあひて、たゞちにかへる。老鶴のしわざなりかし。真田のむすめこゝへ嫁して、ひとりの女子をもちてうせ給ひぬるを、外にハうま子もなし。弾正忠、としよれど子なけれバ、この女子をやしなひて(上五四ウ)、わがかたの定栄を養子にせんとの事なり。井上いとむつかしくいひ給ひたるが、つゐに翁にたいして、そのこひにまかせなん、といふ。されども、年ごろいといひ難じたるハ皆々しれるを、こたびハ何の故もなくゆるしたらバ、初のゆるさゞるハいかゞといふらめ、との給ふ。さらバ、いづかたへもゆかざる翁まいりて、真田のこふむねにしたまへかし、と家の長よび出ていひはべらん、といへバ、になふよろこび給ふ。十あまり三日にハ、真田よりのつかひものすれバ、そのまへに行て、かのひとのこゝろざしとげん、との事也(上五五オ)。夕がた、次郎のそうしに行。政子の全快などをもいわふなり。

十二日　よハも、玉水の音たえず。けさハ軒ばより霧こめて、そぼふる。池の遠かたハ木だちさへほのかになりて、月よりも猶おかしきハ、と思ふ斗也。霧の深きをミやりて、

さゝずとも誰かハとはん柴のとに
霧たちこむるよもぎふのやど

覆醤集をミる。かゝる人を友とし侍らバ、おもふ事ハあらじ、とおぼゆ。いで治国安民、撥乱反正のうつハものハ、世にともしきもことハりにて社あれ。今かく草の(上五五ウ)庵に起ふしゝて、たのしむ心のうちをしるものもなく、月をめで、花にむかふも、たれと共にか、と思ふ斗なり。さゝやかなるうつハもの新らしくものし、あるハ池のおもむき、嶋山のけしきをつくりなしても、またたれにか、と思ふ也。風流清雅の人、世におほきやうにミゆれど、

あるハ文学にふけりて武道にうときもあり、武道にハ心ふかくてもさらにことの心しらざるもあり。まゐてわが名をてらい、又ハ利欲におぼれ、世にへつらひてわが名をなさんとするもあり（上五六オ）。書画などにふけるも風流のやうなれども、是もわがほどをしらでこちたくむさぼり、むつかしき世わたる道よりもおとる斗のはかりごとなどをし、人をたぶらかしても好書画を得てんとす。またハ、わが敏才博学にほこりて人をそしりなどする。これもまた、この四字をもてよびがたくこそあれ。たまさか、いかにも清雅といふべき人あれども、哥のよしあしだにしらぬハ、ことにのぞミていといやし。また、よにもへつらハぬ心とミれバ、ばうぞくに（上五六ウ）ふるまいて、人を人とも思ハぬさまは、わがほどしらざるおろかなれバ、この四字おハすべしとも思ハずなん。この四字おハするとて、さしてたうとき事もなきを、それさへも得がたきほどになりにたれバ、はじめのかいたる位うる人ハ、いかにも稀なるべしや。かうやうにいひてハ、しめやかなるよひの雨にかたらまほしきことゝや、わらふめり。順徳院御集をうつしものす。高陽院殿、水無瀬殿の梅を御硯ぶたに入て、とあり。硯ぶたといひしも久しき事なるべし（上五七オ）。つれ〲に閑院殿のとかけるが、又こゝに高陽院殿とあれバ、院殿とかく事もいと久しき誤なるべし。ひるの比より風いでたるが、雨ハやミたり。夕日の入ころより晴わたりて、西のかたの紅にそめしやうなるに、雲のいと東のかたにこりて、月いづべしともミえず。こすたれて、文などひらきゐたるに、すけき（マヽ）より月の白うさし入たるにおどろきて、ミれば、星もなく、まゐて雲ハいづこへ行しや、と跡とふかたもなき斗也。庭へはせ出て逍遥したるに、岸に（上五七ウ）うへたる吹上のしら菊、いまだつぼミ斗なるが、少ししろうミゆる。

しらぎくのつぼミを星のひかりにて
月のミすめる秋の中ぞら
けさの雨の雲ハいづこぞ世中の

ことハりミせしよハの月かも

十三日　東の窓にきら〳〵と朝日の匂へるに、かうしあくれば、さし入かげものどかなるほどなり。きのふの雨のなごりにや、あたゝかにおぼゆ。けふハ本邸へ行。北のかたも行給ふ。こハ、つな子の枕直しのいわひを、けふになんし侍りしなり（上五八オ）。けふハ定永あそ、つな子の生日なれバ、かねてもいわふ也。こよひの月ハ月にまかせてミるべけれバ、あらかじめ月ミるとて、世の人まねなすにハあらずなん。ひるつかたハ夏のやうに雲出で、夕つかたハはら〳〵と村雨のふりたるが、風そひて、晴行ぬ。平岡うしよりとて、消息にさかなのかごそへてきたる。ミれバ、玉川の鮎をたまふ、との仰をつたふるなりけり。おどろきて、道服・はかまきて、つゝしミて拝し奉る。平おかへの返書をものし、そのあゆ一ツ〳〵、子ら孫らに（上五八ウ）わかちまいらす。いかにも、かゝるうへにもかゝる事、とくりかへし思ひ、くりかへしいひつゝ、感泣す。はや月の光そひて、むら〳〵しろき浮雲の絶まをとわたる月かげ、いとミにしむほどにおぼゆ。歌などよミつゝ、けふのよろこびを、

栄こそげに長月の十余り

ミよ月かげもよにまさりけり

いでかへり侍らん、とて立出る。かへりにハ明石町をへなん、とて行にける。名もしるく、いさり火のほの〳〵ミえたるに、海づらの（上五九オ）晴わたりたる、筆もことばも及びがたくぞおぼゆる。かゝるところ、近きほどにあるもしらで、けふはじめてミつることの口おしさよ、と思ふ也。月の光すミまさりて、風も打絶たれバ、浪もなし。

こゝもまた月のあかしの名にしおへど

よるとしいはん波だにもなし

打ながめつゝ、かへりにけり。いざや園中の月ミんとはしゐに出れば、軒ばの松のひまよりきら〳〵とさしわたしたり。

軒ばなる松のこのまをもる月ハ

むら〳〵きゆる霜かとぞミる（上五九ウ）

けふハ十三夜なり。

雲の上にミそめし秋を契にて
すむやいくちよ長月のかげ

えぞしらぬちしまのはてもわが国の
光とこよひ月をミるらむ

これらハ、すゞめの黄なる口にてさえづりたるに似たるべし。いまのわらハべなどの口つきにもかよひ侍らん。

猶、月をまもりて、

世中に月てふものゝなかりせバ
哀もしらぬミとやならまし

つく〴〵とむかへバ袖に露ぞをく
こハ何故と月にとハまし（上六〇オ）

この月ミるにさかなもとむべきかハ、といふに、例の下谷のあま君なんどより、さかなをおくり給ふ。けさまた大なるぼら（濁ママ）といふいほの、つなぎをける船に入てありし、とてもてくれバ、是をさしミにして、皆〳〵わが住居のかろきものまでもよび出、船などに打のらせて、酒などあたふ。例のごと、酒くみあひ、笛・ひちりきなどふきありくを、翁も青柳の笛とり出て、ふき合せつ。またハ庾公が梅などをうたふ。のちにはさいばらなどうたひ、つゞミ・大鼓うちそへて、興ありけり。げに月をも思ふまゝに（上六〇ウ）ミるべき身となりて、秋の二夜とも月のすめるうれしさを、

草のとにすむかひあれや玉くしげ
二夜の月のかげはれしそら

けふ、西尾の城主より、素真蘭をはちにうへて、こし給ふ。こハめづらしきものなるを、いかにして翁に、と思ふが、この父の朝臣、いと翁としたしかりければ、翁の教うけよ、などことばのこして世をさり給ひしハ、その比もきける事なりし。それらの事など思ひ出給ひて、此草の庵たづね（上六一オ）給ひてん、ゆるし給へ、などきこゆ。例の戸ざしゝて、かたく辞し侍るものから、ことハりなしにハ聞えんかたもなけれバ、まづかたじけなきよ

しをのべつ。此素真蘭ハ、もろこし船のはじめておとゞしもちきたりしを、たつのゝ君の得給ひて、このあそへおくり給ひしが、いとしげりたれバ、根をわけておくり給ひしとぞ。草木のはなこのむとハいへど、世にまれなるものハさらなり、もてはやし侍るものまでとハおもはざりしを（上六一ウ）。

十四日　けふも晴ぬ。夕つかたよめる、

　袖のうへハいづれにおつる露ならむ
　荻に薄に秋の夕かぜ

けさも雲ハあれど、日かげもさしわたりたるに、池のおもに、はじめハかずミる斗雨のふりたるが、さとおとしてふりたる。この夕べも村々と雲のたなびきけるが、またふり出たり。いかにもむら時雨のけしき、あかぬおりなり。月、出る。

　おもふその心のほかの色もなし
　それとはさゝぬ月のひかりも（上六二オ）

つく〴〵と思ふに、のべ・山べハさらなり、何となふ庭のけしきまでもかハりて、盛になきし虫のねも、いづこぞとたづぬるほどになりて、おばなも雪のおもかげなし。くさむらもいとあさうなりて、かハらぬ露の色もいとひやゝかにおぼゆ。月ミるうちに時雨の雲のめぐりきて、ところ〴〵にミえし星のかげもわかず、はや草の軒ばに玉水のおとすも、げに世のけしきに。

十五日　朝日きらめきたり。けふハ、下谷の（上六二ウ）あま君、きたり給ふ。いとよろこび給をミるも、うれし。園中のこりなふ、人にたすけられて、ありき給ふ。いとしづか也。先にたち、しりへにしたがひて行。おほくの道ありきしより、いとつかれにけり。もとより清雅も風流もさらなり、只おのれもいとけなき心になりて、ひめもすありきなどす。小浜のいし九幸老人、かねてよりねもごろなるが、けふよびてけれバ、よろこぼいてきたる。これハものがたりもしつべし。されどそのひまもなし。ことし八十になりぬ。珍ら（上六三オ）しき翁なり。夕つかたに成りけれバ、月やいづる、といふ。翁ハ、いまだ出侍らじ、とあらそひて、すのこへ出れバ、東の林の梢より二さほばかりものぼりて、光さへそひたり。うれしくて、ミなよび出で、ミる。例の浸月亭へ行。池のおも霧わたりて、月いとおかし。例のことがきのやうに、

まどかなる月の光を吹かぜに
くだけてよする池のさゞなミ

子等、船にのる。あま君、ゑミさかへて、ミ給ふ。かへりのゝち、翁も船にのりぬ。定栄・たき子ハ東と北の殿にすミ給へれバ、いざ（上六三ウ）おくらんとて、また松濤深処をいづる。月のミすみて、さびしきまでにおぼゆ。芝生露寒く、尾花の雪もつき〴〵し。先にたちたるむくつけきおのこ、ミそぎ坂の下にて桐のはを一葉ひろひて、もちて行。いかにとゝへバ、初秋よりの契あるものにて、ことに御園のにてさぶらへバ、といふ。いとおかし。さらバかう思か、とづしきかす。

ちりそめし一葉のひまを契にて
なれしやいくよ長月のかげ

おのこ、よろこぶけしき也。翁その桐のはをひろひて、その歌をかいてやりけり（上六四オ）。それよりかのおとこ、桐葉と号しけるとぞ。

十六日　けふも晴ぬ。朝ハさむし。日かげはあつきまでにおぼゆ。こゝハ月の出るかたに林ありて、高どのにてもミえ侍らず。いづこかありなん、かの明石町などいへど、行きの人もあるを、こしとゞめて月待べきにもあらず。亀山の君の別荘の芝浦にあなり。済海寺のとなりき《と》く。夕つかた、ふときたりて、月の出るをミ侍らん、といふ。大守、いとよろこび給ふ。されど、もてなしなどありてハ本意そむく。ことに、朝晴ても、出るかた雲こりしくまじきにもあらず。かね（上六四ウ）ごとして、さらバやめてんといふも、また雲あるをミつゝはる〴〵ゆかんも、わびし。たゞ、晴たらば其時に乗じてきたり、門たゝくべければ、かねて別荘もるおのこにしか〴〵といひつけ給ハらバ事たるべし、といふ。領掌ハし給ひしかど、余りにいつ頃よとたび〴〵いひこし給ふにぞ、はれ

たらバ十六日になん行べし、されどゝて、初の事こま〴〵猶もいひもてやりぬ。よもてなしハあらじと思ふなり。九幸老人のもとより、きのふのよろこびいひこして、三輪山の杉とうつの山のつた、ねこじ（上六五オ）てゝくる。ひる過る比より雲ハいでたれども、たゞ何となふうちかすミたるやうにて侍りけり。されど東北のかたハ空も青くミゆれバ、行まし、とて立出る。おもひしよりハ遠し。亀山の君、いつか来りて、むかひに出給ふ。ともに楼にのぼる。海をミわたし侍るハいとおかしけれど、例のかハらやうちつゞきて、少し口おしきやうになん。うしろに山あり。双峯の君茶をこのミ給ふが、松桜をゝほくうへさせ給ひたりしとぞ。いまハ大なる木となりたり。さかりのころハさぞな（上六五ウ）と思へど、いはゞまたまねかれん、と口つぐミて行。やゝのぼる。いと高し。海づらをミやれバ、高どのにてミしとハたがひて、いと目も及バぬけしき也。帆かけし船の行ちがふに、つりぶねなどもこぎありく。かの月のかたハ雲もなし。やゝ日も山にかくれて、何となふ霧だちたるに、船の帆斗ハくれやらぬ色をのこしたり。しばし山のうへに居たれど、月出べきけしきもなけれバ、もとの楼にかへりて、さま〴〵物がたりなどす。定栄をもつれて（上六六オ）けるが、あれなん月なるべし、といふ。おどろきてミやれバ、朝日のかゞやき出るやうに、紅ふかく、いはゞやハらかなるものゝやうにて、まどかにも少し長くもなりて、出たり。いきころしてミいたるが、一丈ばかりものぼりたれバ、くれなゐのいろもやゝさめて、月の光となりし。このころも、まだよにしらぬ月なめり。ミるがうちに二丈ばかりものぼれバ、海のおもて、こがねをしきたらんやうにミゆ。

秋かぜにかつらの花やちりぬらん
　光をよする月のうらなミ

と思ひたり。げにもよくこそけふハきにけり（上六六ウ）、とはじめて思ふ。あるじも、わがものがほによろこび給ふ。歌よめ、とて硯など出る。

水に近きこのたかどのにはしゐして
　またよにしらぬ月をこそミれ

もてなしなどのことハいたく辞したれバとて、わりごやうのものにさかななどいれ、そばをも出し給ふ。月ミつゝ、くふ。酉の中刻にハまだなり侍らじと思ふころ、道遠けれバ、辞してかへる。園の月もまたしたしきやうにおぼえて、散歩しつ。この比、かならず尾花がつゝミの雪をわけて、ゆく（上六七オ）。

十七日　雨、いとしづかなり。かねのおともしめりて、木かげふかうミゆ。しらさぎの岸にあさるも、松の梢にとまりゐるも、絵にかきたらんやうになん。桜のは、もミぢしたる、おかし。けふハ、わらんべのよミ侍りし、とてもてきたる組題をとりて、かず〳〵よミ侍る。草庵のうち、いと静なり。

草のいほの雨を契りにふるとしも
　人にしられで世にやすまゝし

くさのとに猶ところせきわがミこそ
　置処なき恵なりけれ（上六七ウ）

月をミるも花をミるも、只御恵にこそあれ。ことに、むかしおもきものおひたるをもて、か斗力なき、やめる翁をも、たゞうどのやうにはおもはずなん。心にまかせて、むさしのゝむしのね、すミだ川原の月をもとひて、春ハかすがのゝの守、秋ハすまの関守り、とむかしよミたりしに事かハりて、かのよその隠ざ（濁ママ）をもわがことのやうにいひなすほどなれば、所せき身ハ昔にかハらず。夜も玉水の音たえで、ともし火の光ミじかきをかゝげ〳〵て、文などミる（上六八オ）。

人めかるゝ草の庵の秋の雨に
　ことゝふ荻の音だにもなし

十八日　夜なかより風出て、晴たり。暁の比、窓をあけてミれバ、有明の月の、霜のやうにさしわたりぬ。それよりねもやらで、

秋のよの長きもしらでくりかへし
　おもふにつきぬ恵也けり

朝日かゞやくけしき、きのふ一日雨ふりたるが、はやめづらしきやうにぞおぼゆる。この比のけしきを、

　秋をふかミ日かげおとろふ草むらに
　　ひまなう虫の声ぞきこゆる（上六八ウ）
あぢさゐの花のおもかげ猶ミえて
　おばなの雪に秋ぞふり行
秋のかぜ軒ばの松にこと〻へば
　　やがてまがきの荻ぞこたふる

月出るかと思ふに、くもる。時雨のごとふりしが、かミの音はるかにきこえしが、雨もつよう、おともちかうきこゆ。ほどなく遠ざかりぬ。

十九日　晴ぬ。寒からず。牧野和州、ひる過るころよりきたる。亀山の事、ものがたりす。船越いよの守も来り給ふ。久しき望ミなり。やう〳〵、来り給へ、とけさいひやりし也。こハ（上六九オ）北のかたのおぢ君なれバ、先だちして園中ありきなどす。秋風亭にてはやくらくなりたるハ、くもりたる故なめり、とむかひの岸行頃ハくれちかうなり、木の下かげ、いとたど〳〵し。千秋館へかへる。こゝにて、また酒くミあふ。はるかに神のおとし、いなづまの光ひるなして、まだ雨ハふらず。やゝちかうおとして、雨ふり出ぬ。ひかり、まなくミゆ。まらうども、かへり給ひぬ。残りしさかな出して酒くミあふほどに、つようなりはためきたるが、やゝ音も遠ざかり、雨も（上六九ウ）やミぬ。いかにもけふハ、ひるよりあつかりし。

廿日　晴ぬ。けさハさむし。吹上の菊、やゝひらく。ひるつかた、雲いでたれど、ほどもなく晴ぬ。はつかの月待得んと、よひよりはしゐしつゝ、ものなどミる。この比よく人のいふ、八才の女子、子をうミし、といふ。きけバ、下総國相馬郡藤しろ宿の忠蔵といへるものゝむすめ、とやといひて八才なりしが、男子をうミけるとぞ。あやしきことハかたらざれときゝしが、この藩のものもミたるほどの事なり。世の末になりて、かくいとけなきものゝかゝる（上七〇オ）事あるよ、といふ。枕の草紙に、

三才の子のむかしよりまされる事をしるしたるが、今またそのむかしよりもまされるをいふ。はぢもまたおなじきものにや。

廿一日　よべ空いと晴たりしかば、有明の宴をなし侍らん、と例いづるおのこふたりミたりにいひかハしける。老のねざめもそひて、ふとめさむれバ、寅の刻なり。しばらくして中刻とも思ふ比起出て、例のごとく口すゝぎなどして庭へ出れバ、月ハ霜おぼえたり。東坡の竹影浮萍のごとしといひけん(上七〇ウ)やうに、木かげ斗むら〳〵と地にしきたり。

庭のおもハ月にさへたる池なれや
　木かげハ水にうかぶうきぐさ

など思ひつゞく。はる〴〵と行くに、有明の月いと高うすミて、亭中へかげさすところハなし。くずれずの岸にのぼれば、舟の帆なども見え、いさり火もミえたり。月をあふぐ斗にて、うき雲のたゞよふさま、ことばにもいひがたし。尾花の雪をわけてたどり行。かの浸月亭へゆけど、これもおなじくはしゐして、あふぐ斗なり。その比ハはや雲消て、月の光いとさやかなり(上七一オ)。

ミるがうちにむら〳〵白き浮雲の
　きえてのこれる有明の月

この亭もおもはしからず。春風館へ行たれど、おなじことなり。楊柳亭のすのこをミれば、霜のやうにかげしきたるに、こゝぞとて氈などミづからもしきわたし、皆そのうへに居て、月をミる。

心すむかぎりハいづこ在明の
　月にきえ行空のうき雲

やゝ明行比、尾花が堤を行。むかふの岸のはじのもミぢ、いとおかし。

明行バはじの梢の色ミえて
　尾花にのこる暁のそら(上七一ウ)

やゝ雲も紅にうつろふ。

有明の月の光とミるがうちに
　あさ日のかげぞ雲にうつろふ

桜が渕より船にのりて、千秋館へかへる。そのころハまだ日かげハさゝず、月ハ光うせて、白雲のやうにミゆる。

世にすミしかげを昔になしはてゝ
　くもに紛るゝ在明の月

けさハ寒し。夕つかたより雨となる。おとゝひのかミハ、下谷のあたり、四谷のさきの寺、霞が関のほとりへおちしといふ。

廿二日　けふハ福山の君などきたり給ふな（上七二オ）るが、くもりたるに、翁も疝うれいてけれバ、ことハりいひやりける。つはぶき、盛也。しらぎくハ半にも到らず。夕つかた、雨。

廿三日　残りなふ晴たり。この比より、千秋館のむかひにつと池へさし出たるところあり、こゝに桃あるハ柳さまぐ〳〵うへたるを、ミなよそへうつして、浦の中らに椎の木の五もとあるをのミ残して、しらはまとしたり。有明の月ミしに、いとよくおぼえしかば、こゝをなん有明のうらとなづく。とまかけたる船の二ツ三ツつなげるに、椎がもとのはじの木のもミぢ（上七二ウ）したる、つはぶきなど咲たる、いとおかし。けふハつな子、久々にて来り給ふ。よろこぼひて、何くれともてなし侍らんとさたす。日かげいとあつく、葉月の初つかたのやうにおぼゆ。わた入し衣ひとつき侍りても、あつし。庭ありくに、遠かたにかミの声聞ゆ。いづこならんとミれバ、ふじのねのあたりとおぼゆるに、雲のいろ、藍より出しかちのやうにミえて、上のかたハうす墨のいろになびく。ミるがうちに霧こめたるやうにて、やゝおともちかくなりぬ。こハまた珍らし（上七三オ）といひあふ。池のおもにかずミえて、ふり出たり。いづかたへなり行かとミれバ、北へも南へも雲たな引斗にてありし。ひかりあかうミえて、またおとす。ちかうなるかとおもへば、はや声やミて、かぜすゞしく吹かふ。ミるがうちに雲のたえまに空さへミゆる。さらバあつしといへど、冷際のいとひゆるに、おとのやミしにや、などいふものもありし。のちにきけバ、大山より出たるが、海へおちてやミぬとぞ。雨のかずかぞふ斗になりて、はや夕日の光さやかにミゆ（上七三ウ）。

風寒ミ晴る入日のけしきまで
　時雨にちかき夕立のそら

よろこぼひて、また庭ありく。日くれけれバ、千秋館にかへりて、この比のけしきなどよミあふ。

草むらの底のむしのねうらがれて
　秋も末ばの露や愁ふる

夕やミの星の光も秋ふけて
　ミにしむ軒の松かぜの声

つな子が、

かげうすき入日の底にひゞきゝて
　秋もくれ行かねのおとかな（上七四オ）

たき子、

ひら〳〵とそむるもミぢの色までも
　くれ行秋をつぐるがほなる

れつ子、

虫の声《ねも》尾花が袖もうらがれて
　あハれミにしむ秋のくれかな

夜ふけて、弥空すミたるに、風も吹かふ。

うば玉のやミ夜の星もかげすミて
　吹おとたかき空の秋かぜ

あすも有明の月ミんとかたミに契りしが、暁のころミれバ、くもりたり。よしなし、とてつかひやりて、やめにけり。

廿四日　空はれて、風冷なり。岸にうへた（上七四ウ）りし吹上のしら菊、さかりなれバ、

秋風もしづけき池のさゞ波に
　まがハぬ岸の白菊の花

庭ありくに、くりの林の下にて、わらハべの、いがの梢にゐミたるをミて、下のくさむらをたづねて、ミをひろふ。

草むらにミをバかくしてくりのいがの
　ゐめる姿を枝にのこせり

菊の前に氈うちしきて、皆いでゝ興じぬ。くれ比、つな子かへり給ふ。

廿五日　空晴て、ひやゝかなり。けふハ大君の田安の邸へならせ給ふとぞ（上七五オ）。世尊寺経尹卿のかいたる孝経一巻をかひもとむ。けふも歌などよミあふ。いで歌てふもの《ハ》はかなき道と定家卿もよミ給へりしごとくなれど、只わが思ひをのぶることとぐさなり。されど、わが輩のハ只人の口まねびにおぼれざるよりして、三代集の風よまん、またハ新古今の風まねぶのといひて、ことばさへ似すれバ、さ出くるものゝやうに心得る輩もあり。いとくだりたる事にハなりにけり。いまの上下姿の画ハうきよ絵のやうなりとて、今の人にゐぼし・かりぎぬきせ、またハ天正比のいくさによろひきせ（上七五ウ）またハ天正比のいくさによろひきせ、手長のはたなどかきしたぐひハ、たゞ見よからん為に誠の事をうしなふなり。歌もミな、高くせんとしてのちの世のものわらひとなりはべらんことをよく思ふべし、などゝわらハべにかたりものす。夜なかにおどろかす人あり。きけバ、庄内の右兵衛尉忠徳あそミまかり給ふ、との事也。いでこのひと、もとよりちなミあるがうへに、班例もおなじけれバ、若かりしときハしたしかりし。翁ハ大任おひてよりおのづから遠ざかり（上七六オ）、かの人ハ久しくいたづきとて引こもり給ひて、つゐに致仕し給へり。五十余り八ツになり給ふらん。その北のかたの歎にふし給ふらんのいとおしく、夜明れバおそしとそれらの事をもさたし侍りて、つかひなどものす。

廿六日　風いと寒し。日かげハくまなくさしわたしたり。ひるハいとあつし。いつしかさくらハ落ばしたり。きり〴〵すのふとくたくましきが、芝生のそこありく。はじのもミぢのもろくちる、おかし。たでの花の紅、やり水にうつる（上七六ウ）。

廿七日　きのふより、げにはる。日かげいとあつし。小てふおほくとびかふ、しら菊にたハむる、いとはへあり。八月にして黄なり、ときく。いかにもしろきハミえず。

廿八日　晴る。翁、日ごろ草木をこのめば、一たびハ、すがも村のあたりのうへ木屋、軒をならべてあなるをミ給へ、と人々いふ。もとより、外へ出る事をバこのまねバ、いつとも定めざりしが、この比の時雨のひまに菊などミ給へ、盛にハ人も出らん、かのあたりハもミぢも染侍らんといふに、さらバとて（上七七オ）けさ立出で、大塚の別荘へ行。このところハ、地をかい得てしが、いまだはたけのミにて、ミるところもなし。されど、梢のもミぢなど、ミすてがたくおぼゆ。こしのうちなるわりご出してひる飯くひ、こしを出て、かのうへ木屋をミる。さま〳〵の木草ハもとよりあるべきところなり。かの菊ハいかなるさまにやとミれば、いづれも明り障子もてやねつくり、それが下にきくを三段にうへたり。またかたハらにハ、いと大きなる菊の枝をこちたくためて、さま〳〵のかたちをつくる（上七七ウ）。あるハしらぎくもてふじのすがたをつくり、またハ船のかたち、けもの・とりなどのすがた、いづれも高さハミあぐる斗にして、わたりハ三、四間もあるべし。こゝハいかにと立よりてミるに、ミなおなじさまなり。未の刻ごろにもなりなん。道ハいと遠し、はやかへらんといひて、ミのこしてかへる。道のいと遠く、こしのうちいとくるし。やうやく本郷といふに到る。こゝに円満寺といふ寺あり。かの法如上人の居たりしところにて、紀藩の御祈願所ときく。こゝへ（上七八オ）立よりて、茶などのミ、たゞちにまた立出て行。日のいらんとするころ、かへりつきぬ。こしより出て、何のひとこともいはでかの園中へはせ出で、しばしありきて、人心ちする心ちす。もとよりそれをあきなふ心から、世の人の心を心としてこそつくるべきが、余りにおもしろからぬと思ふ。これも、人とハかたはなるにやあらん。たゞわがゝたの岸の白菊、おのがまゝに乱れ咲たるこそわれハあかね、とひとりごといひつゝ、やう〳〵衣などかへ、酒少し（上七八ウ）たうべて、ひるのつかれをまぎれたり。されバ興もなし。これぞとかくべき事もなし。かの時到りて枕をとりしが、つかれにけれバ、とくいねぬ。夜中にやありけん、ともしびもきえざるに目さむれバ、かミのおときこゆ。雨ハふらず。やゝちかふなりて、ひかりさし入。海のかたにやありけん、ひゞきつねならず聞えしが、ほどなくやミぬ。暁めざむるに、またはるかにおとす。よハのにてハあらず、ことかたなり。廿九日　霧とぢて、雨ふる。庭のけしき、えもいひがたし。もミぢの梢もいさゝかそめたるに(上七九オ)、立こめてむかひの岸もミえわかず、白鷺の三ッ四ッ、つばさまがはでとびかふ。こなたの岸のしら菊、ほの〴〵とミゆる。いのちものばへぬべし。霧やゝふかうなりて、物かくにもたど〳〵しきやうなるに、雨もそひぬる、またおかし。夕つかたも霧こめてそぼふる、いとあはれなり。

軒ばまで霧立こめてふる雨に
　松もおとなき秋の夕くれ
心なきものとないひそ松がえも
　かればまじれる秋の夕暮

また、つく〴〵と打ながめて、

うしとても秋の夕ハわれぞとふ
　わが夕べをバとふ人もなし(上七九ウ)

ともしとる比、すのこへ出れば、西のかたの雲のたえま、おどろく斗に紅にミゆ。このよの月ともいはまほしけれ。卅日　よハのかミハ、あたごの山、あるハ秋元のやしきなんどへおちしとぞ。けふハ時雨ふる。やゝ雲もはれたり。うきともかなしともいひたるが、けふにとぢむると思へバ、いとゞなん。

うしとミし秋の夕もいまさらに
　わかれとなれバこひしかりけり
梢さへまだ下染のもミぢばを
　のこして秋のいづち行らん(上八〇オ)
秋と冬と行かふけふの中空に
　たゞよふ雲ハ雪かしぐれか
いくとせかおしミなれにし秋なれど
　くさの庵ハ露けかりけり

ひる過るころ、亀山の君きたり、ほどなくかへり給ふ。

庭を散歩して、秋をおしむ。
浅ぢふの露もとまらぬ秋風に
庭の夕日のかげぞ淋しき
はやくくれ行バ、夕日の空にうつりたる、
あすもミんけふにぞ秋も紅の
入日の名残空にきえずバ
ともし火かゝげて、ふミなどミつゝ（上八〇ウ）、
長き夜をたのむ斗にともしびを
かゝげておくる秋のわかれぢ
いとしづかなる夜なり。いぬれどおどろかす荻もなし。ふとめざむれバ、燈のくらくなりあかくなりて、きえなんとす。はや暁なるべしとおもへバ、はるかに犬の声きこゆ。八声の鳥も鳴つべし。
引とめん尾花が袖も霜がれぬ
秋のわかれの暁のそら（上八一オ）
こん年を契りて秋もいなば山
つれなき峯の色ぞ残れる

（上八一ウ）

かミな月

朔日

あかつきにわかれし秋の移がを
しのぶ朝けの霜の白菊

ミるがうちに、ひとしぐれの雲の立おほひたり。

名残おしむ心に空もしぐるゝや
きのふまでミぬ雲のけしきハ

等閑に詠捨てし秋のそら
只長月の名をたのミつゝ

けさハ寒し。巳刻過るころ、本邸へ行。ふたりのうまご、弥安全。未の（下一オ）刻過るころ、かへる。また散歩逍遥。

二日　よなかより雨つようふりて、遠かたにかミさへなりしとぞ、けさなんきゝ侍りぬ。風うちそひて、ふりまさる。冬のあらし、いとしるし。池の水かさそひて、きしの岩なども半かくるゝほどなり。けふハ寒し。火など、少し思ひ出る。夕つかた、秋風の庭の雨のけしきなつかしく、かさゝしていきぬ。まだもミぢハ下染ながら、はじの千入に、おばなの雪ふりかハりたるけしきに、雨ハすこし音してふる。池のおものいと（下一ウ）静なるに、白鷺などもあさりゐて、鳴の二ツ三つとび来て、ミなれあそぶ。げにいづこへ行たらんよりハと思ひて、打ながめたり。れつ子・たき子をもさそひたる。歌などよミ給ふけしきなり。ミそぎ坂の桐のくちばをわけ行し時になん、

秋にちりしくちばの上ハ静なり
板屋の軒にたえぬしぐれも

打むかふけしきを、

松ひばらしゐて時雨のもらさずバ
何をもミぢの錦とハミん（下二オ）

よくミれバ薄紅にうす緑
千しほも交る木〳〵のもミぢば

秋かぜの名におふけふの夕しぐれ
もミぢもまだき色に出つゝ

初冬のしぐれをよめ、とありければ、
秋をしたふ露かあらぬか袖上ハ
しぐれとゝもに冬やきぬらん
風うちたえて、いとしづかなる夕なり。
うしときく松の嵐の声たへて
時雨にしづむ入相のかね
夜半、玉水の音たえず。つく〴〵と思ひつゞけて、
天下ふるにかひあるこのミとや
しぐれの袖も色に出ぬる（下二ウ）
三日　暁よりこがらしの吹あかして、窓のとなんどへ、さら〳〵と松の落ばの風にちるも、あはれふかく、
吹ごとに松の落ばの村時雨
是もやかぜに晴くもるらん
朝日、まばゆきまでにミゆ。けさハ寒し。火桶など、かたハらへ初てをく。
定めなき世とハいはじな冬くれバ
きのふの時雨けふのこがらし

冬のはじめの歌かけ、と人のもとよりいひこしたれバ、かける（下三オ）、
あらしふくけさに思へバ一はちる
秋こそ冬のはじめ也けれ
ひゞ・あかぎりなどのたぐひにハ、黄菊百りんをごまの油につけ置て、つくれバ、いゆ。庭などありくに、風いと寒し。夕日のけしき、えんに花やかなり。障子たてゝふミなどミれバ、ミか月の出しといふ。はしり出てミれバ、いと清らに、ほそうミえし。
花ならバひもとく比の三か月に
あまりはげしきこがらしの風
ミるがうちに、月落たり。
白妙の夕つけどりハほのミえて（下三ウ）
のきばにおつるミか月のかげ
松かぜのおとたかし。
うきにまけぬ心つよさもしのばずや
音にたてたる松のこがらし

四日　きのふにかハらず空はれわたりたり。夕日のそらにうつりたるに、ふじのくろうミえたる、いとおかし。

　夕附日入てのゝちハ霧晴て
　　墨絵おぼ《ゆる》ふじの芝山

　富士のねハ夕日のあとに猶ミえて
　　遠の林の色ぞくれ行（下四オ）

吃逆の腹中よりいづるハ、なたまめの実を黒やきにしてもちゆ。むねより出るハ白ざとう、また久しく出てやまざるハ、しやうがをすりてその汁をとり、少しあたゝめてせのほねをいくへんかつけ、さんしやうを丸じてのめば、数日やまざるもやむ。

五日　晴。いと寒し。春風の庭も、桜のもミぢのおかしきを、

　池をめぐる岸の桜もゝミぢして
　　秋にハもれぬ春かぜの庭

このごろ、事なし。歌などよむ。こぞの比にかありけん、翁も、致仕し侍りて（下四ウ）、この月花にのミ心をやらバ、歌ハよくよミ得侍らんといふを、人もげにとぞいひける。いま、よを出で、心のまゝに月をもめで侍るが、むかしよミしより、いとおとりて覚ゆ。事おほきも歌なり。うきもたのしきも歌なり。事多し、歌よミ得がたき、などゝいひしハ、いと無下にあさましきことといひしなり。いまハ物にもかゝハらねバ、またよくよまんともおもハず。弥おろかなる事ぞおほき。けふハ、つな子来り給ふ。例のごと庭などいくかへりもありき、夕つかた（下五オ）、惟章がすむところへ行。酒などのミ、夕月をミて、歌よミあふ。

　紅の夕日の名残うつれども
　　うつらで月の光さへそふ

くづれずの岸のほとりなれバ、ことがきして、

　折ふし、月も弓はりの如くといひ、ことに南山の寿かけず、くづれずの岸のほとりなれバ、

光そふ夕の月にくづれずの
　きしや南の山と契らん

六日　空晴ぬ。とくよりきまほしと聞えしが、物にまぎれてありしを、阿波少将のもとよりもいひこし給へバ、けふつな子も(下五ウ)ゐ給へバとて、弾正大弼をまねき侍りぬ。き給ふころ、四谷竹町とかいふあたりに火あり。風、いとはげし。煙もくろうミえたりしが、庭などありき給ふ比ハ、やゝきえぬ。かへり給ふのち、一葉にのりて、うちつれてあそぶ。日のくるゝころ、つな子、かへり給ふ。それよりふミなどゝり出て、例のころ、いぬ。こよひも月いと花やかなり。

七日　晴ぬ。朝のほど、例の散歩。芝生の露、いと寒し。きのふきたりしすの崎の(下六オ)一もとすゝきを庭へうゆ。船にのりて、芝うらの沖をミて、かへる。霞こめたるけしき、雨になり侍らんとおもふ。

　はてもなくかすめる空につり舟の
　　かずいやそふる浦の夕なぎ
心あてにミれバそれかとうち向ふ
　霞の底の雪のふじのね

枕とるころ、遠かたにてかミの音聞ゆ。

八日　ねざめのころ、玉水の音いと静也。宮川の君きたり給ふが、雨にてきたり給ハず。天のはし立の松をねこじて(下六ウ)、給ふ。雨まゝち得て、庭にうへんとす。

　ふミもミぬその名所も松がえの
　　蚓でにかけて思ひわたりぬ

けふハいとしづかなり。鷺などもこゝろよくあそぶめり。

九日　久しう仰を蒙りたるが、何くれと辞し侍りたるが、せんかたなくけふ田邸へ出ぬ。よろこび給ふをミまいらすれバ、とくにもこでありしを、とおぼゆる斗なり。かのあま君もたいらかに、こゝぞとの給ふところもなく、打ゑみて（下六オ下七）物がたりし給ふ。けふハ御庭の菊の宴也。また、かのあま君のかたへも行ていとま申、つゐにまかでぬ。御館を出れば、ゝや日ハくれにけり。けふ御園の山へのぼりたれば、夕日の傾きて、ふじのねのまくろにミえたる、

　ふじのねハ入日と共に雪きえて

かのこまだらの色さへもなし

卿ミづから棹とり給ふ。船中の月いとおかしければ、

さす棹の雫に月もてりそひて
玉をかざれるあけのそほ船（下七ウ）

など、心にうかミたり。かへりの道すがら、夕月のくまなきかげ、いとうれしくて、

あり明のわかれつれなき夜比へて
またこそ君にめぐりあひけれ

十日　あさより晴ぬ。夕つかたハ雲出たり。ともしびとるころ、すのこの上に松のかげのミゆるに、おどろきてミれバ、一筋の雲もなく、風のたかう吹おとす（下八オ）。

天原もろこしかけてはるゝ夜や
吹にあとなき月の松かぜ

十一日　けふもいと晴ぬ。福井の中将の邸へ行。こぞより、いつこし侍るや、と定子のかたよりいひこし給ふ。きのふかくといひやりたれバ、夢の心ちす、などゝせうそここし給ふ。もとより久しくわづらひ給ふが、この比ハいさゝか心ちよく、とハ聞ぬ。久しくあひミ侍らでも、おどろくほどに思ハざるが、こゝちよきにや、と思ひしなり。中将の君ハしるかたに居給へば、只おくにのミ（下八ウ）居て、何くれとうちものがたりぬ。夕つかたになりにければ、またこそ、とてかへりぬ。道行ぶりに本邸によりて、うまごなどにあふ。つな子もむかひにはせ出給ふ。高どのにのぼりて、けふはじめて盃をとる。例の貴長、その余の人も出たり。月ハいでたれど、いとおぼろなりければ、

語りあふのどけき人の心より
はるをおぼえて月やかすめる

つな子、

これをこそほだしになしてとゞめてん（下九オ）
さやかに晴よけふの月影

酉の刻の拍子木うつとひとしく、ともそろへてかへりぬ。かの明石丁をゆけど、ほの〴〵と雲のそこにミゆる。かへりて、けふはかくありし、など北方へものがたりす

る。いつしか晴行て、池のおもハ霧いとふかく、木々の梢の少しミゆる斗なるに、月ハさびしきまでにかげすミたり。

木のもとハわかぬ斗に立こめて
月に及ばぬ波のうき霧

あやにくの例のならひに。

十二日　あかつき、なき人のおもかげミし（下九ウ）とおもへば、ゝや夢さめたり。

老らくのねざめの夢のきぬ〴〵も
袖の涙ハありし夜の空

などゝ思ひつゞけて、わがよふけぬる。かねの音をかぞへ侍れバ、やう〳〵六ツなり。

一年のたつに恵ハかさなりて
たゞ老はつるミを歎く哉

二ツなきわが玉の緒もたらちねの
君が為とてつなぎ置けん

三たびミる心にひまのありてこそ
よしなしごとにまたまよふ哉（下一〇オ）

よつの時かよふときハのたのしミハ
松の木のまの有明の月

いつもきくものと思ふぞ悲しけれ
ことしのけふの暁のかね

むつまじきそのはらからもところせき
ミにはかたミに遠ざかり行

きのふ、ときハゞしの邸へ行、やまいたづねしに、心にうかミてなん。

からうじて夜明ぬ。空もかすミわたりて、いとのどかなり。きのふ・おとゝひの夕つかたのくもれるハ、たゞひるのうちのゝどかなるに、地気の立おほひ侍るが、夜気の清涼を得てその気のきゆれバ、月もいつか清光（下一〇ウ）なるを、雲をうらミ、かぜをかこちしも、おろかなれ。けふハ時雨催す空になん。つな子のもとよりせうそこして、きのふかへりしのちに晴しを、いとあやにくに思ひ給ふとて、是もまた世のならハしと思ひすてゝ只つく

〴〵とむかふ月かげ　といひこし給へバ、それに書入て、
世中ハそらもかくやと独して
おなじ心に月をミしかな
広瀬より詩をかず〳〵よせて、わが（下一二オ）園中の趣をいふ。初めの一首をしるす。池水浮星斗　小舟如坐天不煩犯雲路　便是月中仙　などありしに、
かげうかぶ池の小船ハ久かたの
月の都へかよふとぞミる
有明の月ハ梢にかげおちて
林の鳥のこゑぞ聞ゆる
うつしうへし木かげのおちば払ひつゝ
春の花まつ庵の明くれ
朝な夕な山と水とのたのしミに
きゝしやいつのいと竹の声（下一二ウ）
白川のもミぢの色にくらぶれバ
わがすむ庵ハミ山木のかげ
など一紙にかいて、風の便にやりつ。夕つかたより時雨打そゝぐけしき、いとおかし。
うつろふをいとひし花に引かへて
染るをいそぐ雨のもミぢバ
時雨にハ色なきものをかく斗
ぬれてこのはのいかに染らん
けふきく、歎にハ、大根を輪にきりてうつハものゝ底にをき、水あめをいるれバ、一夜のうちにその大根うかミ出る。その（下一三オ）とき、あめを用ゆれバ、せきやむ。いと奇なり。いかなる眼疾にも、しきミの葉をせんじて用ゆれバ、治す。こよひハ、亥のこもちゐを人にやる日なり。すハりのもちゐ、本邸よりこしたり。さらバとて、かたハらのものなどにとりてやるとて、戯れに、
もとよりも亥のこすまなん住ゐとて
世のならハしももちゐてぞミる
十三日　よひより雨やミしが、けさはれぬ。真田の邸へ行。北のかた・れつ子もこし給ふ（下一三ウ）。思ひしよりハこゝちよげにミえたまふ。たゞ、ありき給ふ事の心の

まゝならぬのミなり。よくき侍りし、といとよろこび給ふ。庭の菊、盛なり。弘幸あそ、歌よめ、とせめ給ふ。

秋のはなの是をとぢめの菊とてや
　千くさの色を尽してぞさく

夕つかた、久しくきかざりしさミせんにて、歌てふものうたふをきく。しらねども、いきのかよふさま、声のにほひなど、いかにも上手なるべし。かへりの道、月あかし（下一三オ）。行〳〵おもひつゞけて、

世人ハいかにきくらん山水の
　清きやいづれ糸竹の声

十四日　けさ、弥はれぬ。けふハ冬になりての寒さなるべし。ひるのうちハ日かげのどか也。もミぢ、いまだ半にも至らず。こよひも月澄り。寒さ、ことにおぼゆ。されども、庭をしばし散歩して、

白妙の光まされる庭のおもや
　尾花の雪に月も氷りて

身にぞしむうす墨色に空はれて
　木かげ霧たつ冬夜月（下一三ウ）

霜氷るかれはそよがぬ浦風に
　月かげおもしあしの村立

十五日　起出る比ハ、しぐれ催すけしきなり。きのふより、げに寒し。庭ありくころハ、日かげさしそふ。ひるハのどかなるべし。この比、芦花の題にてある人のよミしときく、おりふし池の芦花の題にてある人のよミしときく、おりふし池の芦のはなのちるをミて、そのことを思ひ出てよめる、

ちるハ雪のこるハ霜の面かげや（下一四オ）
　花も末ばの池のかれあし

うらかぜの吹かたミせて雪とちる
　花の行衛の霜のかれあし

よしあしも人のことばの花さけバ
　うらミもやらずたのまれもせず

ひる過るより、井上うし、来り給ふ。わかを好ミ給ふて、もはらその物がたりに時をうつす。秋風の庭のもミぢミ

給へ、とてあないし行。黄昏、かへり給ふ。けふハ、つな子・たき子、すだの月ミんとて出給ふ、ときく。月、いとくまなし。たゞ霧ふかくて、木立ハさらにミえず。寒さもおもハで、庭め（下一四ウ）ぐりぬ。かの月の光、さぞなと思ふ。

十六日　よべ、かへり給ふとて、歌こし給ふ。つな子のよミ給ふうちに、ことのはハ及バぬ月のさやけさよとくミせばやと思ふ斗に　たき子よりも、君にミせばやあたら夜の月、などありて、遠近ハけぶりにミえでしら波のよるとしもなき月のさやけさ　などありし。これらにいらへして、

　ミせばやのことばの露の光をや
　　きのふの月の名残とハミん
　ところせき尾花が袖の露のうへに
　　川せの月をかけてしのびし（下一五オ）

雲の時雨て、いと寒し。秋風亭のもミぢ、きのふハ薄き、と朝な／＼におもふなり。こよひの月をミ侍らんと船よそひさたするに、俄に風吹出て、時雨の雲もこりしくやうにミゐて、月など待ものすべきにあらざれバ、思ひ捨て、秋風亭に行、もミぢをミる。やゝくれ行たり。

　ときハ木のしげミハくれてもミぢバの
　　色に夕日の名残をぞミる

猶くれにくれて、もミぢの色もミえず。

　もミぢばもはや紅の色きえて（下一五ウ）
　　尾花の雪に夕をぞミる

いかにも旗さしものハ、紅と白との二ツにあるべし。白きハ猶たうとくこそ、と心におもへり。

十七日　時雨催す雲を、西かぜのはげしく吹おくりぬ。もミぢハ、風まつけしきもなし。

十八日　例のねざめに、養気室を出て妻戸をあくれど、とミにもあかず。西の窓に月のさせバ、しやうじあけてミるに、在明のつきのひとときは光そひて、まばゆきまでにミゆ。庭ハひるよりげにさやかなり（下一六オ）。いかにとまでおもひて、よくミれば、日の光ハくまなくさしわ

たして、こかげといへどくらからず。月ハ、物のかげハ墨もてかいたらんやうにきハことにミゑて、かげのほかハ皆白くかゞやくやうにミゆれバ、いとはへあるよりして、ミゆるなめり。大仁より小仁の、ことにミゆるたぐいなるべし。

　ことのはの花さへ今ハちりはてゝ
　　只うちむかふ有明の月
　心すむ行衛《かぎり》ハ更になかりけり
　　霜のかれのゝ在明の月（下一六ウ）

また入て、ふすまかづきつ。板木てふものゝおとす。月にさえて、一ツの声も二ツ三ツにきこゆ。いづかたなるらんといへど、もとよりミえず。しばしゝて、四日市といふ。さらバ、本邸へちかし。風もあしゝ。とくミにゆけ、といへバ、馬にて行とぞ。ほどもなくきえぬ。けふハ、朝日のかげ、さやかにさしわたる。また、寒き風ふく。散歩、例のごとし。巳の刻過る比、いでゝ、溜池のあね君のかたへ行。これも、いつか〳〵とたび〳〵いひこし給しなり。いとよろこび給ふて、小おどりして、先へたちてあない（下一七オ）し給ふ。すこやかなるハさらなり、いとわかやかに、四十余りにミえ給ふが、はや六十こゝのつになり給へり。ひめもすものがたりし、酒くミかはし、あるハ庭などありきて、戌の初の比、かへりぬ。月ハなし。

十九日　朝より晴ぬ。長岡の君、高崎・村上の君ら、きたり給ふ。とし子もきたる。

廿日　うちくもりて、いと寒し。近き山ハ雪にてもふり侍らん、と思ふほどなり。菊ハ皆うつろふ。やねかけたるハ、さもあらじかし。しばし時雨ふる。もミぢのいろそハんことをのミ（下一七ウ）。

廿一日　きのふハ、近き山々ハ雪ふりなん、雪の朝けの日ハのどかなるもの也としとミあぐれバ、空いと晴て、朝日のうらゝかに、このまに光ミゆるぞ、春おぼゆるさま也。亀山の君・宮川の君、きたり給ふ。宮川の君ハいさゝか郢曲・明笛などもし給ふ。秋風亭にて、酒のむ。

風流もあれど、竹の林のといふべきさまもありしとや、から歌よミ給ふ。紅の字を和して、

　ことのはの露に染てや昨日まで
　　うすきも深き木々の紅（下一八オ）

さして興にもいらねバ、か斗のことなど打づしたり。

廿二日　霧ふかく、露ふかし。もミぢの朝日にうつる、えもいひがたし。

　あらハにハミせじと木々の唐錦
　　つゝむやけさの霧のうすぎぬ

心ちあしき歌也けり。しづかなる夕ぐれの空を打ながめて、少し酒くミあふ。心しるかたより、せうそこもきたり。歌などもこし給ふ。夕やミに月出しこゝろす。

廿三日　北のたかどのへ行て日のいづるをミんと思ひて、有明の月のまださえまさりて霜のかすミたるに、松濤（下一八ウ）深処の門を出て、百花園をゆく。

　秋にミし有明の月のかげのうちに
　　誠の霜ぞ空にミちぬる

東のかたハうす紅の色にゝほへり。やうやくかの楼にのぼれば、ゝや例の横雲の二筋三筋ほそくたな引て、紅匂ふ空いと心もすめるに、おほきなる船の帆もくろうミえて、まほながらもたゞすだれかけたらんやうに、行ともともミえぬに、さすがにいつか過行。例のからす、二ツ三ツほどゝび行に、かりのいくつらもミゆる（下一九オ）、画にかいたらんやうなり。

　横雲に色とりわけて雁がねも
　　引わかれゆく明ぼのゝ空

　いつのよに引はじめてか横雲の
　　かけてたがはぬ曙のそら

しばしすれバ、紅のにほへる色もやゝ消て、横雲の紫になりもて行て、雲かと思ひしあたりもきらめきて、海のかぎりをミる。いま出るかとミれバ、やゝ雲のこりて、霧さへ立そふ。

　朝附日出るそなたに雲こりて
　　ひごろの月のうらミをぞゝふ（下一九オ）

この楼ハ次郎・定栄のすめるかたなれば、朝がれゐもて出る。しばしものがたりして、かへる。辰の中刻ごろ、つな子、きたり給ふ。またともに園中を散歩し、紅葉をめづる。秋風亭にて宴す。題さぐりたるが、蔦のもミぢをとりたり。こゝのかべなどにまとふハ、かのうつの山のを根こじてうへたれば、

うつゝにも夢にもしらぬ秋色を
　こゝにもかくるつたのもミぢバ

むかひのきしのもミぢ、あまりにさま〴〵の色をつくして染たりけれバ（下二〇オ）、

いかなれバおなじ時雨の染わけて
　錦いろどる木々のもミぢば

もミぢとハしらでありしを此頃の
　しぐれに松の緑さへそふ

情あるもミぢの色にくらぶれば
　げにミやま木の軒の松がえ

岩木とハいはじな露の情にも
　そむる心の秋のもミぢば

すこし時雨の打そゝぐ。まちこしものをといへバ、人々わらふ。

もミぢばの色にまたるゝ時雨かな
　ふるにかひあるこのミならねど（下二〇ウ）

など、たハぶれたり。はるかなる岸のかたハらに幄屋を設けて、秋風楽・承和楽など、秋に心ある楽など吹あハせたる、ものゝ音の池水にひゞきて、いとおかし。興つきざれど、船にのりてかへる。つな子も、酉刻ごろ、本邸へかへりたまひけり。

廿四日　あさ少しうちしぐれたるが、つな子のもとより、

けふもまた時雨の雨のふりはへて
　とハゞや園のもミぢばのかげ

とありけれバ、

ふりはへてとはゞ千しほの秋の色を
　浅ぢが庭のもミぢにもミん

庭ありく比、はや時雨の雲のいづこ行けん、日かげいと

あたゝかなり。もミぢのかげ、あかずうちながめて行。

廿五日　ことに早うめざむれど、かねのおともきこえず、ともし火ハいまだいとあかし。ねられぬまゝに、わがミの事をおもへば、おほふけなきミぞ、まづおぼゆ。

　人にこえし恵をうくるこのミこそ
　　わがものならぬわがミ也けれ

それより何かとおもへバ、遠つうらハのなミ、いちはやく心にかゝりたり。又豊なるミのりある年も、余りにかく打つゞきぬれば（下二一ウ）、かミしものちからもおのづからおとろへ侍りて、かの土のご《（濁ママ）》とゝいひしむかしハ、けふのいとなミもそれにしたがひ、上中しもの人々もたやすく過しにけん。いまハ月日にしたがひ、おご《（濁ママ）》りおこりて、さま〴〵のついへおほければ、これにもまたくるしむぞかし。近き年にものゝミのらざることなどあらバ、かならずことのミだれともなり侍らんかし。ことに、沖つ海バら波かぜあらくバ、ミつぎはこぶ船なども出こで、にハかに人もこゝろうごかし侍らん、などゐうなき事など思ふ。かの橘に似たるこのミある国のひとにもかよひ侍らん、などゝあるハおかしく、あるハ（下二二オ）かなしくて、むかしわがよミし歌など思ひ出ける。月花をめづる心のひまぞなき身ハいたづらにいとまあれども　ちらぬはな傾ぬ月ハいつかミんおしミなれにしよをのがれつゝ　などおもひたれ。いまこそ《げにも》ハこの月ハ、たれがものにやあらむ。

　　ながむるハ御代の月かげ御代の花
　　　むすぶも御代の柴のいほりを

などおもひつゞくれバ、ともし火やゝくろうなりにけり。閨のひましらむころよりおきあがり居て、例のころ、養気室を出ぬ。朝日ハ春のごとのどかなり。けふハ（下二二ウ）浜の御園へならせ給ふ。御船にあらねバ、かの庭へハ出ず。けふハ、風のこゝちす。されど、物かきてたのしむ。申の刻ごろ、はやかへらせ給ふとて、御先おふとぞ聞えし。けふハいと静なる日なり。いかではやく《御》ハ。草のとのうちにも、むかしの心ならひにや。

廿六日　うらゝかなり。かねて約したるに、述斎君・安中の君、きたり給ふが、おそければ、枕流亭のあたりへともなひて出るころ、かの君も来り給ふ。けふハたゞまろうどゝあるじ斗にて（下二三オ）、人をしぞけ、ミづから茶などてんじ、酒もたがひにくミあふ。ものはたらきハ、定栄ぞ役したる。秋風亭にてしばらく物語し、日くれなんとする比、もミぢばのうらへ歌の題かいて、枝ながら出すを、一葉づゝとりて、歌よむ。いと興あり。船のやかたももミぢの枝をもてふきたるも、時にとりておかし、とミな〳〵いひ給ふ。翁ハ、紅ぢをかざす、といふ題を得侍りければ、

もの〻ふのかざしにせばやもミぢバ、

ちりなん比ぞ人にしらるゝ（下二三ウ）

皆輿に入給ひけり。安中の君ハ詩つくり給ふ。福山の君ハいとよく物かき給ふ。硯など出しければ、おほくかき給へり。諸侯のうちの書なるべし、といふ。安中の君ハいと文ざえありて、めづらしきわかうど也。けふハ翁もこゝちよげにたのしむ、と北のかたなどわらひ給ふ。

ことゝふハげにも千しほの情なれ

色ハあさぢの庭のもみぢを

などいへバ、かざしよりハいとおとりにけり、とわらひ給ふも興あり。

廿七日　かの松山の君の、三たの別荘へ（下二四オ）かならず来り給へときくも、いと久しき事なり。けふとて、この比より、あまたゝびつかひなどこし給ふ。大崎むらにわが家の別荘あり。久しくミざれバ、行まほしく、こゝへ行て、それより三たへ行べしと定めたるが、けさハいとくもりたり。雨ふらバやめ侍らんとおもへど、さすがにふりもやらず。辰の半の頃、出て大崎へ行。こゝにももミぢハありけり。それよりゆきたるが、雨ふり出て、晴べしともミえず。いとひろき室を、のこりなふ障子などとりて、いとさむし。庭ハ、芝原を遠く（下二四ウ）へだてゝ、池あり。向ひの山ハ皆もミぢ也。いかにもめづらしきまでにおぼゆ。歌よめ、とありけれバ、

むらしぐれふりはへとへバもミぢばも
　けふを千入の色に出ぬる

宮川の君も来りて、からうたなどよミ給ふ。松山の君、いとおよずけたれど、はせありきつゝ、何くれともてなし給ふも、むかしを思ひ出て、むねこそいたけれ。やよ、このところへハ、むかし定国あそのいまだ世子にてましますころすミ給へれバ、翁も（下二五オ）きたり侍し。比をかぞへ侍れバ、三十八、九年にもなり侍らん。おもへバ、木だちハかハらざりけり。その君ハはやうせ給ひて、次の代もかハり、いまの代となり給ふ。

ことゝへどこたふるものハ軒の松の
　時雨につらき色もうらめし

かさゝして庭へおりたつ。紅ぢの林のうちに亭あり。小ぐら山の、といふべきさまなり。むかし、こゝへも来りしことを思ひいづ。

共にミしそのよをしたふ軒ばにハ
　袖もゝミぢの色にしぐるゝ（下二五ウ）

戌の刻ごろ、かへりぬ。

廿八日　けふも雨ふる。ことに寒し。雨ま待得て、庭ありく。秋風亭の池の岸を行バ、梢も少しひまミえて、道ハたゞいくへかちりしきつゝ、かたハらの小笹だにミえず。いかにして、きのふの朝ミしおりハかくもあらざりしを、風しづかなる時雨にも、かくちるものにやあらん。

恨むべきかたこそなけれもミぢバの
　染るもちるもおなじゝぐれハ（下二六オ）

ふまゝくおしきからにしき、など古びとのいひふるしたることなれども、さらにその余にいふべき事もなし。かならず、この落ばよ、払ハで、とよく〳〵いひふくめぬ。きのふあふぎし錦を、けふハまたふミ行も、世のことハりに似たりとや。岸のかれあしのたえまがちにたてるをミて、

ひまをあらミかれたる芦ハ我なれや
　事しげかりしよをバ過して

千秋館へかへりて、ものなどミれバ、西の窓のいとあか

うミゆ。いつか（下二六ウ）晴行て、入日のいと花やかに、もミぢのはごしにうつるにてぞ有ける。

廿九日　朝より晴。けふハのどかなるべし。庭を散歩す。少し風の吹いでゝ、もミぢのちる、いとおかし。

　そめ〳〵し心のはてハもミぢばを
　　さそふ嵐の行衛成らん

ひる過るころより、秋風亭へ行。荻風のこゝへ酒さかなたづさへいづる、いと興あり。琴などひく。かの秋風辞（下二七オ）なり。音楽などす。歌よミ、郢曲なんどうたふ。いかゞしけん、皆興に入て、酔にけり。

卅日　けさの散歩、寒くハおぼえざりしが、芝生ハたゞ雪のふりたらんやうに、霜のしろくふりたる、ことし初てか斗のことをミしなり。骨ののどへたちたるにハ、ほうしやの色あかうなるほどに辰砂を入て、さじに少し斗うけて舌に点ずれバ、立どころにぬくるとぞ（下二七ウ）。けさハ氷結びしときく。ひるハのどかなり。紅ぢの下かげいとなつかしく、行かへりしつ。明月楼のうへに、いとちいさき露台を設く。のぼりたるが、海などもミえたり。あすハかのおば君のきたり給ふときく、いとうれし。何くれとさたしたり。庭などありき給ハじ、とてにハかに腰輿のやうなるものしつらひ、おのれものりて、こゝろミぬ。あすハのどかなるべし。夕日の（下二八オ）いとこゝちよく、ふじのほかハミな薄くれなゐにそめたる空、いとたのもしくこそ。

（下二八ウ）

霜ふり月

朔日　空晴わたりて、朝日いとのどか也。庭へ出たれバ、木かげの池ハ氷むすびぬ。霜、いとしろし。梅林の梅、一木花さく。もとより冬至梅なるものから、時しりそめたる、いとあかず。もミぢハちりて、こゝかしこに残る梢いとさびしく、弥松の物すさまじげにミゆ。うつり行けしき、いといたうおかし。浪花に、中里何がしといへるものあり。兵学廿九(下二九オ)流をきハめ、風車・水車などのたくミなる事より、兵船の事にもくハしく考得てしとぞ。このものハ、もとむかしわが方の家臣にて、それより定行あその比、松山の家臣となりしが、その後退去してけり。いまにも大洲の家の長などのちなミあるよし、たゞしく聞えしにぞ、わが方の田井柳蔵など、船の事などくハしく尋よとて、けふなん立出しなり。はるの比も、姫路に松右衛門とて(下二九ウ)、船にいとくハしきものあるを、はる〲よびて、利害などくハしくたづねしが、いまだ船の事ハ是ぞと思ひうる事なければ、かくハたづねとふものなり。兵学も、必らず一、二流の間にかゝハり居てハ、用にたつべしとハ覚えず。わが家の流を創製したるが、おほくの流義をあつめて、ことしくハだてたり。火術てふものも、十四、五流をあつめて、家の流とす。玉の行ところ、あたりのくハしきなど(下三〇オ)、世中のにくらぶとも、是のミハおとらじと思ふ斗なり。けふハおば君きたり給へバ、たいめにとて、つなこきたり給ふ。おば君も、ひる過るころ、きたり給ふ。あとより、右京大夫もきたり給ひぬ。かの腰輿のやうなるものにのりたまひて、庭をミ給ふ。いとよろこび給ふ。夜かぜいかゞ身にしミ給ハんとて、早くかへり給ふ。それより、打よりて、歌などよむ。

二日　空晴ぬ。舟にのりて池をめぐる(下三〇ウ)。いとのどかなり。ひるつかたより風出たり。木のはの、心にあらでさま〲にちりかふも、風のたえまにおのれとおつるも、おかし。

　うらミこし花の嵐の誘ひきて
　　またもミぢにもうきやミすらん
　木のもとにおのれと落る紅ぢばに
　　かぜのうらミをわすれてぞミる

またよく思ひかへし侍れバ、

　枝にミる錦よりげにもミぢバの
　　もろくちるこそわが心なれ（下三一オ）
　吹かぜを紅ふかく染なして
　　ちるハもミぢの盛とぞミる

観瀾台にのぼりて、酒くミかハす。けふハ、定栄の生日なれバなり。日くるゝころ、つな子、かへり給ふ。

三日　松山の君、きたり給ふ。こハ生たちの為にも、定国あそもましまさねバ、翁に、よろづかハりてはからひ侍れ、と家の長ハさら也、こぞりてねぎ侍る事なるを、この事もうるさしとも（下三一ウ）いひがたく、ことに、よく生たち給ハん事ハわが子よりげに思ふなれば、いかにも翁ならでハ親しきがうちの翁もあらじ、と是のミハ領掌してけり。さらバ、かのあそのましますやうにし侍らねバ、おさなきより只臣下のかしづくのミにて、おそれつゝしミ給ふ心もうすくなり給へバ、とて月に三たびも、定省の心にて此草庵へ訪ひ給ひて、万づ厳重に教導し侍（下三二オ）れ、としきりにいふ。たゞもまろうどの多きを、三たびとハ余りにくるしけれバ、とてやうやく二度と定めしに、けふハその初めにて、来り給ひしなり。まづ、はかまにてもき給ふうちハ、いかにもおも／＼としづかにし給へ。はかまとり給ハゞ、はせくらべにてもし給へ、などおしへつ。かしこくましませば、ほどもなく、ほめものし侍るやうになり給ハんと思ふ也、といふ。ひる過にかへり給ひぬ。夕つかた、三か月ハ（下三二ウ）いかにとミれど、雲出たり。くれしのちに、今こそミゆるといふ。さらバとて出てミれバ、いとおぼろにて、ほそやかなる姿もミえず、かりがね、いくつらとなく行。

四日　よべ、雨ふりたり。けさハ晴ぬ。春雨のはれし朝のけしき思ひいづ。霞こめて、いとのどかなり。壺井の八幡のミやの宝物のしな〴〵、もてくる。かついろたてなしのよろひなどをミる。元弘ごろのもの、などミゆ。義家あその（下三三オ）、やのねハしらず、はたのうつしハいと尊とし。元禄の比までハその代のもの丶残りたるを、うらうちせんとて、拙工が水へひたしけれバ、きれ〳〵になりて、せんかたなく、そのよし訴しかば、箱におさめてぬりごめにせよ、との事なるよし。まことの品ハふたなきはこに入て、ミるべうもなし。うつしとてあるも、いとふるきものにて、紛れなきものをうつしたるにハ疑ひなし。これ斗ハうつし（下三三ウ）侍りぬ。楠のはたといふものハ、信貴山にあるに大よそかハる事あらじ、と覚ゆ。ひる過るころより、亀山の君、きたり給ふ。何くれとものがたりし、翁ハかハやへ行、手あらハんとするころ、ないのふり出てけれバ、手あらひはて丶出たれバ、かのあそハ障子あけて、たちてゐ給ふ。翁きたりたれバ、もとの座に復す。いかさまつよきとハおぼえしが、めづらしきほどにハ思ハざりしを、家の長をはじめとして、あれこれはせ来りぬ。そのものがたりきけバ、いと（下三四オ）つよかりし。こ丶ハさしもあらざりつ、と思ふ。亀山の君ハかへり給ひけり。秋風亭に行て、かのはせ来りしものらをつれて、酒などくミあひ、夕つかた、かへりにけり。風いとつよう吹いで丶、木のはのちる、いとおかし。けふハ、夕つかた、かミのおときこゆ。よべも雨につれておとせし。めづらしくこそ。

五日　ねざめして、思ひつゞけし。

　ミハ老ぬ恵ハいとゞかさなりぬ
　　只月花をミてやまめやも
　草のとに置白露の玉緒ハ（下三四ウ）
　　月をミよとてたえずも有哉

けふもはれぬ。よべもないふりしが、きのふも《に》くらぶべうもなし。けふハ、田邸の番頭つとむるものふたりに、庭をミせぬ。秋風亭などにて、酒くミあひたり。きのふのない、けふきけバ、くらなどのかべおほくわれおちたり。小川町のあたり、ことにつよかりしとぞ。かの亀山の邸など、柱もおれしとぞ。田邸の北のかたの台もくづれぬ。其余、あやまちして疵を得、あるハおされて死せしものなど（下三五オ）ありしとぞ。元禄の大ないふりしのちのにやあらん、といふ。いかにも陽気のこりたる年なれバ、と例のあとにてい〻ふ。

六日　雪を催す。時雨のやうに打そ〻ぎたり。また、かミのおとはるかに聞ゆ。家臣の祖母の八十の賀とて、もちゐ・さかななどを得しかバ、

武士のやそうぢ川の行末は
ちとせの渕もこ〻にせく覧

飛梅てふ木を得しかば、その人にいひやりけり（下三五ウ）。

生したてしその年月の情をも
さくらむ梅のはなにミてまし

くれてより、むら〳〵とくろき雲のいで〻、風の吹おちたる、物すごきけしきなり。雨にあられのまじりて、横ざまに窓うつおとす。

村雲のたえまに月のかげミえて
吹おつるかぜに霰ふるなり

七日　よハの嵐もたえて、しづかなる暁、何となふふすまかろくおぼえけり。起出てミれバ、霜のしろう置わたせしに（下三六オ）、よべのにハたづミハ、ところ〳〵に薄らひなどもミえたり。けさもおちばふミ分て行。ちりのこりたるおばなの、雪ながらけさハいと大きやかにて、ちりなんころとぞミゆる。夕つかた、日の入はて〻、にハかに寒くおぼえぬ。夕月の光そひて、霧のことに深く立こめたるも、あはれなり。

春秋のあハれもこ〻に立こめて
夕霧ふかし霜上月

しばし打まもるに、かの色なきもの〻、といひけん、思ひしらる（下三六ウ）。

色もなくかもなきもの〻ミにしミて
霜よの月ぞいやハねらる〻

霧深ミやふしもわかぬよハながら

　月にさへたるふくろふの声

さむけれバ、入て、またふミなどミる。こよひハいと静なるよハ也。

　ともし火の光しづかに立のびて
　　霜よの月のかねぞさへ行

八日　ことに早く目さめたり。翁ハ昔よりゆめミしこといとまれにて、過にし人のおもかげなどミ侍れども、人の物がたりし（下三七オ）はべるやうに、かゝる事ありてその人かくいひし、などゝうつゝのやうなる事、ミることなし。近きころハ、いとゞゆめてふもの、たえはてたるやうにて侍りぬ。それも今ハつねなれば、思ひつかでありけるが、ふとこのねざめに思ひ出れバ、げにもと思ふ。

　おもひわたるねざめ静けき老がミや
　　久しくたへし夢のうき橋

おば捨山の松を、まつしろの君おくり給ふを、うへぬ。画かくものよびて、庭のけしきなどかゝせたり。ともし火とりて（下三七ウ）、ふミなどミる比、月ハいかゞとすのこへ出れバ、ほしさへまれにすミわたりたる、心のゆかぬかたもなし。寒さもわすれて、庭へいでゝ、秋風の庭ハさらなり、尾花がつゝミより、くづれずの岸にのぼりて海ばらをミやり、また有明のうらに逍遥し、浸月亭にあそびてけり。

　ふミ分るこのはのおとのそよ更に
　　おもふことなき月のよハかな

　霜寒き尾花が雪を分行ば（下三八オ）
　　袖にも氷る冬のよの月

笙・笛など吹あハす声のし侍るハ、わが侍臣のやど成べし。

　松風のことのしらべのねもごろに
　　吹かハすやどの笛竹の声

また心しづかに文などミれバ、かたハらに、わらハべの歌よミならハんとて、さま〳〵いふをきゝてわらふ。けふ、薬酒の方をうる。反鼻尾頭をさる・肉桂・赤芍薬、六銭目づゝ、山椒二銭目、七日、一升の酒にひたす（下三八ウ）。

九日　霜をふミつゝ、散歩す。木かげの池ハうすらひミゆ。本邸へ行、夕がたかへり、また散歩す。月いとよし。南のかぜあらゝかに吹て、浪のおともたゞこゝもとへ立よるこゝちす、といふべき斗也。さと吹おとすれバ、このはのはら〱と窓うつ。月夜の落葉、いと感深し。

吹おつる風にこのはの横ぎりて
かげさす月の窓をうつ声（下三九オ）

月にちるこのはの音の小夜霙
ぬるゝハ老のたもと斗か

例のことがきのやうなり。このおほく、日並の記に歌もあれど、くりかへしミれバ、心にかなへりと思ふハ一首もあらず。むかしよミけんうちハ、くるしかるまじきなど思ふもありしを、余りにかのはかなき道とて、心とゞめざればにや。

十日　暁に火とりよせて、たばこすひてんとミれば、はいのミいとしろう、こしの山おぼえしを、

なれもまた老にけらしと置霜を（下三九ウ）
はらひてむかふよハの埋火

いひ〱はらいてミれども、火ハなし。たゞこゝかしこにひかりのミゆるを、こゝぞとミれば、はいにかくれてミえず。

かきおこしミれバ蛍の秋近き
かげよりまれのよハの埋火

朝かぜあらくふきて、秋風亭のまへありくころ、このはのさま〲にちりかふ。

ちるものをまた吹たてゝこがらしの
このはに人の物おもへとや

こゝにちりかしこにおちてもミちバの
行衛に風の心をぞミる（下四〇オ）

ちりしける庭のこのはを吹たてゝ
梢にかへす山おろしのかぜ

いかにもちりしもミぢのいまさらに立さハぐハ、いとおもしろからぬ心かな、とむかしよミにし、心かろくちるかとミれバ吹かぜにまた立さわぐ、てふ歌をうちづしけ

るも、歌の心にかなひしにハあらずなん。四日の大ない、江戸のうちにても、あるハ瓦にうたれなどしたるもの、いとおほかり。羽根だのあたりよりハ、地われて泥など吹出せしとぞ。ことに、戸塚・かな川のすくハ、四、五十軒も家たをれて、人も（下四〇ウ）おほくうせにけり。上総のわがゝたの陣屋のあたりもつよかりし。白川のあたりハさらになし。風にちるもミぢ、殊更にミんとて、定栄・たき子・れつ子をいざなひて、秋風の庭へ行。こゝにてひる飯くひて、酒などもなく、たゞ打ながめけり。こよいも風はげしくふきて、とぎミがきけんやうなる空に、月のたゞひとりすミたる。きのふも今日も霧なければ、庭の木だち・浦ハのけしき、えもいひがたし。

軒のまつのかげをくまなる月のよハ（下四一オ）

空もひとつの庭のまさごぢ

とへかしとおもハぬ人もとめこかし

こよひの月を何ひとりミむ

あハれをもさそひ尽せし嵐哉

雲なき空の月に吹夜ハ

つな子のもとへ木がらしの歌などいひやりたれば、かへしとなしに、

さそふべき梢も今ハ冬がれて

吹にはへなき庭の木がらし

といひこし給ふに、思ひつゞけし、

冬がれし梢ハおなじ色ながら

ちらぬことばの庭ぞ床しき（下四一ウ）

いねんとするころ、かの板木の声す。きけば、いなりばしのほとりといふ。風はいかにといへば、本邸も此ところへもよし、といふ。風かハり侍らバおどろかせよといひつゝ、いぬ。風、いとつよかりし。

十一日　寝覚におもひつゞけたる、

ミるふミのよゝの昔のあとまでも

ねざめの床にしき忍ぶ哉

けさの散歩にミれバ、松のうちのもミぢ、いまも千入の色、いとことにさかりなりしを、

木がらしのしらで過しやこゝにのミ（下四二オ）
もミぢの一木秋を残せり

時々、日かげさしそふ。近き山々ハ雪のふり侍らんか、とゆかし。夕日少しさしたるが、うす墨色の雲のこりしくやうにミえしが、いつしか月いとさやかに、星さへもミえぬ斗に晴ぬ。夜な〳〵の清光になれてや、からすの声もせず、いとしづかなるよハなり。すき心のたゆミなく、また庭ありく。余り晴たるはつれなき人のやうにミゆるといへバ、いかにもいふべきことのはもなし、と打わらひて、

いひよらん便なきまでつらきかな
晴まのゝこれ月のうきぐも（下四二ウ）

一村のくもなきよハヽ立よりて
木かげ《のま》に月のかげをミてまし

春もゆかしき花の林を過行。ひるに引かへて、風さへなし。

月寒ミこよひハ風の声もなく
かもなき花の梢にぞミる

かく口にまかせていひ、あしにまかせてありくも、いかなる心にかありけん。

十二日　雪や催す、くもりたり。朝の散歩、いと寒し。東の窓のまへなる南天の、いくもとゝなくあるが、実をむすびて、いとうつくし。ひよどりのしのびきて実をはむハ、せんかた（下四三オ）なし。たゞあくまでくひて、とびさるきハにひゝとなきて人おどろかすハ、にくし。宵のころ、雨のおとす。雪やまじりけんとおぼゆるに、くらうして、ミえず。わらハべの手など出して、雨なりといへど、待こし心から、必らず雨のミにてハあらじとしゐていひけつも、おかしき心かな。

十三日　朝までふりしが、西北のかぜあらゝかにふきて、残りなふ空はれたり。庭ありくに、なごりの露の木々の枝にぬきとめたるに朝日のうつりたる、まだきつぼミのほころび侍るかと思ふ斗なり。夕月の（下四三ウ）はや出てけれバ、たき子のすミ給ふところハ東のおとゞとて、こ

ゝよりハ遠し。さらバ、月をミつゝ歌よまん、とれつ子をいざなひて行。かしこへ行しころ、やゝともしびとる比なり。うたよミはてゝ、かへりハ尾花が堤を行に、秋風の庭にむしろしきて、荻風ら三、四人、笛・ひちりき・笙など吹合せたる、いとおかし。これらをともなひて、千秋館へかへり、おのれもうたなどかきて遊ぶ。

十四日　のどかなり。霜、いとふかし（下四四オ）。

　人とハぬむぐらのやどの朝と出に
　　庭のしとゞのあとぞ淋しき

北の庭にハ、かれたるすゝきのもとに、りうたんと冬咲菊をうへたり。色〳〵のいろにさき、さま〴〵の姿に咲出る秋の菊こそ、この草の庵などにハつき〴〵しからず。菊ハ、吹上の白きか、後には此冬咲きくこそ、いとおかしけれ。

　花なしといひけん人にミせばやな
　　冬さくきくの深きあハれを

宮川の君より、燈台の銘に歌を、とこひ給ふ。使またせて（下四四ウ）、

　雪蛍あつめし窓にくらべミよ
　　是も恵のともし火のかげ

　かゝげてハ月の光も花の色も
　　おなじくこもるよハの燈火

　いく代々のむかしの跡も明らかに
　　てらす光ハあふがざらめや

このうち一首よミたる時、さりがたき用事うかゞひに出るものあり。そのこと何かとさたすころ、つな子よりせうそこ来りて、歌の添削をこひ給ふ。筆くハへていらへいひやりたれバ、安中の君より消そこ来るを、ひらきミる比、おちばの風に立さハぐ、いと（下四五オ）おかし、とかたハらのものいふ。いでとてすのこへ出れバ、余りにけしきのおかしさに、例の逍遥に庭をめぐりつ。こゝへかへりて、文机の上をミれバ、かの文とよミし一首のありしに驚きて、まづそのつかひはやかへせ、とてかへす。いかにも老にけるかな、物わすれし侍りつる、とあさま

しく思ひながら、また歌二首よミたるが、初にしるしたるをかいて、つかひものして、おくり侍りけり。余りに心とまらぬ老ぼれたるさま、ミづからもをかしくて、こゝへかいとゞめ侍りぬ。けふハ八天宮の祭日にて、午祭のやうに子供ら庭へ出て（下四五ウ）、つゞミなどうつ。例のごと也。夕つかたより、残りなふ酒などやる。かろきものハ、こなたのすのこ、またはわたどの、あるハ船などにて酒のませ、ことにいと寒き夜なるに、寒さもしらでこしのくにぶりうたひて、あかずあそぶも、おかし。千秋館にてハ、例の合奏などして、たのしむ。嘉辰令月など。

十五日　いとよくはれたり。亀山の大夫きたる。何かとものがたりするうちに、はやつな子きたり給ふ。ともにうなバらを眺望してけり。遠かたのかすミたるに、ふじのたかねのほの〴〵とミゆる。波ハたゝミをしきたる（下四六オ）やうにて、さゞなミのしハたゝむほどなる、めづらしきまでにのどかなり。ひる過るころより、秋風の庭へ行。おりびつ・わりごなど出して酒くミあふころ、池の東の木だちしげりたるあたりに笙のおとす。折にあひてよその笛の音のおもしろきといふを、おかしときく。音取のふえの音高く、青海に吹つらねて、つゞミなどの音すれバ、ミな〳〵始てけふの設けなりしをしりて、すのこにはせ出で、あゝと感ずるに、はや遠かたに船うかべて、かぶとかさね、さうぞくなどして、船にて吹（下四六ウ）あハせ、はてはこなたの岸につき侍れば、まひ人ひとり打あがりて、青海をいとおもしろふ舞ふ。ミな感にたえて、なミだこぼすものも多かり。まひはつるころハ、入日のむかひの梢におちて、いとゞものゝあやめもいちじるし。皆、興に入て、酒などくミあふ。やゝくれちかうなりにけり。月やいづる、と北のとのゝ観瀾台にのぼりてまちものしたるが、いつかおもハぬかたのやのうへに光きらめきたり。さてハ興なしとて（下四七オ）皆庭へ出で、千秋館へかへる。つな子も、戌の刻ごろ、かへり給ふ。おくらんとて、有明のうら・尾花がつゝミなどいふあたりへ、ひさげ携へて、月をうかべて、皆のミたり。かへりハ明石丁を通ふ給ふとぞ。いか斗のけしきならんかし。

十六日　きのふ、田安に居給ふあま君例ならず、ときこえし。いかゞせましと思ふ比またつかひ来りて、はやおこたらせ給ふ、あんじものし侍らざらんやうに、といひこす。されど、只心にのミありて、きのふの遊びハ、綱子のつれきたり給ふ風流なるものらが（下四七ウ）為に設けたれど、歌さへも思ひよらず、おもしろきものゝねもよそに聞ゆるやうにてありし。けふなん田安へいくべしとて、供などそろへて、巳の刻ごろ、いきぬ。翁きたりしとて、いといたうよろこび給ひてけり。けさもまたなやませ給ひしが、その後ハおこたり給ひてけり。翁も久しく御かたハらに居侍りたるが、いよ〳〵こゝちよくおハしましたれバ、日のくるゝ比にいとま申て、田安のおとゞへも御いとまごひて、かへり侍りけり。けふも（下四八オ）何くれといとねもごろの御事なり。ひるより雪催すけしきにて、ひるごろより雨ふり出たり。いづこのあたりまで雪やふりけむ。

十七日　例よりもはやく目ざめて、いかゞましますか、とやすからず思ひ侍りたり。

　さらぬわかれなき世也せばとこしへに
　　静けき老のねざめしてまし
うば玉の是もやミぢに迷ふかな
　しづ心なき老のねざめハ

あまりの事にかく思ひつゞけて、夜の明（下四八ウ）ぬにせうそこかきて、よハの御けしきいかゞとゝひものす。けふハ晴ぬ。霧深き庭のけしき、いと哀ふかし。よハよりけさのおんけしき、平にましますとぞ、少し心おちゐぬ。秋風の庭の松の、もミぢしけんやうにこのはの枝にとまりて、ミどりの色さへこゝかしこにミえたり。

　こがらしのよそのこのはを誘きて
　　松にも秋の色をのこせり

亀山の大夫きたる。庭にてさとうを製す。けふなんきく、この比の大ないふりしとき、あざぶのあたりにて、井をほりて（下四九オ）ゐしが、ないふり出けれバ、はや出よといふに、こたへもなし。心剛なるもの、そのないふりしうちに井のうちへ入たるが、あつさたえがたく、ほのほなどもミえて、おりくだるべきやうなし、とて半よりあがりにけり。ないはてゝ、井のうちへ入てミれバ、はじめの人、いつかこがれて、死うせにけり。引あげてミれバ、くろくやけたゞれにけりとぞ。さらバ、蛮国の説の、地震ハ焔硝の気なり、とゝきしもにくらず。熊本の学校に、天神縁起の古画八巻ばかりありとぞ。希代のものと、ミし人いふとぞ（下四九ウ）。

十八日　ねざめして、窓あくれバ、有明の月ハひるなしたり。かくねざめ〳〵の、有明の月になれ侍りてハ、弥老とぞなるべき。

　ありし明の月の光とミるがうちに
　　わがもとゆひの霜もそふらん

わが身のミかハ、と思へば、
　　暁の霜ハをくとも峯の松の
　ときハの色ハ千世もかハらじ

と祝して、また養気室に入ぬ。明なばはやおんけしきうかゞひ侍（下五〇オ）らん、きのふよりげに弥おこたらせ給ふらん、されど、御齢いといたう傾き給へば、いかゞあらん、など目もあハず。また戸あけてミやれば、はや明ぐれの空なれど、在明の月の光ミちて、

　明ぐれの空ともわかず置霜に
　　ひかりそひぬる蓬生の庭

例のころ、起出たり。

　在明のひかりおさまる朝とでに
　　名ごりさびしき庭の霜かな（下五〇ウ）

あま君、弥おこたらせ給ひて、この比の事ハ偽のやうにおぼし給ふ、とまでのたまひしとぞ。いとうれし。けふハ冬至なり。心からにや、うらゝかに、吹かぜも春めきたり。夜半、冬至の宴とて、かたハらのものふたりミたりよび出で、少し酒くミあふ。郢曲などうたひ、例のころ、いぬ。

十九日　いと晴ぬ。霜ハさらなり、池ハ半氷とぢたり。朝の散歩、いと寒し。ひる（下五一オ）過るころ、井上うしきたり給ふ。

廿日　ねざめにおもひつゞけたる、丘氏が豊年のくるしミてふ事をかい置たるが、いとゞせちにおぼゆる。民のくるしミ、いか斗にやはべらむ。

　風寒ミやれし衣ハいかにせん
　　年のミのりハやどにつめども
衣うすき民の夜寒の思ひまで
　ミにしむ老の暁のとこ

などゝ、草の庵のうちにおもひやるも（下五一ウ）、ミに似ぬやうにもあらなん。されども、

　君をおもひ民をうれふる心のミ
　　かれてもくちぬ草のとのうち
捨しミも人とし人のミにしあれバ
　ひとの思ひにかハりやハする

こハ人たる人のおもひにて、大かたの人のとハかハりぬべし。

　かならずとしゐてハいかゞ思ふべき
　　まかせて空にすてしミなれバ

人にこえし身にハあらねど、かゝらまほしうおもへバなん。やゝ閨のとのひま（下五二オ）しらむに、東の窓をあくれバ、空も紅にゝほひたり。朝日いかゞあらんと、露台にのぼりぬれば、横雲の引たがへず待設けしさまなるも、かりがねのいくつらとなくわたるに、ふじのしらゆきのほの〴〵とミゆるも、月はや光おさまりて猶高くのこれるも、あかぬ所なし。しばしやすらひたれば、しもつふさの山より少しひかりのミゆるに、そよとかたよりてミるに、日のさし出てきら〳〵と海つらに（下五二ウ）うつりたる、いとおかし。台よりおり侍れバ、閨のうちハまだ夜をのこして、ともしびのひかり少しミゆるも、おかし。けさハ秋風の池、のこりなふ氷れり。

　池のおもハ氷らぬかたもなかり鳬
　　鳰のうきすやいづこなるらむ

雪なす霜をふミつゝ行。ひるつかた、松山の君きたる。ほどなくかへり給ふ。

廿一日　きのふよりげに氷て、池ハたゞひとつかゞミとぞミゆる。しらさぎの物（下五三オ）わびしげに岸の松などにとまりゐたり。夕日かげ淋しげにさしわたして、寒さミにしむころ也。よひ過るころより、松風のおとものすごう、またゝくほしのかげもいと寒し。

廿二日　よべより風やゝ吹つのりて、後にハかミのおとのやうによもになりひゞきて吹かふ、めづらしきほど也。亥刻ちかくなりて、板木てふものゝおとし、けぶりなどもミゆるといふ。やう（下五三ウ）やくして、浅草の先きに火ありといふ、といふ。風はげしく、やけのびしとぞ。いつきえしか、いねてしらず。暁の頃、目ざめて、窓をあくれバ、風のはげしく吹かふに、空ハ只くろきまでにすミて、在明のかげの氷る斗にミえたり。

　梢にハ吹おとたへし木枯に
　　つれなくのこる有明月

けさもかぜハやまず、いと寒し。池の氷ハさぞとミれバ、さゞ波のよする斗（下五四オ）にて、氷ハなし。いさゝかのひまなく風の吹たるに、氷るひまのなかりし也。風ふかぬあたりの水ハ、皆氷りぬ。けふ、米庵墨談をミる。こハ河三亥のゑらびしなり。もとより、晋唐にさかのぼらで宋明の間にくるしむ、いなといふべからんが、心深くハ得しものなり。いま更にも学バまほしくぞ思ふ。わが輩のものかくハ、たゞに蚯蚓のあつまるに、玉ぼこの道にはひありくたぐひなるべし。庭などありけば、手などもいたく覚ゆ（下五四ウ）るほどの寒さなり。尼君いかゞましますや、とたび〳〵おんけしきうかゞひ侍るに、平らかにましますとぞ、いらへこしぬ。

廿三日　暁の床した、ひゆるやうにおぼゆ。かの窓のとをあくれバ、月のひるなしてすめるぞ、身にしむこゝちす。おりふし、かねのすミ行に、心のうちもひとしほになむ。

　いづれにかすめる心の末ならむ

霜よのかねに在明の月

朝どあくれバ、氷も霜も今をさかり（下五五オ）とぞミゆる。例のことのやうなれども、この比の寒さハめづらしくこそ。けさも散歩ハ怠たらず。氷のうちをのりてんとて、ひとりハ力をいれて櫓をおす。翁ハ竹もちて行先の氷をくだきつゝ、のりありく。わらハ遊びのやうにて、是も風流にや、と人々わらふ。定子の御方より、山藍ずりのしかたをとひこし給ふ。かゝる事だにとふ人も稀なるほどにて、いにしへぶりはいたくすたれにき。

廿四日　寒さ、かハらず。空もはれたり。日影（下五五ウ）さすあたりも、霜ハきらめきて、とくるけしきもなし。ミちのくのさばこの湯にいしぶミたつるとて、翁に歌かけといふ。古歌かいてぞやる。あま君、この比の寒さにさハり給ふや、又すぐれ給ハず、といひこす。さらバよ、と思ひたり。田安の君も簾中も、ことにあつくあハれミたれ給ひて、この夏より日ごとに何くれとさたし給ふなど、いひも尽すべくハあらず。いかなりける御事に哉、かくミにおハぬ御恵の深さに罰あたり侍りて、かくやまふをも（下五六オ）うけ侍るにや、余りに空おそろしきまでにかしこまり入ぬ、と常に尼君もの給ふ。かゝるなかへ、又翁ひとり、そよすぐれ給ハぬとてはせ出でとひ奉るハ、尼君の御為にもいかゞあらんとおもへバ、此ごろ少しハおこたらせ給へバ、まづゆかでありつる。けふの御けしきにてハ、いかにゆかでハあるべき。されど、かの御やかたより何とも仰もなきに、いまくれかゝる空にはせ行んもあハたゞし。あすこそとて、そのよし、田安へつかひものす。さびしき（下五六ウ）入日のけしき、いと寒さも身にぞしむ。

廿五日　けふあすのうちに、と田安へ申あげたれば、早きかたとの仰にしかがひ、けふなん行。ことにはやく目覚たれど、物も手につかで、供のそろふをまつ。柳蔵のかたより車製・舟製の事などいひこす。京にふるきやりあり。よしのゝとつかハにありて、建武のものといひこす。室町比のにや、とおぼゆ。交代式ハ天平比の日記にて、ことに希有のものなるが、翁に斗ハミせまほしといふものありとぞ。巳の刻（下五七オ）おそしと、田安へ行。あま君けさまでハなやませ給ひしが、翁が来る事きゝ給ひて、いとよろこび給ふにぞ、いとおだやかになり給ふ。田安にもかくとよろこび給ふ。いではやくミ給へとの仰に随ひて、行ミ奉りたるが、少し御わらひなども出給へり。されど、夏の頃、また秋の比の事などおもへバ、いとおとろへ給ふものから、またこゝぞとわづらハせ給ふ所もなし。朝夕のおものも、手つけ給ハぬこともなし。終日御そばに居て、酉の刻（下五七ウ）過ろころ、またこそと申て、それより君へも御いとま乞奉りて、かへりぬ。夕つかたより雨ふりたるが、やミぬ。

廿六日　空《ハ》のどかなり。氷もうすく、霜ハこの比にかハらず。梅林の梅も、はや五本ほど咲たる。皆この冬至さく梅なり。けふも只かの御方、いかゞましまし／＼給ふらん。きのふハうれしさの余りにや、こゝちよくおハしましたるが、またそれにつかれハし給ハずや、けふハあたゝか（下五八オ）なれば、きのふよりさハやかにわたり給ふや、などさま／＼に思ひたり。ほどなくして、弥たいらかにおハしまして、只きのふの事、あかずゑミつゝの給ふ。またいつき侍るやなどのミの給ふ、といひこす。けふもゆかまほしけれど、翁ひとりのものゝやうに、我ハがほにも聞ゆらんと念じて、長き日をくらし侍りぬ。夕つかた、にハかに風おち来りて、いたびさしへはら／＼と松の落ばのかゝりけれバ、

　吹ごとに松の落ばの村しぐれ（下五八ウ）
　　是もや風に晴くもるらん

夕ごりの雲、物さびしげに立まよふ。

廿七日　例のね覚に、只いかゞましますやとのミおもへバ、あやにくにいと寒くぞ覚ゆる。

　袖袂おそふ計におもへども
　　しらでや風のいかにさゆらん

けふも晴ぬ。暁の風はげしければにや、池の氷ハたえてなし。浜へならせ給ふ。されども、けふハ本邸へ行。御

鷹のとりたる雁、上使もて、下し給ふとやらんきこえし。翁ハやまひありとて（下五九オ）、亀山の君をかハりとして、上使をうく。こハ、よの致仕にならへるなり。たゞこと なるさまなからんとてなん。ひばりといひ、雁といひ、致仕のうへにも上使もて給ふハ、いとめづらしき事にて、猶もかしこまり侍りぬ。かの尼君、とかくすぐれ給ハず、といひこしたり。さらバとて行んもはゞかりあれバ、まだつかひものして、あすにもまいりさぶらハんやと申上しに、とかくにすぐれ給ハねバ、けふの夕つかたにもとの仰も、未の半ごろ承りぬ。供そろへて、日のくるゝ（下五九ウ）比に出たり。はやミ給へとの仰にしたがひてミ奉るに、また例の翁がきたると申上しかば、初てゑミ給ひしとぞ。それより御心ちも力づよく思ひ給ひしや、かのわづらハしき御さまもなし。皆、よくぞ来りぬ、かくおこたり給ひぬ、と口々によろこぶ。君もよきと聞給ひて、簾中と共にミに来り給ひぬ。いかにもかのあま君ハとのゝうちこぞりてあがめ侍るが、いかなるゐにしの深きためしにや、とおそろしきまでにおもひぬ（下六〇オ）。今こそかゝる御けしきなれど、夜なか・暁のあたりいかゞあらん。翁に、かならずしばし夜ふかしゝて、と人々いふ。もとよりこの御けしき見奉りて、さらばかへり侍らんと思ふ心なけれバ、いと幸也とて、御かたハらにそひてものし侍りたり。されど、一夜明さんにハおほやけの御けしきうかゞひ侍るを、致仕の身とてその掟おかさんハいかゞなり。さらばとて、寅の半刻にたちかへり侍りぬ。暁のころハ少しなやミ給へれど（下六〇ウ）、けさ・ひるなどの半にもあらず、と人々よろこぶ。御いたつきハことなるほどにもあらねど、御齢の傾きたるぞ、くすしの力にも及び侍らず。たゞ、おほくのはらからの中に、昔より翁をことに思ひ給ひたるが、いまにもわづらハしきを忘れ給ふぞ、いとかたじけなき事になむ。

廿八日　よべよりいさゝかもねぶらざれバ、朝かぜ身にしむこゝちす。けふハまた、かのおんけしきにしたがひて、ミもし（下六〇オ）奉らんとまち侍るなり。尼君、けさハ弥おこたり給ひて侍る、といひこす。まづうれし。いかにも翁がつきそひ参らせしうちハ、時々目あき給ひてハ翁をミ給ひ、寒くハあらずや、何ぞまいらせ奉れなど宣い、御かたハらに居侍らねバ、かへり給ひしや、など心もとなくのミの給ひし。いとよろこび給ふものから、御心にかゝるさまなり。かへりしのち、しばしまどろミ給ひてけり、とはおぼえぬ。

廿九日　けふハ内藤氏の邸へ行ばや（下六一ウ）、三、四年も行ず(濁マヽ)。いとわびしげに、とし子もうらミ給ふ。ことに、長岡の君もこし給ふときけば、弥行べきにさだめぬ。されども、尼君のおんけしきミ奉りて、うしろやすくハ行ぬべし、といひやりたり。田邸に出たれバ、溜池の姉君も来り給ふて、おもハずあひものしたり、とてよろこび給ふ。あま君ハいと平らかにまします。くすしへもたづぬれど、おなじさまにいふ。さらバとて、申刻ごろ立出て、かの邸へ行。何くれと（下六二オ）ものがたりなどし、興じたれど、只かの御方の御けしきいかゞとのミ、ものしたり。かへりてのちに、かの方よりのせうそこに、めづらしきまでにおだやかにまし〳〵て、よくいね給ふ、などいひこす。されど、只心にかゝりてねもやらず、寅の刻ごろ、少しまどろむやうにありしが、はや卯の刻に近き比目ざめて、晦日とハなりにけり。けふハ、夕つかた、かの御方へ行侍らん。余りにわれ斗はせありかんも、いかゞあらん。されど、よもすがらねもやらであんじものし（下六二ウ）侍るに、ミ奉れバ心やすき事もあれバなどゝ思ひつゝ、養気室より千秋館へ出て、くしけづりするころ、とミの事とてせうそこきたりし、とあハたゞしくもてく。ひらきミれバ、いと、よべ平らかにおハし《ましゝ》が、卯刻近き比より俄に御けしきかハりて、ことにあしゝ。はやこし給へ、との事也。むねつとふたがりて、いで供よそろへよ。夜ハ、かならずその用意もありしが、朝ハ人々髪などゆふ比なれバ、例にもあらねバ、供人少し事そげても、かゝる身にハありなん、といふ。北のかたなども、色なきかほしてはせありきて、何くれと衣（下六三オ）などかへはべるに、帯などものし給ふ。こしもいそがせたるが、道のほど、例よりいと遠くおぼえて、かちもて行よりもつかれしやうに覚えぬ。やうやく行つきぬ。人々、早くきし、とておどろく。かの御方ハ、ととへバ、いまのほどハ少しおこたり給ひて、御湯などもまいり給ふといふにぞ、はじめて涙ぞおつる。猶、はしりてかの御ところへ行てミ奉りしに、きのふとハかハりて、いとつかれ給ひ、御脈などもあしゝ。翁きしとて、ゐミ給ふ。御声などもいとひきく、何かともてなしの事どもさたし給ふ（下六三ウ）。この御けしきにてハ、こよひかへるべしとハおもハず。とのよりも、止宿せよとねもごろに仰あれバ、幸の事、とおほやけにその事達したり。御かたはらはなれずものしたるに、時々目あき給ひて、翁ハいかゞ哉、物などきこしめし給ふ哉、などの給ふ。よハになりにけれバ、思ひしよりハやすらかにいね給ふ。かたハらにつきそひゐても、すべき事もなき斗なり。よべもいね侍らずときけバ、とて人々いふ。さらバとて、はかまきしまゝにて、小枕とり出て（下六四オ）ミれど、ぬべきやうもなし。また起出て、御かたハらにつとそひゐたり。枕とりしとき、いかにもめづらしき所にて夜をあかし侍る事よ、と思ふ。

かゝらずバかゝるミとのゝかりまくら
　旅ねおぼえて夜をあかさまし

止宿の事も心にまかせよとの下知に、心おちゐてけり。（下六四ウ）

春待月

朔日　御かたはらはなれず、ものしたり。たばこなども、つねのごと時々すひ給ふ。きせるとりて、火つけて奉れバ、いまもミづからとり給ひ、翁が出したるなれバ、いたゞたき（ママ）てすひ給ふ。これらつねにもかハらず。おとゝ日の、翁がきたりしときハかくありし、など露斗もなく、過にし事も聊忘給ハず、もとよりいひ残し給ふこと、たゞ心ゆたかにいね給ふ御けしきなり。君も簾中も、つれ給て夕つかた来りたまひ、この寝所のかたハらに小室（下六五オ）のあなるにて、酒たまふ。さま〴〵ねもごろの御事なり。日くるゝ比までかくし給ひて、かへり給ひぬ。酉の中刻のころより、あま君合掌し給ふ。くすしなどいふ、脈などもさしてかくと思ふほどにはあらねど、たゞうどならぬ御かたなれバ、その事しり給へるにやあらん、さらバ万づその心に、といふ。翁もとよりかねてさ思ひたる事なれバ、さま〴〵心くばりして、ひごろ出ざるものなどをもよ（下六五ウ）び出で、おんけしきうかゞハせなどしつ。夜半のころより、いきなどし給ふも、少しせはしく、脈なども時々よからぬ御さまもあれば、弥何くれと心おきてしけり。暁ごろより、何となふ御さま例ならず。されど、くるしミ給ふところもましまさず。今に物ごとよくわきまへ給ひて、いさゝかものたまふ事の、たがひたる筋もなし。はや二日になりにけり。ものいひ給ふ事も聞えがたき（下六六オ）やうになり給へば、はや何ともの給ハず。いね給ふかと思へば、時々目あき給ふ。翁も、よひのころより少しもはなれ奉らで付そひゐしなり。丑《午》の刻ごろより、御いきもいとよハくなり給ひ、御脈などもあるかなきかにうかゞハれ給ひしが、その刻過るころにや、いとおもらせ給ひけり。御かたハらの人々、声あげてなきつ。翁も、この比より、たえて居しが、ふと年おい人とよ〳〵となくにいまハたえかねて、なミだのもるゝのミか（下六六ウ）、声もふと出ければ、しやうじあけてすのこへ出、よくいきおさめてんとおもへど、たゞいきをつきもどすものありて、また声のいでんとす。女わらべのやうにも人やとがめん、とやう〳〵いきのミくだしてけり。それより、おとゞの老女などよび出で、この比よりの御恵共をくハしくいひのべ、今一たびと行て拝し奉り、つゐにかへりにけり。かのときはゞしの北のかたハ久しくわづらひ（下六七オ）給ふが、この比のおんけしきき〻給ふにぞ、いとゞすぐれ給ハず。しゐて御こしにのり給ひて来り給ふとも、あま君の御心のさハりになり給ふのミか、その御身にもかならずさハり給ハん。ことに、御こしなどにのり給ふことハたえていでき給ハず。さるに、か〻る御事などき〻給ハヾ、いか斗にかありなん。あま君もその事のミあんじものし給ひて、翁にもかたり給ふ。さらバ、こ〻よりかの邸へ行て申侍らんと思へど、翁ハ、もとよりなミだおと（下六七ウ）す《さ》まなど、人にミせたる事もなけれど、けふハいとめ〳〵しき心ちす。もしいさめんと、うきのさたしてたいめせんか、かたミになき出し侍らんも斗がたし。ことに、夜な〳〵ねぶらざれバ、老たる悲しさにハ、つかれたるがうへ、頭いといたミつ。晦日のあさ、はかまきしま〻にて暁ことの寒さにも感じたれバ、くすしも、はやく帰り給へ、といふ。さらバ、とてくハしくあま君のいひ給ひたる事などかいて、かの御かたの老女など出ゐたるに、わたしつ。けふハ（下六八オ）、朝のころ少し雪ふり出たるが、やミぬ。夕つかたの雪のけしき、風の音、いと物かなしくこそ。

三日　いと早く目覚て、たゞありし御事などおもひつゞけぬ。よひより風のいとおどろ〳〵しくふきて、いとゞ暁の比は物の音もきこえず、いとさびしきねざめなり。

　はゝそ原ちりにし後の小夜嵐
　　いろこき袖をたづねてやふく

軒の松の声、ことにおぼゆ（下六八ウ）。

　松かぜも袖にいくたび時雨るらん
　　きのふの雪をふりしよにして

つく〴〵と思ふれど、きのふの事、かきも尽すべくハあらず。ことにとの〻何くれと御恵たれ給ふ、ことばにもいひ尽しがたし。翁の供のもの、少しづゝのこし置たるにも、火などの事をはじめ、朝夕のくひものゝ事までもさたし給ひて、行とゞかぬかたなき御恵也。翁がうへの事ハ、いひのぶべきやうもあらずなん。あま君の、翁に、めのうの（下六九オ）ずゞと、故中将の君のめで給ひし紅梅のかれたる木もてつくらせ給ひしのと、ふたつ給ハりたれバ、かの仏名ハいかなる事ともわかねど、このミ給ふ事をして手向ん、とけさより二ツのずゞ《濁（マヽ）》もて仏名となへ侍るとて、只心にうかミたるをかい付し、

なミならぬ恵のかずハくる玉を
　くりかへすともよミは尽さじ
むらさきの雲ハしらねどかしこさを
　かたりつぐなはつきぬべきかハ（下六九ウ）
ありしよの事をあまたに忍ぶ哉
　おさなきおりを初めにハして
ミをおさめ道を守るをたらちねの
　あとゝふ法のかハりにハせん
たらちねの恵にもれぬ此ミにハ
　おつるなミだもかたミとぞミる
ふぢ衣かへす〴〵もおもひ出て
　心にとへバ袖にこたふる

おもへバ〳〵夢のやうになん。盆にうへし梅も、さき出侍らバ奉らん、と此比思ひて（下七〇オ）のミ楽しミとしたりしが、けふよりはいかゞせんとまでおもふも、かなし。夕つかたハ、猶寒さいとミにしミぬ。

四日　またこりづまにいそぐねざめかな。ともし火もまだあかし。かねのおともきこえず。宵の風さえ打たへて、いとたえかぬる心ちす。

松かぜの音だにたへし暁は
　静なるしもあハれ也けり

二日のひるつかたのおんけしき、たゞミにそひたるやうにのミおぼゆれバ（下七〇ウ）、

きのふけふわがミはなれぬ面影を
　ミにしとゞめてミにやつかへん

からうじて夜ハ明たり。池ハ皆氷れり。

けさミれば池も氷にとぢはてゝ
波さへよせてわれをとひこぬ

けさハいと寒し。暁、小寒の節に入しなり。つな子、きたり給ふ。けさの卯上刻、あま君よをさり給ふ、とてつげこす。これハ、かゝるほどの御方ハ、かゝるためしつねのことなり。されど、猶立かへりてその日の事など思ひ出づ。ところ〴〵にかつさく梅の花さへ、いと（下七一オ）。

ふたつミつさく梅がえも心から
なげきのたねの色かとぞミる

夕つかた、つな子かへり給ふ。ふと障子あくれば、夕日の名残いとさびしげにミゆるに、心細き夕月の、さすがに光さへたり。例ならバきのふの月をもおそしとミるべきを、忘れにけり。星のいときらめきて、ことさらにミにしむよハ也けり。

五日　ねざめに雁の鳴をきゝて、

われもまたなきてよわたる心をバ
雲井の雁のしらで行らん（下七一ウ）

わがことやといひけんにも、心ハかハれ、などゝ思ひつゞけし。霜いとしろうをきわたして、夜ハ明ぬ。月ハさぞさえぬらんと思へども、たゞたれこめてのミゐし。

六日　けふ御寺へおくり奉らんと思へど、世のさだめも侍れば、心にまかせずなん。この比までハ、人のかぞいろの身まかりぬと聞て、齢古稀にも至りぬれバ、齢といひてハうらミもあらじ、心もなぐさ（下七二オ）めよかし、など思ひたるが、いかにかく浅はかにハ思ひけらし。人の身も人の子も、よそ事のやうにおもひ侍れバこそかくハありけんかし、といとあさましくぞ覚ゆる。八十余り五になり給ふとて、この頃の心ちハその齢かぞふるひまもなし。いかにもかの御方ハ、とミたり給ひしうへに、世にハ、年老て近しきゆかりも打たえ、さびしくあさましくくらしぬるものも多きが中に、わが輩のものも三たりまでのこり居て、孫も十余りの（下七二ウ）かずにおよび、ひこも六、七人もおハせば、よのかなしきものなどゝハ、おなじき年にもかたり出されず。ことに、此よさり給ふきハまでも露たがひし事をものたまハず、くるしきやまふをもしり給ハぬ御ありさまなれバ、よそにハむかしわが思ひしやうにもおもひものすらん。いかでまたこれをもて思ひをやすめる、心をなぐさめ侍らん。いかにもあさかりける心かな、と人の子の心のうち、いと恥しくぞ思ひける(下七三オ)。

八十余りすミにし里をふりすてゝ
空のいづこに君いますらん

朝とくおきて、ミれバ、雲氷れる空のけしき、いと哀にものうし。夕日の入はてゝいと淋しきに、池のおもハ皆氷りて、かれあしのかすかにたてるも、いとものがなし。つながぬ船の氷にとぢられてわびしげなる、とり〴〵いとあハれ深し。月もあやにくに光そひて、すのこのうへに木かげのうつるも、うらめしきまでになむ(下七三ウ)。

七日　霜にかすめる暁のそら、哀にもさびしくもかなしくもおぼえたり。けさの霜ハさながら雪なり。日かげにもつれなくミえて、いとゞミにしむこゝちす。月の出て、木のまのみかすミたるやうにミゆるを打ながめて、

木のまにハまだき霞の匂ふ也
霜よの月よあハれいつまで

八日　池ハ氷のひまミえて、霜うすき芝生の朝日にきらめきたるも(下七四オ)、さびし。やゝ山かぜも音たてゝ、松がえのしづ心なきけしきなり。午の刻にもなり侍らんと思ふ比、本邸よりつかひ来りて、けふ喪中の弔使来り侍るとのよし、いひくる。いで供よ、といへど、皆あハてにけり。もとより致仕のうへは、世の例にまかせてミづから上使うくる事ハなけれど、かくとミの事にて侍れバ、翁出むかひ侍る外ハあらじ、といそぎて行。亀山(下七四ウ)の君へも、このごろのこと、かハりてうくる事をなんいひものせしが、けふハ上野へ参けいし給ひ、かへり給ひたる比にて、供なども居侍りしかば、いそぎこし給ふ。同性の伊予守ハ馬にて来り給ふ。その後に上使ハありしなり。いつも、あすとてしらせものし侍るが、いかゞし

たりけん。されども、かく待うくるほどになりにけれバ、やゝ（下七五オ）心もおちゐて、始めて身に余りし御恵をくりかへし思ふ。

この比の袖に争ふ斗なり
かゝる恵におつるなミだハ

上使おハりて、つな子にいとまいひて、未の半刻ごろ、かへり侍りぬ。いと風はげしく吹出て、日かげもあかうさしわたしたり。例の心ならずに、月いとよしなどかたハらにていひたれども、物むつかしくて、ミもやらず（下七五ウ）。

九日　川も氷し、とぞかたる。けふハ法会のはじめなり。月いとあかし、とて人ハミけり。

十日　けふハ法会の終に、わが輩も法会し侍る。よて、けふハ御寺へまうでぬ。この比、ときはゞしの北方、かねてのやまふのうちなれバ、いと心にかゝりて、まづこゝにとぶらふ。思ひしよりハかハり給ふ事もなし。それよりかの御寺へ行。おりしも空いとはれわた（下七六オ）りぬ。二日にハ雪げの雲の立まひしにも引かへてける、とこしのうちより打ながめて、

わかれにしきのふの空にミし雲の
それものこらぬ名残をぞ思

凌雲院へまうでゝ、かの霊前に焼香し侍りぬ。

ことさらにあとゝふ法のむしろにハ
いとゞ御影をしきしのぶかな

千よませといのりしかひハ涙にて
むなしくけふのあとをとふ哉（下七六ウ）

かへり道遠し。本邸へ立よりて、うまごなどミて、かへりぬ。くるゝ比より、雪や催す、空のしろうくもりたり。

十一日　池の氷ハ残りなふとけたれども、風いとひやゝかにて、雪げの雲のとぢたる、あはれふかくこそ。よべ、白川より、こたびの事あんじ給ふとて、近侍のおのこ、とミのつかひにきたり、何くれとかの地の事など、とひものす。いと寒くて、硯を火取のうへに（下七七オ）かけても、氷のとけやらぬといふ。雪ふりたるが、桜山の雪ミ

給ハんとて、ふミ分てこし給ふ、など打ものがたりぬ。けふハ、雪げの空いと寒し。くるゝころよりふるおとす。雪まぜの雨にやあらんと思ふに、雪少しつもりにけり、とわらハべのいふ。やをらミしが、うす雪のけしき、いと哀なり。

十二日　さぞなつもりぬらん、いとしづけき暁かなと思ひつゝ、何くれと過しよの御事など思ひつゞくるに、夜明たり(下七七ウ)。起出てミれバ、芝生の上に少し雪ののこりて、空ハはや晴にけり。けふはなぐさめに、とてつな子のきたり給ふ。夕つかた、たき子など打より、歌よミ給ふ。

十三日　よハ雪げの雲の物さびしげなるに、けさハやゝ晴たり。きのふ、白川より、こたびの事あんじ給ひて、用人つとむるものきたりたり。かの地の事などものがたりす。掟正しく、政事にいと心をゆだね給ひて(下七八オ)、年よりたる家のおさなども心をく斗のけしきにて、文学・武術などにいとまなくくらし給ふ。ことに古伝の弓射る道いかにもよく会得し給ひて、教うくるものもあまたありとぞ聞えし。弓ハいかにもかの流なるべし。こぞ、堀大和守の家臣きたりて、教ものせし也。いまよにあるとハ、いとやうかハれり。かりまたなどの大きな《る》を、おもきのにさして、遠矢かろげに射給ふ(下七八ウ)。弓も八分、九分ばかんにも至るべし。つな子、くれてかへり給ふ。月いとあかし、と人々そゝのかす。晴わたりて、いとゞ淋しきけしきなり。

　花もミぢミしを昔にすむかげハ
　　色かのほかの冬夜月

など、心におもひて、ぬる。

十四日　寝覚して、火取の火をかいまさぐれバ、いとかすかにのこれり。

　埋火のあるかなきかの光にも
　　わがよふけぬるほどをこそしれ(下七九オ)

けさも氷らず。霜ハいさゝかしろうミえし。かたハらの火桶の炭の、はち〳〵とおとせしを打ミて、

さしそふる炭も音して雪折の
　竹にまがへるねやのうづミ火
など思ふに、わらハべの、山にてありしことわすれじよ、などいふ。いかにもすミがまのうちにおほくつミこまれて、火をかけながら土もてぬりごめにしたれば、只下むせぶ思ひのミにて、ねにたつる事もなかりしを、今かゝるところへ出たりとて、いとばうぞくに音たつる（下七九ウ）よ、といましむる事に侍らんか、とおかし。音もたえぬれバ、煙の少したちたるに、はやかたハらよりしろう雪をいたゞく火も出来にけり。
　さしそふる炭の煙の雲はれて
　雪にぞかハる閨のうづミ火
是もまた煙とはいになるものを
　などたのミけんよハのうづミ火
定子の御もとより、
　わすれてハ千よもと神にあハす手を
　　打おどろきてかつ歎くかな（下八〇オ）
いとあハれにおもひて、
　あハす手ときゝてもいとゞそのよハの
　　おもかげミゆる心ちこそすれ
など心にうかミしかど、つらきさまに御ことのは拝吟、いづこもおなじ心にて、なんどゝいらへしてけり。さハ、この御方の、ともすれバやまひにさハり給ハんとするけしきなれば、かゝることもつれなういらへして、いさめものする事になん。けふきけバ、十日に翁きたりてより、心ちよくおハしまして、あさ夕の御ものもよくまいり給ふとぞ。くれて（下八〇ウ）、手あらハんとてすのこへ出たれば、きのふよりげに月のすミわたれり。
　あハれをも尽しはてたる冬夜の
　　月はいかなる人にミせばや
うちむかふとハずがたりに小夜更て
　袖にこたふる露の月かげ
十五日　きのふより、風のこゝちし、しはぶきしてけり。されども、ものなど見、ものなどかくハ、かハらず。ありし世のほうごやうのものなど来る。ひらきミるも、いまさらなり（下八一オ）。

御かげさへうつる斗にミればまた
なミだにくもるミづぐきの跡

いねんとする頃、かぜの吹おちて、ミぞれの板びさしにあたる、いとさびし。

十六日　けさハ晴しが、またくもる。昨日にかありけん、家の長の出たる時、翁がいふ。はつ春、藩士の昇進・増禄の事あるハ例のことなれど、翁がかたのものハ、外にくらぶれバ少しおち目なりとも、かならずまさりたる事あるまじきなり。もし（下八一ウ）まさりたらバ、翁がわがものがほにいひ出たるによて、大守も大夫もあらそひかねて、かゝりし、と人のおもハんは、家国の為にもなり侍らじと思ふなれバ、その心をくミ得てこそ商議せよ、といひしをきゝて、いとありがたき御事なり。この比、白川よりハ、この御とのにつけ給ふ人らの昇進・増禄は、外にくらべてもよきに心得よ、との仰下されしなり。もとより人少なくて、さまぐの事にもあづかれば、勤労も（下八二オ）おほく、かつハ翁が心をもなぐさめ侍らんとの心なりけらし。家の長もそのことといひ出て、かなたにもこなたにもおぼしとゞくるこそ、げにありがたき事、とハいひぬ。かゝる事、こゝらにかくべき事ならねど、世に孝つくし給ふ心のせちなるを感じて、この比に似ず、この一事ハうれしき心もありけれバ、めづらしくて、かいとゞめぬ。まことの親子にても、親ハ老て致仕すれバひがめる心もいでき、子ハさかんにして昇進すれバわれハがほ（下八二ウ）なる心も生じて、つゐにハ父子の間、こゝろよからぬ事も出来るものなるを、世にへだてなきこそ、わが庵の月花也けり。されど、この行末こゝろ得べき事とおぼゆれバ、其ふしをもこゝにかきつ。明り障子にひるなして月かげのさしたれども、ミるべき心もなくてぞいぬる。

十七日　田安より、とぶらひのつかひとして、清良来る。いとねもごろの御事なり。風ふきて、いと寒し。やしろ弘賢がもとより、とぶらひとて、はゝそばのさらぬ別を今更になくもがなとやなげき（下八三ウ）わぶらむ　と、例の親輔がもとまでこしたりけり。孝養の事など、いとたれ〳〵も聞伝て感じ侍る事、などいひこしたりけれバ、

　孝養などの事ハ誠に無勿躰事、及バざりしことを、又この比の歎にとりそへ候事ニ候。御とぶらひの詠歌、かたじけなくてかく思ふを、いらへとなしに、親輔よきに申伝べし、とかいて、

　はゝそ葉のちりしをしたふ袖上に
　またことのはの露ぞかゝれる（下八三ウ）

十八日　池も氷りぬ。水鳥も夜かれしさまなり。いたづきにさへかゝりけれバ、けふもいとゞたれこめて打ふすなり。けふより大寒のせちなり。まがふべくもなし。こよひも、月のいとさへたるぞ。

十九日　北のかたなど、かの御寺へまうで給ふ。けふ、いと寒し。日比のやめる身に、道の寒さいかゞあらん、などあんじものす。三日月よりけふまで、くもれりしかげハなし、とめづらしき事に人々いふ（下八四オ）。

廿日　とくねざめして、火とりよせてミれバ、火の、少しよひにおとりし斗なり。かハやへ行んとてミれバ、窓に月のいとあかうさし入たり。たゝずミて戸をあくれバ、木かげのけぢめいちじるしくミえて、まさご地ハたゞ雪のふりたらんやうなり。月ハいと高うて、ミえず。

　ふぢ衣なれし氷にミるかげも
　いまいくかゝハ冬夜月

ふすまかづきてふしはべれど、只何くれと思ひそふうちに、はや火とりの火を《も》（下八四ウ）残り少なふなりて、例のねざめの比にもなりにけり。

　在明のかげとミしまに置霜の
　いろもつれなき閨のうづミ火

炭さしそへつゝ、思ひまぎらハせバ、また、

　雪のうちにすミやく賤が心まで
　さしそへてむかふよハの埋火

ひるつかた、御台所より喪中御尋として、干ぐハし一箱、

奉文もてたまふ。わが輩例もなき事にや、聞も及びはべらず。弥御恵のほど何といはん（下八五オ）かたなく、たゞ〳〵かしこまり入侍りて、その御品々とりわけて、まづかの霊前へも奉り、子ら孫らにもわけものし侍りしなり。

廿一日　霜うすく、氷あつし。日かげいともの淋しげにて、林の鳥の声など聞ゆ。しきミのはと、ふるきしやうがをきざミて、酒と水に和しひたして、ひゞ（濁ママ）などの薬とす。かほ・手足などにつくれば、寒さをおそれずとぞ。くしけづるころ、おとゝひ本邸へ来りし諸家のせうそこ・つかひなど（下八五ウ）ありしを、しるしあつめてくるをミ侍るハ、例の事なり。けさミしとき、水翁のいたづきいとおもきよしいひこしたるに、むねうちつぶれて、くりかへしミれバ、十五日の日づけ也。いかにぞ、こハこのよをさり給ひぬらん。いとほしと思ふも中〳〵也。わがか斗までにもなりたちしハ、この翁と交りしゆへとこそおぼゆれ。いかなれバ本邸よりハおそく来りしや、とまたつかひはせてとひものすれバ、十六日の夕つかたになんき（下八六オ）たりしが、何くれと事多くて、昨日翁が方へこしたり。いとあやまちしたり、とてくひきこゆ。はたして、きのふまた、此世をさり給ひしとつげこすとぞ。やまひの事もしらざりしを、いかにしつる事とおもへど、せんかたなし。喪中ながらも、人のかゝること、とはでハあるべき、とつかひなどものす。いで、むかし翁が廿斗の比ハ、経学のミして、いとかたくなに、人情にもうとかりしを、営中にてかの翁に（下八六ウ）あひたるが、たゞうどにハあらずと思ひて、かの亭へとひものし、時々物語せしなり。さして文ざえある人にもあらねど、いと堅固なるうへに、ものゝあハれをもよくしり給ひてけり。翁ミそじにて大任おひたるそのとしに、かの人もかろからぬ職任おひ給ひけり。つゐに七とせたちて、翁ハ辞職の御ゆるし蒙りてけり。そのころより、いかゞし給ひけん、かの人うと〳〵しくし給ひしやうなれども（下八七オ）、その比、かのひとハいまだおもき職任なれバ、なれ〳〵しくし侍らんやうもなくて、もだしぬ。のちにかの人も致仕し給ひけれバ、とひミとハれミ、昔ものがたりなどせまほしくおもへど、かの人つれならし侍るさまなれバ、せんかたなく、大垣侍従などになかだちして、もとの交たがへじといひやりたるが、翁にはぢらふ事もやありけん、たゞ何となふつゝましきさまなりとぞ聞えぬ。されども、七十の賀し(下八七ウ)給ふことを聞及びて、歌などよミておくりぬ。翁もことし致仕し侍れバ、かの草の戸打たゝきて、とひものし侍らんなど思ひしも、はやいたづらごとゝぞなり侍りぬ。

友垣のへだて斗に年をへて

いふかひもなき事とこそなれ

と、例のことがきのやうなることなど、思ひつゞけたり。

廿二日　日かげもいと寒し。つな子、来り給。例の、たき子などゝ歌よミ給ふ(下八八オ)。ときはゞしの北方、きのふよりすぐれ給ハず、とてかの人の用人なるものなど来りて、くすりの事などいふ。さらバ、あすハ行てミんと思へど、田安の君より、ひる過るころ、つかひものし給ふときこゆ。よハもたゞその事のミ心にかゝりて、いねもやらず。やうく〵きけバ、寅の刻になりぬ。何くれとあんじものして、廿三日になりにけり。翁がかたのいしかへりて、よべも平らかにおハしましたり。かくて打つゞき給ハゞ、あんじ(下八八ウ)ものし侍る事ハあらじといふに、少し心おちゐぬ。翁が風のこゝちもいまだつねならず。ことにけふハ雪催すけしきながら、あすハかならず行てミんとのミ思。この北の方は翁の妹なるが、翁をバおやなんどのやうにおもひ給ふ。おさなきとき、小学・四子などハ皆翁がおしへものし、手習もうしろより手もちそへてならハしめたり。このやまひも、はや七とせ、(下八九オ)八とせにもなり侍らん。年にそひてやせく〵となり給ひて、たのミ少なふおぼゆるさまなり。翁もさまく〵心をくだき侍る事のミつどひ侍るやうにて、などゝ人々もいふ。田安より御つかひありて、さうじんおち侍れ、とのあつき仰なり。こハ御わたくしにもし給ハず、西城の香琳院殿の御いミとき給ひし例をもて、日数からがへてものし給いしとぞ。いともかしこく侍ればつ（下八九ウ）、何事なふかしこまりぬることを聞ゆ。されど、余りにほゐなきこゝちぞする。もとより白川にてもあんじ給ひて、いくたびとなくいひこし給ふに、此ごろの用人の来りしも、それが為にぞ有ける。人のこゝろざしをバもどくべきかハ。ことに、田安の君よりも、心とゞめてあつくさとし給ふを、われひとりしゐて古のまねびし、唐やうにならハんなどハすべき。さらバ、煮出しにして、そのしるさしてこそハあるべき。やむときハかゝれ、などいふ（下九〇オ）ためしもあり。かくてぞ人の情をバ慰すべく、とハさたしぬ。

廿四日　霜、いとしろく置わたしたり。ときはゞしの北のかたのさまあんじものして、けふなん行。まづ、つとよりそひて脈などミしに、手などもいとほそう、ミぞだちて、たなごゝろのうちにもほねのあらハにミゆる斗にて、たゞなよ〳〵とわれかのけしきにてふし給ふが、ふすまのミあるこゝちす。御脈も糸筋のやうにて、数そひておぼゆ。されども、おどろ〳〵しき（下九〇ウ）御なやミもなく、こゝぞくるしげに宣ふところもなし。御ものなどもミ入給ハず、きのふ、人づてに聞しよりハ、いとあつしくおハしましけり、とおどろきぬ。よその間にていしなどにあひて、いかゞやととふに、是らハあさ夕ものすれバ、またたちかへらせ給ふ事もやとおもふ心より、さして思ふほどにおどろくけしきもなし。また立かへりて居しが、ものがたりなどもいきミじかにし給ふ。むねふたがりて、こたへなどもとミにハしがたく、この比（下九一オ）、風のこゝちして、などゝ鼻かミ、よそミしつゝ、いきおさめてこたへものす。こゝの家のおさらが、よくこそき給ひたれ、留守の事にて侍れバ、くすしのことハまかせ侍る、いかにもよろしくし給へといへ、といふ。翁がきたりしハ、あまりに力なくおハすれバ、とひ侍るにてこそあれ。くすしの事などハいかでさたに及ぶべき。いでそのさたせんならバ、たれがしハかくいひし、かれハこの薬を、と一ッ〳〵にきゝ定め（下九一ウ）て、その人にもとひものし、家にありあふいしにもたづねとひてのうへならでハ、いかでさたすべき。へだゝりてすむものの、いかでかゝるわざのいでくべき。是らハ家のいしらの商議によりて、有司の裁断にこそあるべけれ、とてかたく辞してやミぬ。またよりそひて脈などミつゝ、近きころまたこそといとまいひて、かへりぬ。夕つかた、かのいし来りて、香砂異功散をもり侍る事（下九二オ）になりにけり、とぞ語る。それもてたのむべきにハあらねど、またたがひし薬にハあらざるべし。

廿五日　よべも何くれとあんじものしければ、ねざめもいと早かりし。からうじて例のころになりぬ。このごろ、しはぶき出て、たばこすひ侍る事もしがたく、たゞおなじことくりかへしつゝ、あんじものしたり。けさハ氷いとうすく、日かげ斗ハいと晴やかにさしわたしぬ。かのいし来りて、夕つかたより少しづゝものなどもまいり（下九二ウ）給ひて、何となふ平らかにおハしぬ、といふ。これもまた、たのむべうハあらず。かのあま君、もとより仏の道をバこのミ、またそれにこちたくしてまよひ給ふ事もなく、ものし給ひけり。たれこめしうちに、仏経かきて手向奉らバやとおもひたれど、その道にうとけれバ、凌雲院の僧正へたづねさせしに、ミだ経こそし《か》るべう候ハん、といひたるにぞ、かいてミしに、たゞ極楽といふ所ハ、こがね・しろがね・玉などもてちりばめし所にて、よき音の鳥などもすめる、などゝいとけし（下九三オ）からぬ事かいたり。もとより、こがね・白がねなど世になくたうときもの、とおもへるものらにときしめすなるものなるべし。あま君もとよりかゝるおろかなる事に迷ひ給ふにあらざる事ハしれど、翁のま心にかゝる事あり、といはん斗にかきものし侍りておさめ奉らんハ、あざむくつみもさりがたし。よて、納経の事ハやめつ。げにも仏の欲をもて欲をさらしめんとし、天倫をも欲として捨よといひ、こがね・しろがねハかの国（下九三ウ）にて得よ、とハいとわかず。ミだ経ハ小乗とやらんのうちなるものにて、是をまた比喩ととり侍らバ、大乗とやらんにもかよひ侍らんか。されど、翁ハふかき事しらざれバ、あながちしゐてもいはず。ありしよをしたふと、今のことをあんじものすと、げにしづごゝろなき心ちぞする。かの北方、よひハしづかにいね給ひ、けさも時々ものなどまいり給ふときけど、いかゞましますや。あすハまた行てミ奉らんと思が、頭いたミて、けふハふす。夜に（下九四オ）入て弥平らかにまします、とまたせうそこあれど、よひよりねもやらでゐしに、いしのもとよりとミのつかひとて、子の刻ごろよりにハかに御けしきかハり給ぬる、となんいひこす。さあらんとおもひしが、さらバ行まし、と思ふ。されどまた、余りにあハたゞし、またこの比のともたがひぬれバばなど思ひかへすに、またつかひ来りて、いとおもらせ給ひぬる、とあり。思ひこしゝ事ながら、夢のやうになん。さらば、老女つかひに行ね。用政のものも（下九四ウ）はせ行侍れよ、などいふ。いかにもはかなき事ハいふもさらなり。かぞいろのかたミの一ツうせぬるのミか、かほどの人いまだまれにもありなんを、齢もいまだよそじ余りといふほどなれバ、臨終の御けしきいかゞありけんや、とそれもまた心にかゝりて、露まどろまでありしが、明はなるゝ頃、老女のかへりて、くハしくいふ。これもなきになきて、ものいふこともきゝわかぬを、よく取集て（下九五オ）きけバ、とくかゝるべしとハしり給ひて、御かたはらのものへハ何くれと年月の労をねぎらひ給ひつゝ、のたまふこともそれとしれゝバ、ミなたえかねてよ／＼となきしとぞ。亥の刻ごろより、時ハいかゞとたび／＼とひものし給ひしに、子の刻にハいまだなり侍らずといへば、まつよしなどのたまふ。いかなりけん御事やとおもひしに、子刻過るころより、御手あハせ給ふとはや、ねぶり給ふやうに御いきもいつしかたえは（下九五ウ）てぬる、とてなミだとゝもにかたりぬ。かの御方さ斗の御事ハありなんとおもへど、老たるほどにもあらねば、いかゞ乱れたるさまにやありけん、とあんじものし侍りしを、つねの御心ハたがハざりけりとおもへバ、つとむねふたがりてむせかへるを、やう／＼思ひかへせば、昨日の御方にこのうさきかせまいらせざりしを、このうへの事とやいひ侍らん。君もさぞ思ひ給へらんかし(下九六オ)。

　さかさまの歎の露をかけざりし
　　うらミ斗はゝるゝ夜の空

廿六日　朝日まばゆきを、そむけて枕をとる。とぶらひにとて、述斎君のきたり給ふ。心しる人なれば、枕なげ出して、あふ。かたるがうちハ、冬ごもりせし梅の日かげにあふこゝちもかくや、とあとにてハおもふ。弔のことなれバ、たゞちにかへり給ふ。またふす。

　かぞいろの残すかたミも冬がれて
　　音にのミたつる霜の下荻(下九六ウ)

廿七日　けふハ翁が生日なり。いとゞ、そのよの身を今更に思ひいづ。こぞまでハ、けふほどに《のこと》身にしミてハ思ハざりけり。

　たらちねのうかりしけふの昔をも
　　思ふほどにハおもハざりけり

この比、翁が、朝夕のものもはか〳〵しからぬに、物おもひくしたるけしき、なにとなふミる人もありけれバ、野史類講ずるものゝさぶらふ、めしよせてきゝ給へ、といふ。この比いと似あハざるものから、ことに元亀・天正の比などの中にハ、おのづからはゞかりある御名をもいふものなれ。又軍もの(下九七オ)がたりにてもあらじといへバ、大高源吾といふかの赤穂の義士、初めハいとものわすれなどしてをかしきおのこなるを、良雄のおしへさとして、つゐにハ義士のうちへ入たるものがたりなどハいかに、といふ。さハ、いとミじかくあらバきゝもしなん。人の志、しゐてもとるべきにもあらじ。つな子もきたり給へば、といふ。夕つかた、かの事いひたるが、何の心とゞむべきにもあらざりしが、思ひしよりハ(下九七ウ)事ながくいひなせしにぞ、何となふいとこゝちあしく、そこらくろうなるやうにて、うちふしたるに、手あしもひえにけり。くすりよなどいひて、しばらくしたれバ、少しこゝちひらきぬ。北の方・つなこなど、何くれとあんじものし給ひけり。心にもあらぬこときくよとおもふに、おのづからむねこりて、気のいとむすぼふれたるにこそありけれ(下九八オ)。興さめて、やミぬ。つなこも、酉の刻過るころ、かへり給ひけり。

廿八日　ひかげのどかにさしわたりたるも、さびしきこゝちす。ひる過るころより風あらく吹出て、いと寒し。ことしもはやくれなんとす。世のひとハ年波のよるをのミいとふ事に侍れども、翁ハさは思ハず。

　年波のよるはおしまじかゝるミの
　　わかゝるべしや柴のとの中(下九八ウ)

廿九日　月君のかたへ、ときはゞしの事、つげものせしかば、いかなれバ打つゞき愁傷の事あるや、と嘆息し給ふ。あまりにとて、さらぬだにミにしむよハの霜氷いかに重ねてしきしのぶらむ　と、つかひまたせていひこし給ふ。いといたうあハれ也。またつかひしていらへすべきにもあらざれバ、やミぬ。よひのころより、桶町といふ所より火出たり(下九九オ)。としの夜、かゝる災にあへるもの、さぞなげくらんかし。夜半の比にハ、こゝへも風のあしきとて、調度なども蔵あるかたへもちはこび行なんど、いとさはがしかりしが、風もやゝしづまりてけれバ、閨へ入ぬ。げにこよひハ、ことしのとぢめなりけり。

　ゆめのうちに花もゝミぢも散果て
　　年のくるゝもうつゝとハなし
　いつしかにことしもはやくゝれハとり
　　あやしきまでに思ふけふ哉(下九九ウ)

また、つら〳〵とおもへば、

　さま〴〵のありふる事をかぞふれバ
　　年のくるゝもひまハ有㒵

何につけてもいとゞなん、

　ありしよをしのぶ斗の軒バには
　　春をも不待年も不惜

されども、またおしまずもあらずなん。

　わかれにしきのふをこぞのことゝいはゞ
　　いとゞ名残や遠ざかるらむ(下一〇〇オ)

たゞ此日記ハ、ありしことをそのまゝにかいて、聊も拙をかざらず。雅ならしめんとして、実を失ふことをおそれてなり。もとより人にミすべきにあらざれば、われのミ解して、人の心得がたき事おほからんをも、またいとはず。

文化九年除夜　楽翁識（下一〇〇ウ）

花月日記

文化十年

む　月

朔日　起出で、よめりける、

吹とても袖の氷ハとくべしや
あしのすごしの春の初かぜ

くる春をよそに三谷の鶯は
なミだもいとゞむすぼゝれつゝ

雪げの雲のとぢて、吹かふかぜ、いと寒し。世のひとハ、いとのどかなるはる、などゝいはんかし。こゝにはとしのあらたまれバ、立かへりにしこゝちして、ひときハ思い出侍りてなん（春一オ）、

春に猶立かへりつゝおもひ出て
またあたらしく打歎くかな

二日　暁より雪ふる、といふ。いとねざめしづかに思ひたるを、とミれバはだれにふりて、軒の松がえもたハにつもれり。

軒ちかミつらなる枝も下おれて
雪にさびしき松のかげかな

したふなりあしのすだれの隙とめて
ちりくる雪を花とミるにも

ふりつもる雪の雫となりてだに
苔の下こそとハまほしけれ（春一ウ）

この雪に、この比やけしものらがさぞわぶらん、とおもへば、

きのふかもやけにし荻の野をひろミ
何引むすび枕とるらん

この比ハ、思ひまぎれんとすれバ、またからやうなる筋に思ひつきてぞ、又わぶる。ひる過るころより雪もやミて、日のかげの折々さしわたりぬ。はや、こかげのうすきあたりハ、とけにけり。

三日　朝日くまなくさしわたれど、軒端つれなくて、池の面も、きのふとけにしも、又氷（春二オ）れり。

わかれにしこぞの名残をしたふにぞ

春といはまの水むす《せ》びつゝ
世のひと《人の世》のわかれぞつらき別にし
はるたちかへる空をミるにも

この比寒きおり〳〵ハ、大きなる炉の有にて、火をなんたかせ侍る。薪などハいとけぶりたちていぶせければ、荻のかれば、あるハおちばなんど、山家おぼえて、たく。

松竹のおちばをけさもかきくべて
世の春しらぬ柴のとのうち

門〳〵にたてそふとハ、いとかはれりけり。常（春三オ）盤橋の御もとへかしものせしふミどものかへりたるをまさぐれバ、紅のかミにおちばなどかいたるを、ほそうたちて挟竿のすがたしたるを、ふミの間よりミ出して、いとなつかしく、

ミるふミにのこる枝折の跡とめて
わかれし花の面かげやミん

とよミて、そのかミにかきて、手向ぬ。

四日　雲もむら〳〵とのこる。けさハ氷あつし。

打とくる雪まをミても冬枯の（春三オ）
色ハかはらぬ庭の浅ぢふ

五日　寒さかハらず。けふハ立春のせちなれど、まだ鶯の声もきかず。

なれもまた涙や氷る春くれど
鳴ねむなしき谷の鶯

六日　雪けの雲のところ〴〵にありながら、日ハうすくさしわたれり。つな子、きのふき給ひて、けふかへり給ふ。

七日　風いとあらう吹て、寒さミにしむ。けふハわかなつむ日なり、と思ひいでゝ、

わかへよとつミしわかなの露斗（春三ウ）
のこるも袖のかたミとぞみる

八日　ときはゞしの北方、このよさり給ふ、といひこす。

過にけるきのふの事もけふとのミ
また立かへり打なげくかな

いまの世ハ、つねにこの世さり給ふ日を心にまかせ、色

こき衣きるほどのも、む月なんどにかゝり侍れバ、いそぎぬがせ侍るなど、古とハ事かハりしことになりたるなり。それをいさゝかもことハりなきことなんどゝハ、思ふものもいふものもなきほどにこそハなりにけれ。けふハ子の日也(春四オ)けりといふ。

世の春の子日にもれし軒の松は
かなしきことのねにやひくらん

九日　ことに寒し。きのふきゝし徳本といふ僧、六ツ七ツのころより念仏三昧なりしが、つゐに紀の国へ行て、十五年深山に入てすぎやうし、それより水行三年、火行三年して、いまハ法然上人の開基したる勝尾山の住持となりにけり。いきたる如来とかいひて、近きあたりにてハ皆たうとミ侍るとぞ。ひるもよるも倚子にのミゐて、一日にこのミ少し(春四ウ)斗くふとぞ。何にもせよ、人とハかハれりけり。今の世、それをたうとミて、何かとかたりあふものもなし。いにしへの法然上人・一扁上人なんどいふたぐひの出し比ならましかば、のちのよにも名をのこし侍らんものを、と心ある人ハいひしとぞ聞ゆ。おのれつたなければ、かゝることをも何くれとそしりものして、かたりつぐものもなきやうになり侍るぞ、なげかしけれ。かゝる徒によりていふにもあらず、いま聖のいで給ふとて、耳かたぶけてきゝ、目のごひてミる人ハあらじ、とこそおぼゆれ。ひるの(春五オ)ころ、雪げの雲いと寒けきけしきなりしが、くるゝ比より晴て、雪かと思ふ斗に月のさしわたしたるも、心からさびしくて、ミもやらず。こぞのミそ日、日光山火ありて、大楽院もやけ、下の御供所・御宝蔵などもやけて、御本坊へ御動座もありしとぞ、けふなん初てきゝぬ。世の中の事、此柴のとのうちへハ、いとうと〳〵しくこそ有けれ。

十日　きのふより、げに寒し。たゞ、おちばなどたきそふのミなり。いかにとあんじものするものもなし。ひるの頃までハ、いまおち(春五ウ)たる水の、やがて氷し。

十一日　寒さハきのふにかハらず。雲のいろも、雪催すけしきなり。夕つかた、また晴にけり。夏ならましかば、さぞな雨をこひ侍らんかし。またこよひも月のさえ侍りて、霞めるかげもなしとぞ。たゞこの比、物うくて、すこしのかげだにミる心なし。

十二日　またくもりて、風いと寒し。ミるがうちに雪ちりかふ。ふれどたまらぬなどいふうちに、はやところ〴〵しろうなりぬ。やゝ雪ハはだれにふりて、池のむかひハかすミてミえず。風うちたえたれば（春六オ）、木々の枝にこまやかにつもれり。日のくるゝ比までもやまず。あすハ、つな子の、雪にこし給ふ。さらバふれよかし、と思ひてぬる。この比、いつも夜なか比より目ざめて、ねもやらずゐ侍る。こよひも、雪ふくかぜの窓にあたるも、身にしむ心ちす。

　たれかとハんたれをかとハん世にしらぬ
　　雪のふる枝の松のとぼそを

十三日　東の雲のたえまより、朝日のさしそふも、あやにくなり（春六ウ）。

　ふらずともきえなであれな庭の雪
　　まれなる人のとふあたりまで

など思ふうち、梢の雪ハミなミどりにかへりて、たゞ残りし雪のけしき也。つな子、きたり給ふ。例のよりあひて、歌よミ給へり。時々日のさし出るかとミれバ、雲とぢてけり。夕つかたハしろうくもりて、あすハかならず雪なめり、と人々いふ。例のころ、烈子のかたへかへり給ふ。

　ふれやふれふらバかへさの道とぢて
　　雪にことばの花もさくらん（春七オ）

十四日　かならず雪と思ひしが、ふらず。つな子のもとより、ふりしを夢にミしとて、

　ふりつむとミしよの夢をあけてけさ
　　うつゝにかへせ雪の春かぜ

とありけれバ、

　夢の中につもれる雪の玉手箱
　　あけてくやしき庭のおもかな

など思ふ。少しやうかハりたらバうさやまぎれなん、と

思ふ斗のすさび也けり。ひるより晴わたりて、また月の物すごきまでにミえける。

十五日　晴ぬ。けふハよろひのかゞミもちゐ（春八オ）いはふ日なれど、定永あそもいミのうちなれバ、そのさたにも及ばず。いねんとするころ、雪ふり出て、いつか庭もまた白妙になりにたるに、月の雲まよりさし出たる、

　あまきらし雪ふる空に月さえて
　　あハれを尽す庭のおもかな

十六日　晴わたりて、風いと寒し。よべの雪、芝ふあたらしうつもれり。

十七日　はれたれど、いと寒し。

十八日　浜へならせ給ふ。永次郎がうまれ（春八オ）よハきに、たいどくおほきとて、さま〴〵いしにもミせたるが、とかくにはか〴〵しからぬさまなれば、ミうけ侍れ、とつな子もしきりにのたまふ。何くれとゆかでありしが、猶もいひこし給ふにぞ、けふなど行。あからさまにミて、かへれり。御成もあれバ、長くゐ侍るも心づきなくてなん。

十九日　氷ハうすけれど、ミにしむかぜハかハらず。けふハときハゞしの葬送とて、人などやりつ。いま更に思ふハ、いふべく（春八ウ）もあらず。

　かたミとてのこるわがミもあだしのゝ
　　先だつ露の跡をとふかな

廿日　いと寒し。花おそき年にや、梅のひらきしもこぞのまゝにて、いとさびしき梢のけしきなり。

廿一日　はや、四十九日になりにけり。

　やよやこの月日の駒も道をしらバ
　　かくハつれなく隙も過じを

廿二日　雪や催す。いと雲とぢて物うき（春九オ）けしきなり。

　世々ふともつきぬかたミと久かたの
　　かぎりなき空を打ながめつゝ

廿三日　けふ、いミとくる日数なり。おき出てミれば、雪のいつかふりて、木々もあたたかげにつもりたる、お

どろく斗也。いつにかありけん、かゝることありしとき、けさの雪けさミてしりぬよの中やまだきに物を思ふものかは　とよミ侍りしを思いぞ出る。かぎりあれば、けふぬぎ捨る、といひけん心ちして（春九ウ）、

けふといへバ霞の衣ぬぎ捨て
ふりしうらミにつもる雪かな

けふなりとて、本邸よりかゞミもちゐなどおくる。さらバとて、はらまきを床にかざりつ。さらにもかハらぬ春をとていはひこしたれバ、むかひてまづ君をことぶきて、

千世ませと君をことぶくことのはハ
いまにかれせぬ草のとのうち

例、元日にハ具足かざりて、小馬印のやうにつくりたる金の幣ミつ打（春一〇オ）ちがへ、下のかたにきんのたんざくをおほくつけて、かならず元日の試筆にハそのたんざくに歌かきつくることなれバ、けふもかきつ。

春ごとに老もわかへて梅がえの
先だつ花を心とぞミる

こぞにかありけん、よミし歌、二首をも、

身をすつる心をとへバ君のため
国の守を思ふ余りぞ

名をおしむ心をとへバ親の親
子の子の末を思ふ余りぞ（春一〇ウ）

けふなん立春、の心をよめる、

春くれどおなじ松のと竹柱
よのうきふしハよそになしつゝ

廿四日　はれたれど、風いと寒し。池のかも、いとなれて、しづかに遊ぶをミても、あミなどもて、よわたる外にとりてたのしむ心こそ、またことなれ。

廿五日　おさなげなる鶯の声をきく。いかにも、難波津もいまだ、といはん斗になん。谷より出しにハあらで、こゝより都へ出んとやする（春一一オ）。

咲出んころぞまたるゝことのはの
花のつぼミのけさの鶯

柳蔵かへる。天王寺の宝剣、興福寺のよろいをはじめと

て、くさ〴〵うつしてかへり、もハらかの兵学の事などかたる。夕つかた、長岡の君より例、冬のころおくり給ふが、けふをまち得てかかき給ひて、捧げずにをくやこのわた冬ごもり今ハ春べと上るこのわた　とて、たまふ。打ミて、ひとりわらひつ。かたハらのもの何とか思はん、とおもふ斗なり。かゝるさるがう（春一一ウ）がましきこと、よく口とくの給ふ君なり。

廿六日　けふも晴ぬ。春とハしるき空の色に、花鳥のいろねも遠からずまち得ん、と思ふ斗なり。くづれずの岸に行てミれバ、山々もいと霞めり。

ふぢ衣つきぬ名残にミるものハ
霞の袖の山のはの空

廿七日　のどかなり。軒ばの梅もかぞふる斗に咲出たり。芝生ハかれしまゝにて、青むけしきもミえ侍らず。雨ふらばや、（春一二オ）もえ出侍らんを、とこれにつけても雨をこふ。

廿八日　くもる。けふ、よろひのかゞミもちゐをもて、いはふなり。元日とても、この柴のとのうちハ、本邸よりざうにもちゐこしたるもて、いはひしなり。外に、式てふ事をも、皆はぶきぬ。されど、このいはひ斗ハむかしにかハらず、人々へもち・さけなどあたふ。こハ、常山のむかしをしたひ奉るにてぞありける。けふハ御台所より、上使もて、歳暮の御いわひの品を賜ふ（春一二ウ）。つな子、夕つかた来り給ふ。けふハひるより、雨そぼふる。いとのどかにかすミわたれり。芝ふハミるがうちにミどりそひし。人々、とミにもえ出しや、といふ斗なり。よく思へバ、この比もミどりの色もありけんが、ひさしくふらざれバ、いとかじけて、土などもおほひたるが、雨にミどりのうき出たるやうにミゆるなめり。しらさぎのあそぶも心からにや、いとゆかたなり。夜ハ、こと更静に覚ゆ。

うちしめるかねのひゞきに春夜の（春一三オ）
音せぬ雨の音をきくかな

廿九日　朝起き出んとする比、灼艾したるおりに、庭のむら竹に鶯の鳴たる、心も少しうきたつやうになん。つな子のもとへ、今なん鶯のなき侍るよとつげものせしが、きゝ給ひつとて、呉竹のよにめづらしき鶯の声も恵のうちにこそきく　などいひこし給ふ。げにはや、ことばのたねとなりけりとて、

　ことのはのたねと聞しハいかさまに
　　偽ならぬうぐひすの声

庭めぐりするも、いとのどけし。ひるつかた（春一三ウ）、高どのにのぼりて、軒ばの梅をミる。そのおばしまにつとさし出たる枝の、いとゞよく咲たり。わざとつくりなせしやうなりとて、人々めづる。歌などよむ。夕つかたより、定栄のそうしに行。何くれとちそうし給ふ。くるゝころ、その高どのにのぼれば、いさり火の海つらにつらなりて、一ツも二ツと波にうつりて、紅のひも引はへたらんやうなり。

　わだつうミのかぎりもしれぬやミのよハ
　　雲井にミゆるいさり火のかげ（春一四オ）

波にうつるをたハぶれに、

　かゞり火の一ツハ二ツ三ツハむつ
　　いつゝハ遠き波につらなる

つな子、

　吹たびにミえミみえずミうなバらや
　　風を心のいさり火のかげ

たき子、

　晴る夜の星かとミれバそれならで
　　あまのたく火のかげぞつらなる

れつ子、

　夕づゝのその面かげのと斗や
　　風にまたゝく遠のいさり火

戌の刻ごろ、かへりぬ。つな子ハはやく（春一四ウ）本邸へかへり給ふ。

晦日　よべ、風のいとおどろ〳〵しく吹たり。けさもくもりて、ミぞれの風にちりかふも、引かへたる寒さなり。ひる過る比より、述斎君、きたり給ふ。共に散歩して、

夕陽をながめて、かへり給ふ。この比のけしきをミても、うかるゝやうにもあらねバ、よミ出ることのはも、いとつたなし。けふも梅ぞのなど散歩せしに、

ミせばやと思ひしこその春までも（春一五オ）

むかしに匂ふ庭の梅がえ

などゝのミ思ふなり。（春一五ウ）

きさらぎ

朔日　風さむけれども晴わたりて、朝の散歩も、日かげハあたゝかなり。永太郎の髪置のいわひするにぞ、引つれて、翁も本邸へ行ぬ。酒宴す。柳といふ題を得侍りければ、

　けふといへば柳の髪に置露の
　　かずも千とせの春に契らん

など、ことぶきたり。日くれて、かへる。

二日　晴ぬ。風いと寒し。さすがに梅ハ、やゝ咲そふ。夕つかたハ、雪げの雲の（春一六オ）こりたるたえまに、夕日のさしそふも、たゞならず。くれて、またおばしまへいでしものゝ、月出けり、といふ。いかに、二日なるをと思へど、出てミれバ、三日月よりもいとまぎれなく、光まづ少しそひてミえたる、いとめづらし。二日より月ミる事よと思ひてあるべきを、はやこの月の姿にてハきのふもミえ侍りつらんものを、とたることしらぬ心、月花にハいとゞ捨がたく侍るも、いかなるゑにしにやはべらん、とおかし（春一六ウ）。

　三か月のあすの空まで契りつゝ
　　まづ打むかふかげハめづらし
　さえかへりふくやま風に空晴て
　　霞をよその夕月のかげ

三日　くもる。よべ、ミかハ丁のあたり、やけにしとぞ。けふハ、ひるつかた、田安より御つかひあり。こハ、かの御方の姫君を永太郎の室に給ハん、との事なり。かたじけなきものから、国用にさへたえぬさまにて、かゝる事ハ力にも及びがたくといへば、おさなき時より翁のかたにていと事かろくそだ（春一七オ）てゝ、誠の子のやうにし侍らバ、おのづから家国のおきてにもなれ侍りて、心のまゝにも侍らん、などゝまで聞えさせ給ふ。さらバ、外にいはんかたなけれバ、まづ白川へいひやりたるが、かしこまり入ぬると聞えたれバ、いといたうよろこび給

ひてのなりけり。夕つかたハ庭へ出れバ、契りし月のミゝえたり。ぬるころハ、いと静に玉水のおとをきく。まちこし雨、とうれし。

四日　よハも、めざむるごとに玉水の音す。ねざめ、いとしづかなり（春一七ウ）。

静なる軒の雫をかぞへつゝ
ゆるぶ眠の春の明ぼの

起出てミれバ、そぼふる雨にいと打かすミたり。池の汀ハ、さま〲のかもの、いろどりたらんやうに遊びゐるも、いとのどかなり。松山の大夫三人、きたる。松山のはるかなるを、いかでこゝにて、何かと心をそへ侍らん。江戸の事こそ、のがれがたけれ。風も及バぬはるかなるさかひの事をいかでかハ、と辞したり。君もおさなくましませバ、共和の政こそあらまほしけれ（春一八オ）。下をいたハりて国用をも備ふべきに、さもあらぬやうにも聞ゆるを、たゞ名斗をかりてんとていふこそいとくるし。かゝる柴のとのうちハ、本邸の事さへ聞ざるを、といへど、涙おとしていとなげく。こぞの卯月の比も辞したれど、ひたすらにいふにぞ少し心よハきいらへしけれど、こたびハいかにいふとも、などしゐていひけり。

五日　ねざめ、いとしづかなり。雁の声をきゝて（春一八ウ）、

春を捨て秋に心をよるの雁ハ
わが月花の友としもなし

やゝ窓しらむ。

鳥がねものどけさつげて窓の内の
しらむや春の光成らん

起出んとするころ、鶯のなく。いまだこの比の音にかハらず、いとおさなげ也。

都人花にまつらめうぐひすの
ふるすながらの声の匂ひハ

池のかも、日ごとにおほくなれきて、あそぶ（春一九オ）。よし子・しん子、きたり給ふ。庭ありきて、興じ給ふ。月出たり。船うかぶ。

思ふどちおぼろげならぬ中とてや

　かすまぬ春の夕月のかげ
酉の刻ごろ、よし子かへり給ふ。
六日　起出るころハ、いとのどかにふる。昨日のあたゝかなりしも、この雨を催し侍りにけり、と例のいま思ふ。小草のミどりも、やゝむら〳〵とミゆ。やがて風いと寒くなりて、雪さへちりかふ。はなおそげなる年にもあるかな、と打（春一九ウ）ながむ。松山の君きたりて、ほどなくかへり給ふ。長姫の君、きたり給ふ。こぞの夏よりたび〳〵いひこし給ふが、交のひろきをいとひて、何くれとのばへ置し。もとよりゐにしある人なれバ、更に《しゐて》辞すべうもなく、けふなんきたり給ふ。文武の道をこのミ給ふ。もとより、ものがたりなどするも常人のやうにハ侍らず。夕つかた、かへり給ふ。蓁子ハその人にもあひ給ハざれば、かへりてのち、少し酒くミあひ、くれごろにかへり給ひけり（春二〇オ）。
七日　しのゝめの比、鶯のなくね、いとのどかなり。この比、ある人の望によりてあミだ経をかくをミて、また信じ侍るにや、とゝふものありけり。只、ものかく事をこのめバ、かき侍るなり。李白の酔中の詩かくとても、ゐひをこのむにハあらず。詩をかき、歌をかくにもかハる事なし、とてわらふ。また、あるかたより、松に朝日の絵に歌を乞。
　朝附日さしそふ松のミどりにも
　　千とせの春のかげぞミえける
けふハ、風いと寒し。あすハ午祭とて（春二〇ウ）、けさよりつゞミのおといとかまびすしく、波風の音のやうになん。いなりの社、か斗おほきところハあらじ、とぞ思ふ。ときはゞしより、さま〴〵きたる。おほくハ、こぞ翁にミせ給ハんと約し給ひしもの、また写しものし給ひし八代集・源氏物がたり・うつぼ・さごろものたぐひ、うつくしき紙もて表紙ものし給ひしなり。よミ給ひしうたもあり。是ハ、翁にゐらびて一ツの巻にせよ、と老たるものらの願ひそへてこしたり。
　ミればゝや袖にぞミだる水ぐきの《ことのは》（春二一オ）

　露をかたミの水茎のあと

大きやかにつゝめるものをひらきミれバ、おさなかりし時、かのいろはといふものよりして、さま〲翁がゝきてまいらせしものなり。いとゞそのよの事、なつかしくおぼゆ。翁の十あまり五ッ六の比にやありけんかし。

八日　けふハ午祭なり。雨ぐもハありながら、おり〱日のさし出るかげハいとのどかなり。柳川の家に、天くさの城をせめしときの城よりして、陣営のたぐひ、はた・馬じるし（春二二オ）をはじめとして、くハしく木をもてつくりしものあり。ミまほしといひやりたるが、夕つかた、来れり。とり出してミるに、とり出してミるに（ママ）、目も及バぬ斗にくハしくつくりなせし、いとめづらし。たけたばもてしよりてふものつけしも、かの豆州が紅毛ぶねやとひし船、落城のとき、うすをまろバし出せしも、梟首せしさまゝでもつくれり。くれかゝるころなれバ、こゝのかうしあけ、かしこのつまどをひらき、打よりてミしに、ふと西のかたの窓をあくれば（春二二オ）、木のまにふじのいたゞきのやうにミえたる、くもかとミれバそれならず。いとあやしくて、人々と共にミしに、富山也けり。うれしさ、たとふべきものなし。するがだいのあたりは更なり、居ながらふじをミ侍るところ、おほくハあるまじきに、いかなる契にか、と思ふ斗なり。こゝの庵むすびし時、ふじのミゆるところ〲をたづねしに、高どのゝ外ハなし、といひける。いかにもさあらんと思へバ、たづねもやらでありしを、いといたうれし。心細き（春二二ウ）旅の夕つかた、やどりもとめたるに、故郷人のいつかとまりあはせたる、それよりも猶うれし。夜ハ、からすのひるごと鳴に、心得てミれバ、月いとさやかに、空もかすミわたれり。

　さえかへり霞をよそにすむ月も
　　軒ばの梅に春ハかくれず

九日　寒し。朝の散歩、露ふミわけて行。梅ぞのハ、白きも紅も枝をまじへて咲たり。いまだおしなべて盛とハいふまじきほどなれど、吹かふ風の（春二三オ）たゞならぬも、心うきたつやうになん。ある人のもとより、楠公の像をうつしたるに賛せよ、とこひ給ふ。

　たれも皆くまざらめやハ千世の秋も
　　にほひふかむる菊の下水

伊予守・織部などよびて、ともに梅をミる。月出ければ、船うかべて遊ぶ。こよひも霞をしらぬかげ、めづらしくこそ。

十日　いとあたゝかなり。梅は日ごとに咲そひぬ。くづれずの岸にのぼれば、つり舟の雲井にミゆるといふべき(春二三ウ)けしきにて、かミつふさの山々もミえず、雨にやなりなん、ことハり過しと思ふ斗なり。

　朝づく日まどかにミえて海原や
　　かすミにゆづる沖の白波

おばなの堤もやゝつのぐむけしき、いかにも夢なれや、などひとりごちて、行。千秋館にかへれば、かの居ながらにふじをミたるに、ほの〴〵と霞の底にうかべるも、いとめづらし(春二四オ)。

　八重むぐら今ハさハらで軒ばより
　　つゞく霞のふじのしら雪

夕つかた、月はや光そふ。また梅ぞのを行かへりして、

　白妙の梅のあたりハ春ながら
　　霞をよその夕月のかげ

ミるがうちに霞めり。

　さやけさハあハれ紛るゝ方もありし
　　霞ぞ月のつらさミせける

かすミかとミしが、うすきかさのかゝりたり。あすハふりてんなどいひつゝ、ありく。池の蛙ハしのび〴〵に声出(春二四ウ)すも、いとのどかなり。

　夕月夜ほのかなりける影のうちに
　　声もおなじく蛙なく也

十一日　くもおほくて、あたゝかなる風、いとあらうふきたり。浪のおとも、この比の午祭おぼゆる斗なり。鶯ハいとおよずけて、軒ばの木々にきなく。

　鶯のけさの鳴ねハさく梅の

　　はなに争ふ匂ひなるらん

長岡君・高崎君・村上君、来り給ふ。戌の刻過にや、かへり給ふ。けふハ風猶あらう吹て、雨もおり〳〵横ざまにふる。雨（春二五オ）間待得て、庭ありき給ひし。けふハ高田の馬場にてやぶさめのあるを、人々むれてミに行くとぞ聞えし。

十二日　よハもおり〳〵目覚れバ、いと風のあらう吹て、遠かたのかミのおとのやうになん。けさもかハらず吹にふく。なれにし水鳥も驚く斗なり。亀山の大夫、きたる。ときは橋の庭の梅盛なりとて、手打てこしたれバ、つな子・初、うちよりて懐旧の歌をなんよミける。

　　うち向ふ心もしらぬ梅がえや
　　　むかしの春のかににほふらん（春二五ウ）
　かたミこそ今ハと斗おもへども
　　　さすが親しき園の梅がゝ

梅ぞのを行かへり逍遥して、
　園のうちハ月も霞も春風も
　　　たゞさく梅の匂ひのミして

などたハぶれぬ。夕つかた、船うかべて、
　　池の面ハ波の千里の海ばらや
　　　岸の木かげも霞へだてゝ

花月亭にまどゐして、咲梅の白きをのちの紅も　といへば、つな子、にほひくらべて霞むこのもと　その末の（春二六オ）文字をとりて、本の露末（ママ）の露もかほりにて　又つな子が、風も色ある梅の花園　それよりたき子・れつ子もくハゝりて、口にまかせていく首となくいひむつび、興じぬ。黄昏、かへり給ふ。空うち晴て、風いとはげし。夜半、谷町のあたりやけぬ。

十三日　さえかへりて、うすらひなどもミえたり。風また吹いづ。朝の散歩、いと寒し。

　　かりのこす汀のあしの声立て
　　　春まだ寒き池の朝かぜ

いかにも寒き年かな。こぞ、越後・越前（春二七オ）の国などの雪ハ、ことにまさりしとぞ。四国も、雪めづらしくおほくふりぬ。駿河の国さへいと寒く、例の老たるものもしらぬほどなり、といふとぞ。白川のあたりハ引かへて雪ハふらず、たゞいと寒くて、鶏卵なども氷りしとぞ、この比いひこし給ふ。けふハ庭にて百目の筒鋳る。時に散歩のついでにミしなり。白雪のやうに月のいつか出たるが、やゝ光そひていとさやけく、星さへまれにすめれバ、うかれて、園中を逍遥す（春二七オ）。寒さをもおぼえぬ斗なり。

　白妙の梅のいろかのさやけさに
　　霞をもれし春のよの月

くづれずのつゝミにのぼれば、いさり火のかげのいとさやかに、波につらなるをかぞへ侍れバ、七十、八十までよミたるが、遠かたは一ツにつゞけるやうに光あひて、よむべうもなし。

　天津星きえ行斗すむ月に
　　かげをあらそふ沖のいさり火

十四日　霜、ましろにをきわたしたり。散歩（春二七ウ）、いと寒し。

　春といへどまだ霜結ぶ荻のはに
　　むかしわすれぬ庭の朝かぜ

さればこそ、梅ハきのふにかハらず。いよ〳〵晴わたりて、朝よりくるゝまもふじをミる。けふハ、むかし翁のかたハらなどつとめたるものらが、いまハさま〴〵の役職に転じたる人々をよびて、梅園にて酒くむ。昔がたりなどをしつ。夕月ミつゝ、千秋館へかへる。

十五日　よべより、波風いとあらし。けさは（春二八オ）猶吹まさりぬ。波の音もちから聞えて、あたゝかなるかぜの、松にハ音せで、やれし障子の紙など、あるハ蟬の声なし、またハこの比ならひ得しといふ越殿楽ふくひちりきのおとするほどに、晴ぬ。すべて西よりふくかぜハ、物をかハかして、松も琴のねをなし、かきほも笛竹声なすなり。北よりふくも、それにつぐめり。南と東のかぜハ、ものうちしめりて、やれし窓などに音づるゝもおかし。福山の君のもとへ、

梅さくらいづれのときか通ひぢの（春二八ウ）
　こぞのおちばを君にはらハん

もミ《ぢ》のときの御方〳〵と仰合れて、御いらへさぶらへかし、となんいひやりける。ひるより猶かぜあらう吹て、人のものいふ声もきゝわかぬ斗也。されども、散歩ハかハらず。夜に入て少し風しづまれバ、何となふ打かすミて、月いとおぼろなり。物のあハれを尽すけしきなり。軒ばの梅もほの〴〵としろうミえたるに、星もところ〴〵にかぞふ斗ミゆ（春二九オ）。

霞そふ月ハわりなし雪ならバ
　かぜにうらミのたえまをもミん

かすミそふ月の光に引かへて
　おぼろげならぬ哀をぞしる

つく〴〵と打ながめて、

その世ミし月やあらぬと詠れバ
　むかしかハらで袖にうつれる

こぞことししたふが中に七とせの
　春をもこめて月や霞める

あすより母うへの七とせの法会あり。いとゞ何くれととりまじへて（春二九ウ）なん。ぬるころも、おどろ〳〵しくふきぬ。御成小路より火出て、池のはたまでやけ行とぞ。少しあハれまぎるゝ心して、いねぬ。

十六日　目覚れバ、かハらず風の吹しきりて、物おともきこえず。空ハいとくもりたり。いとめづらしき風かな。十一日よりたえまなき斗吹侍れバ、梅もちりやせん、としづ心なく庭ありく。ひるつかた、風やミにけれバ、はたして雨のそぼふりけり。夕がたより、いと寒し。七年（マヽ）の春ハ（春三〇オ）ことしの寒さにもかハらで、廿三日の朝、雪のつもれるをミつゝまうで侍りたるも、この比のやうになん覚ゆ。

いく年かくりかへせども青柳の
　露ハかハらぬ袖の夕かぜ

柳も、きのふより、ちかうミれバ浅緑の目もはるけしきなり。くハぞうなどももえ出ぬ。かれにし芝も何となふ緑にかへるやうにミえて、れんげ草などハいといちじるし。うつり行月日はいとゝきものにこそ、と打なげく（春三〇ウ）。

十七日　おり〳〵目ざめたるが、玉水の音しづかなり。明ぐれのころ、そともをミれば、いと大きやかなる雪の雨にまじりてふりたる、いかにも手の如くともいひつべし。目とゞむれバ、おつるさまもミゆる斗なり。梅の盛まぢかく侍るをとわびしう思ふものから、また捨がたきけしきなり。かの雪ふりたるにまうでたるとき、夢かと思ふてふ歌よミたりしが、わすれにけり。今また思ひつゞけてなん、

　今もまた夢かとぞ思ふ白雪の（春三一オ）
　ふりにし春の昔しのべば

おき出るころハ、また柳の花とちりかふ。つもるかとミれバ、あともなし。ミるがうちに雨となりにけり。池のおもハけぶりのたちのぼるに、水鳥のしらずがほに、ミなれぞなれて遊ぶ。けふハひる過るまで、ミねの桜の風につれてちりくるこゝちして、雪のちりかふけしき、又めづらし。袖にちる雪を払ひつゝ、散歩す。

十八日　この比の風のかへしにや、西北より（春三一ウ）吹て、いと寒し。朝日のさやかにふじの雪にてりそひたるを、例の居ながらミるも、めづらし。けふハ霊岸寺へ詣でぬ。道遠けれバ、本邸へ立よりて、未の刻ごろにかへりぬ。

十九日　くもる。柳のいとの浅ミどり、絵かくごとくになん。池のむかひの一木の柳を、

　煙さへそれともわかぬ遠かたに
　一本柳春かぜぞふく

行〳〵て、木かげに到りて（春三二オ）、

　さかせたき花のつぼミの面かげや
　玉ぬく露の春の柳ハ

この館の庭にハ六角堂の柳をうへ置たるが、余りにいとの長うて、やり水のうちへくりためたるもいとほしくて、竹もてたなをつくりてけれバ、きぬがさのやうになんミ

えける。

　鶯のぬふてふかさハ青柳の
　　いとよりかけてつくるとぞミる

けふハ百代子来り給ふ。夜に入、酒くミあふ比、福山の君より、梅のころきたり給ハん、とよミこし給へバ（春三二ウ）、

　もミぢばの香のなき秋の恨をも
　　はらさん園の梅の下かげ

安中の君より、昔日楓汀看落雁　何如梅径趂遊蜂　桜花已綻若招我　却在白雲第一峰　とあり。この君ハしるかたへいとま給ハりて、花のころハ居給ハざれば也けり。かゝる身にハその事をも忘れにけり、とかきて、

　桜咲ころハことばの花をさへ
　　おもひやかけん白雲のミね（春三三オ）

酔中、つかひまたせて、かきやりける。いま考ふれバ、かくよむべかりしを、と思ふことおほかれど、さハつくりごと也。其不調もときの興なりしかば、しるすなり。

廿一日　目、さめたり。夜深きやうにおぼえたるに、灯のくらくなりあかくなりて、つゐにきえぬれば、窓の少ししらミたるを、

　窓のうちのしらむ光も燈の
　　きえてミそむる閨の曙

起出てミれば、やゝ晴にけり。ふじをミる。つな子、来り給ふ。心のまゝに梅ぞの（春三三ウ）を散歩す。

　咲梅の此柴のとの春のかぜ
　　あるじをそれとしらせずもがな

ひるつかた、北のかたの薫風楼にて梅をミつゝ、酒くミあふ。久しく薫るてふ心をよめる、

　雪のうちに咲にし色を初めにて
　　かすミに深き園の梅がえ

夜になりにければ、いと霞ふかし。梅ぞのをたどりありきて、

　さやかなる匂ひ斗をしるべにて
　　やミにたどらぬ梅の花園（春三四オ）

梅ぞのに深く入にけり。

かに匂ふこなたかなたの春風に
わけこそまどへ梅の花ぞの

夕づゝのほのかにミえしも、ミるがうちにくもりたり。

星のかげもあるかなきかとたどるまで
霞にくもる夕やミの空

きぬがさ柳の下を行て、

青柳のミどりにつらき夕やミハ
かげふむ道もそことわかれず

ことがきのやうに口とくうちづしつゝ行も、例の事なり。

廿二日　明ぼのゝけしきミん、と約したり(春三四ウ)。目覚たれバ、ともしびもあかし。漏刻は牛《丑》のひとつなり。さらバいと早し、とぬる。しばしゝてまた目さむれバ、はや窓もしらミ行たるにぞおどろきおきて、口そゝぎなどし、つな子・たき子のかたへつかひして、はや明なんといひすてゝ庭へ出たるに、いとのどかなり。鶯の声もはやほのかにきこゆ。からすなどゝび行も、おかし。梅ぞのへ行。きのふより、げに咲そひぬ。

のどかなる夜のまの雨に露そひて(春三五オ)
梅がゝしめる曙のそら

くづれずのきしへ行バ、霞こめたる海づら、いふもさらなり。

いさり火のきえし名残の煙にや
霞色こき沖の朝なぎ

などたハむれつゝ、行。池のかもハ、所得がほに、なれて遊ぶ。

たづもまたこゝにおりきて池水に
なれてさハがぬかもの村鳥

はや日ものぼりたり。ひるつかた、梅の木かげに氈うちしきて、酒などくミあひ(春三五ウ)、はてハ船にのりて逍遥す。紅・白き、さま〲の梢のうち霞たるも、柳のいとの情斗にうちなびくも、いとあかぬけしきなり。つな子、かへり給ふ。

廿三日　いとあたゝかなり。庭のわかくさ、はづかにミどりそひ行、わすれしまがきのこゝかしこにもえ出で、人おどろかす斗なるもおかし。あしなどもつのぐミたり。

今《これ》も猶根ざしかハらぬわか草や
　こぞのまがきのもとの心ハ（春三六オ）
色々の秋のちぐさの花までも
　二ばにこもる春のわかくさ
いとふなるよもぎむぐらの緑さへ
　一ツにありぬ春のいろかな

廿四日　いよ〳〵あたゝかなり。水鳥も少しかずおとるやうにおぼゆ。こぞより咲にし白き梅ハ、木のもとに盛をミせたるも、柳の浅ミどり、八重の梅など、梢いまめかしうミゆ。たんぽゝ・つく〳〵しなど、わらハべのおりたちてつむ。すミれの色ふかき中に、つぼすミれのまじれるも、ミどころある心ちす。けふハ梅の（春三七オ）盛とやいはまし。春風館の北おもてにこしかけて、つく〴〵とミつゝ、

香をさそひ花をちらして梅がえの
　木ごとに風や吹かハるらん
ちるがなかに又咲そひて世中の
　姿をミする梅の花ぞの
置露もなびく霞も色わけて
　うつれバかハる梅の花ぞの
白妙に咲つぐ梅のくれなゐも
　またこくうすき色ぞ交れる
こきまぜて一木の梅の花とミん
　白の薫紅のいろ（春三七オ）

ミづから園の梅のはなを一ツづゝとりて、水月の君へまいらせしかバ、つかひまたせ給ひて、うぐひすの翅やかりてあこがれんうめさくやどのミまくほしさに　歌のミかく。すぐれたるのミにハあらざりけり。

廿五日　深き霞とやいはん、くもるとやいはん、いとのどかなり。浜の御園へならせ給ふ。されバ、散歩もせで、盆梅の枝をきりなどしつゝ、たのしむ。三玉集をむ月の末より抄書したるが、けふおへにけり。けいこ会などあるとき、袖にして、作例を（春三七ウ）とミ侍らんの料とす

るも、わか〳〵しき心なりや。還御すミて、園中散歩す。夕つかた、風あらう吹出て、波の音さへそひぬ。梅のはなは、雪とちるも、匂ひのこれるにも、ことばの花の咲つゞくべうもあらずなむ。

廿六日　波のおともひゞきあひて、けさもかぜはげしう吹ぬ。柳のいとハ染たらんやうなり。芝生ハ、かれはをたづぬる斗になりにけり。かの夢なれやと斗うつり行けしきなり。庭のおもを打ミわたさんと障子あくれバ、風の吹いりて（春三八オ）、双紙など吹あげなどす。こすたれ侍れバ、鎮子ともにふきかなぐりて、いとわづらハし。例の水鳥もしづ心なきさま也。梅園ハいかゞと行てミれど、きのふにかハらず。花の雪、ふりそふけしきもなし。

とことハの松の嵐も梅がえの
　匂ひにもれぬ園の春かぜ

つな子のもとより、園の梅の盛をみて、もしとくちりし花のわかれやおもひ出らん、と聞え給ふ。

とくちりし花におもへバ人のよの
　嵐ハ猶もしづけかりけり（春三八ウ）

かねて霊岸寺の和尚、庭ミまほしと聞えたれば、けふなんまねきて、庭ミするなり。いと博学にて、さま〳〵仏説などかたるを聞。夜半、池へかゞりたきたれバ、白魚てふものあつまるも、いとめづらし。

廿七日　ことにはやう、目覚たり。よひより雨ふり出で、玉水のおと静なり。風は猶あらう吹にけり。

ちるとミし夢の行衛ハ敷妙の
　まくらにのこる風のうめがゝ（春三九オ）

思ふにハそハぬ習ひを春のかぜ
　いつしりそめて花に吹らん

軒ばの梅に、盆にうへたるなど、かほりあひて、小蝶の夢ミるへくなん。けさハ風やミて、雨のそぼふる。きのふに引かへて、いとさむし。雨に《色》ます梅柳のかげ、いとさりがたくて、

雨にぬれてをのがさま〳〵色ぞ添
　柳のまゆもうめの匂ひも

　　枝になく鳥の声さへくもりつゝ
　　　うめがゝおもき庭の春雨

けふはまた火桶引よせて、炭さしそへつ（春三九ウ）。

　　こぞの秋すてし扇もうづミ火の
　　　すミさしそへて手にならすかな

雨やミたれば、散歩のミして、必らず梅ぞのにやすらふ。

廿八日　柳原の姉君、手いとふるへ給ふ、ときく。いかにも、この比打たへて鳥のあとも通ハざりけり、と思ひあたりぬ。いと久しくミ奉らざれバ、いづこも打たへてうと〳〵しけれど、かゝる事きゝてハいかで行でハあるべきといひやりたるが、いといたううれし、といらへこし給ふ。それもいとあやしき鳥のあとの、こと人かと思ふ（春四〇オ）斗なるに、むねつぶれて、けふハ竹門のあま君のかたへ行バ、たちより侍らんと思ひさだめつ。翁が家にハ、おば君と此竹門に居給ふあま君斗ぞ、したしきがうちにたうとむ人にておハしませば、おろそかにし奉るべうもあらず。されど、草の庵むすびてより、こゝもかしこもいと遠〳〵しくし侍れど、御齢もかたぶきたれば、思ひたちてけり。まづ柳原へ行バ、よくこそとて、いとよろこび給ふ。思ひしよりハ、つねにかハり給ふ事もなし。何（春四〇ウ）くれとさま〴〵ものがたりして、未の刻ごろ、竹門をとむらふ。雨すこしふる。かさゝして庭など打めぐり、青柳の緑のいと、池の岸になびきたるに、白鳥の遊びゐるも、何とかいひけんからうたのやうになん。あま君、まことにゑミさかへて、何くれともてなし給ふ。よべよりいねもやり給ハで、いとたのしミ給ひし、とミな〳〵かたる。酒くミあふて、よに入てかへりぬ。けふなん、

　　のどかなる千尋の竹の門なれバ
　　　こゝも老せぬ春契らなん（春四一オ）

　　青柳のいとくりかへしいく千世も
　　　ちぎらんやどの春の行末

など、例の口とくうちづしけり。

廿九日　けふも寒し。雨ハふらず。梅の梢、少しさびし

きやうにミゆ。されど、いま咲そむる梢もあり。春蘭、はなさく。かいどう・山吹、つぼミ、ゆ。

（春四一ウ）

やよひ

朔日　はや春も末になりに鳬。

春もやゝ末の松山波こえぬ
咲らんはなを待とせしまに

きのふのそらにかハらず。けふハ浜御園へならせ給ふ。この比ハ西城よりならせ給ひしなり。未の刻より本邸へ行。ひいなをかざりしに、軒ばの紅梅盛なり、とてこの比いひこし給ふ。一木なりとてミだりにあるべき。ことに、永太郎なんども久しくたいめせず、たき子も（春四二オ）けさのほど行給へば、翁も行。辰刻ごろバかり、雨ふる。池のおもにかずミえたり。庭ハ紅・しろき梅のちりしきて、らでんもて塵地にしたるやうなり。本邸の軒ばの一木盛なり。歌よめ、とありければ、

花やしる園の色かをふり捨て
一木の梅のかげをとふとハ

柳先花緑といふ題を得て、

はなのひもまだとけなくに青柳の
ミどりの帯ハたれにまかせし

酒くミあふ。例のおのこなどいでぬ。夜に（春四二ウ）入て、かへりにけり。

二日　この比の空にかハらず。日かげのミえざるもいつよりかとおもへば、廿あまり一日のひるよりくもりて、しゐて雨もふらねど、また晴わたりし事もなし。養花のそらともいひつべしや。この比、また寒し。つれなき花の梢打まもりて、よめる、

花やしるまがハぬ雲をまがふとて
なぐさめ置し人の心を

むかしとて待夕ぐれのうさまでハ（春四三オ）
しらぬを花の梢にぞしる

人とてもまつとしきかばと斗の
情あるよを花ぞつれなき《ハしらずや》

この春風のいと寒く吹かふをミても、花おそき年ならん

とおもへば、
ちるまでハおもハで花を待まにも
うさやはなれぬ春の山かぜ
されども、
さえかへる春の山風ふけやふけ
さくとき花をのどかにハミん
青柳のいとをミ侍りても、
青柳のいとくりかへしミれバ猶（春四三ウ）
こきまぜん花の色ぞまたるゝ
かほど久しくまちものし侍りし事ハあらじ。
谷川にいそぎし波ハ誰為に
かけし心を花ハしらずや
まつうさのつもる日数を花にミなば
ちるともよしやうらミざらまし
老らくの心も空にまつものハ
天津乙女の花のおもかげ
老がミにまたるゝのミぞ中〳〵に
さくらん花のおもてぶせなる
老がミハ花咲春もなきものを（春四四オ）
せめてまたせぬ色かともがな
三日　よべより雨ふりて、けさも池にかずミる。寒き風吹かふて、こすもかゝげず、ひとりよせて、
今も猶おなじ心ぞ花鳥の
春を待にしこその埋火
やり水ハあれど、庭にまどゐすべきやうもなし。ことに、雨もやまず。
青柳のいとはのどけき色ミえ《せ》て
松の葉寒き春雨の庭
かたハらの巻物などまさぐれバ、蘭亭の帖なり。折にあへるものかなとおもへば（春四四ウ）、いかにもかのむかしを今更しのぶも、かのこの文に感ずるとやいはんと思ひて、その文の末のあたりのこゝろを、
ちる梅に咲つぐ桃の花もまた
つゐにひとつの春の山かぜ

むかしおもふ草の軒ばの忍ぶ艸
　またたが春の袖にミだれん

雨もやまねど、一日も春のけしきミだにあらめや、とかさゝしつゝ、わか艸のひま〳〵をとめて行、梅・柳のかげにやすらふ。雨にちるも色ますも、おのがさま〳〵なり。のちにハ風そひて、柳もはしたなふ打（春四五オ）さハぐも、おかし。夕つかた、北のかたのたか殿へのぼりて、梅そのゝ梢を打ながむ。ひいなとて、こゝにハ、直衣・うちぎきたるをたゞ床のうへに二ツをき給ひたるハ、おかし。世のひいなとて、あふぎミるやうにして、所せくならべをき、其かたちも、礼服かとおもへバさにもあらぬものなどをもハらならべて、はるかの下に膳部などをくも、ミぐるしきものなりと心におもへど、かゝることなどさたすべきにも及バざれば、いく年もたゞにミつゝ過しけり。打よりて、酒くミかハしつ（春四五ウ）。

四日　けふハ晴べくや、いと霧うちおほひて、池よりも煙のうちなびき、向ひの木々もミえぬ斗なり。やゝ霧うすくなりもて行バ、日のかげのうすくさしたるも、うれし。寒さハきのふにかハらず。庭の緋桜ハ半咲ぬ。松山の君、来り給ふ。

五日　はるゝかと思ひしが、打くもりて、寒し。散歩して、うちにいれバ、かほなんど俄にあつくなり侍る斗也。けふハ、つな子きたり給ふ。散歩のついで、たき子のさうしへ行て、待花の心をよめる。

ちる梅をおしむ心の二道に（春四六オ）
　まつをや花もうしとミるらん

それより定栄のそうしへ行。すミれおほくうへたる盆をもち出て、歌をこふ。

むさしのゝひろきゆかりハ海近き
　さともへだてず菫さくなり

とやかくし、火ともして、つな子ハかへり給ひけり。

六日　亀山の君、来る。けさより、雨そぼふる。寒さ、きのふよりけなり。福山・安中の君など、ひる過るころより来り給ふ。雨やミたれど、寒さたえがたきほどなり、とわかき人々もいふ。山ハ雪（春四六ウ）ふりけんとおぼゆ。
夜に入て、かへり給ふ。
七日　くもりたらんとおもふが、例よりも窓のしらミたるに、あさゐしけんとミれバ、空のいつしか晴て、めづらしく朝日のさし出たるなり。朝の散歩、霧いとふかし。牡丹を庭へうゆる。ひるごろ、庭をありけバ、むかひのきしのひとへの桜、こゝかしこ咲初ぬ。はや夕つかたより、風いとはげしう吹出ぬ。

はなのひもとけにし日よりあやにくの
習ひをミする春の山かぜ（春四七オ）

さむきよハなり。けふハ清明のせちなるに。
八日　雨、そぼふる。けふハ事なしと思へば、亀山の大夫きたる。これもよのならハしにや、花の嵐にもおとらぬ心ちぞする。あひにしのち、かさゝして庭ありく。桃ぞのもやゝ咲たり。

八重の梅一重のさくら咲そひて
もゝの色かを庭に尽せり

秋風亭の雨のけしきハ、よそにくらぶべうもなし。遠かたのかすミこめたるに、かへでの梢うすくれなゐに（春四七ウ）ミゆる、秋よりげにいとゆかし。

春の雨に紅にほふわか楓
あきにもしらぬにしきとぞミる

げに時雨をミしとハ事かハりて、水鳥のおほく池に遊ぶも、芝のうちにまどへるも、ミどころあるこゝちす。夕つかた、またかさゝして、子供うちつれて、散歩す。いと寒きかぜながら、青柳のなびくハげにも、

さえかへり袖にいとへど浅緑
さすが柳のはるの夕かぜ（春四八オ）

春風館へ行てミれバ、むかひの岸の桜、こゝかしこ咲そめたるをミて、

池水によむべき雨のかずよりも
あらそひかねし岸の初花
つれなしとうらミしほどにうれしさハ
おもはぬものよけふのはつ花

まちわびしいく夕ぐれのうさまでも
　とけてあひぬる花の下ひも
咲のこる梅にあらそふ心とハ
　ひとへにミえぬ花の色かな
れつ子、
　まちわびし心にむかふひと枝の（春四八ウ）
　　はなハ千枝の色かとぞミる
咲そむる《めし》梢のほかの花の枝も
　さすが色わく雨の夕ぐれ
くるゝころ、かへりにけり。げにもかゝる静なるたのしミハ、何にかへまくもなし。まして、かの錦帳をかゝげしむかしなど、おもひ出べうもあらず。
　春のはなの錦のとばりかゝげつゝ
　　われに事たる草のとのうち
　草の庵の月と花とをふりすてゝ
　　何しのぶべきむかしならまし（春四九オ）
九日　けさも雨ふる。軒の松がえの、ミどりふかきをミて、
　一しほの色そふ松はもミぢばの
　　時雨とやいはん春雨のそら
寒さハかハらねど、静なる雨に、小鳥のこゑもそこはかと梢にあり。
　庵ちかくさえづる鳥の声までも
　　霞にしめる春雨のそら
池近ミ芝ふ露けき春雨に
　眠しづけしかものむら鳥
池の面の水に跡なき春雨ハ（春四九ウ）
　霞にうるふ岸のまさごぢ
ときハ木のしげミにミれバ霧となり
　かすミとなりて春雨ぞふる
桜の咲たるを手折て、水月の君におくり侍るとて、
　いろもかもしるてふ人にミせばやと
　　おもふ斗に手折一枝
夕つかた又手折て、つな子にまいらすれバ、是もまた恵

ならずバ雨のうちにかゝる色かの花をミましや　といひこし給ふ（春五〇オ）。

ことのはの露にかゝれと手折にし

かひもありける山ざくらかな

夜になりて、ふるやいかにといへバ、わらハべのすのこへ出て、月のすこしミゆるといふにぞはしり出てミれば、大空雲のたえま少しミえて、月のありかもそれとミゆ。大空ハ風はげしくやあるらん、雲のあしいとはやうて、たえまさへさだまらず。月の、雲をくゞりて、風吹かたへはせ行やうなるも、いとあハたゞし。

十日　けさもおなじ空なり。けふは（春五〇ウ）とし子のかたへ行。これもつねにもあらで、はや八月になり給へバ、このかたへも行がたし。初春の比よりさま〴〵の事にて、つゐにゆかで、久しく翁にもあひ給ハず。めでたくものし給ふまでハ遠〳〵しくとて、ひたすらにいひこし給ふ。あそもまたおなじことにこひ給へバ、せんかたなく、ひるのころのミにて、夕がたハかへり侍らんとて、行なり。雨、はれず。この館ハ高きところなるが、溜池をのぞミ、谷町などいふあたりを（春五一オ）はるかにミる。あたごの山などもまぢかふむかふ。海もミゆれど、霧ふたがりてミえず。峨洋楼にのぼる。いとゞ眺望すぐれたり。洒くミあふて、かへりけり。あるじのあそも、何くれと心くだきて、馳走し給ふ。袖引きりてかへらんやうもなく、ともしびとりて、しばしかたりにけり。かへれバ、さま〴〵のせうそこつどひゐたり。まづミるものハ、この比初はなの一枝のいらへなり。

さくらばなミよとて手折一枝ハ

千本にまさる色か也けり（春五一ウ）

十一日　めづらしく雲うすく、日かげも少しさしわたしたり。岸の桜、きのふ、わづかにのこる木かげの雪ともいふべきやうなりしが、けふハ、村消の雪かとばかりうちむかふ。ことにめづらしく晴たれば、いとゞしづかなる心のそこのびらかにて、げに春ハかくこそ、と思ふ。水のおも、木々のさま、鳥のさえづりあそぶも、ミなわが為とこそおぼゆる斗になん。いくたびとなく、庭ありく。しのゝめのうらに、いとさゝやかにあしの丸屋をつくりて、しほがまなんどをかりに設く。けふハ（春五二オ）あたゝかなり。夕つかた、夕立のやうなる雲出来て、風いとあらく吹たるが、いま咲はなハちるうさもなし。入日の色、空にうつりて、ことさらに紅なる横雲の二筋斗引はへたるに、ふじのまくろにミえたるぞ、目さむる心ちする。夜に入て、風いとおどろ／＼しう吹て、月ハいとさやけし。

　夜も猶はなのあたりをミせばやの
　　心に月も晴まさるらん

よもすがら、風いとあらふ吹ぬ。窓明れバ、空いとすめり。

　空たかミ冬の山かぜさえ／＼て（春五二ウ）
　　またゝく星のかげぞすミゆく

けしきなり。

十二日　朝日めづらしくさしわたして、しろがねにてつくりたらんやうに、ふじのいとあざやかに出たるも、はじめてミしやうになんおぼゆ。けさ、いと寒し。やう／＼咲にし花の、いかゞあらんとおもふ。よハの山かぜ、猶やまず。散歩いと寒く、手もこゞゆる斗也。

　咲初しきのふの春にけふの冬
　　さだめなきよを花もしるらん

あまりまち侍りしかバ、咲そめしもわが（春五三オ）さかせてし心ちして、けふの寒さをいとふ斗か、花にめいぼくなきやうに思ふも、おかし。あす、かたハらのもの、上つふさの国へ行。こハ、かの海のそなへの事、かねておごそかの命ありしが、かくあらバかならず勝侍りなんといふ事も、手にとるやうにハなかりし。たとへていはゞ、死を決してたゝかハん、巨銃もてうちやぶらん、などのわか／＼しき事にてハ、かならずてふことハいひがたし。いはんや、地雷・水雷のごときものハ、わらハべのたハぶれに似たり。さるに、こたびふと思ひつきたる一術のありて、このてだてにてハ船おほく来り侍るとも、かならずかち侍らんと思ふにぞ、その事をよく心得させ、そのうつハどもつくらせ侍るのためなれば、くハしくさたし侍るも、月花の外の月はななり。すべて柴門のうちににてなす事にハあらねども、この事ハやんごとなき仰のミかハ、わがミにとゞまる事にもあらず。此そなへ、十にして七ッ八ッにてたいゐんし、ことに定永あそもほどなく立給ひしかバ、このミな月のころまでハ何かと(春五四オ)心をくバり侍れど、かねて、あそも家の長などもねぎ侍れバ、心にもたえず侍りけり。ことに、思ひつきたる事を、月花にとのミいひのがるべきやうもなくてなん。ひるの比ハ風も少し静にて、花もやゝ咲そひぬるやうなれバ、子ら引つれて、春風館へ行てひる飯くひ、少し盃めぐらして、また園中を徘徊す。北のかたも、例のやまひおほかる身ながらも、いと花をこのミ給ふの余り、いで給ひけり。夕つかたハ風もたえて、いとのどかに(春五四ウ)かすミわたれるに、入日のかげの空にうつりたるも、暮のこす梢のけしきも、いはんかたなし。やゝくれにけり。

月も光出て、花のあたり、まぎれなふミゆ。こぞの春にかありけん、花のあたりハさやかにて柳にうとき春夜月、とよミけんもおもひいづ。かゝるけしきにハ、しゐてことのはにかけんとするもうるさし。月とはなとを、おなじくハ心しる人と共にミてまし、と心に思ふ斗なり。枕の草紙に、君をしミれバ、とかへ(ママ)たるこそ、時にとりておかしからめ。さるに、かゝるを、とわらふ。いぬる(春五五オ)いぬる(ママ)比、そともへ出たれバ、げに花のかほり、月のいろ、あかぬところなし。

柴のとのわれにハおしきけしきかな
　軒ばの花に春のよの月

十三日　霞ふかし。ふじハ、心あてにもミえず。梅ぞのゝ梅ハ、ちり残るもあり、又ハ目もはるけしきもあり。こぞ咲にしハ、青葉ぞ出る。中にも、未開紅・有明・大和牡丹といふハ、いと盛なり。桜も、きのふよりは咲そひぬ。花の下かげに立よりて、つく〳〵とおもへバ、

咲はなにむかひてもまづ思ふかな

しづかなる代に静なるミを（春五五ウ）

いにし事などおもひ出て、

なき人をひとつ〳〵におもひ出て

みせましものと花にくやしき

老ぬればしのぶ事さへかさなりて

はなミるおりも袖ハぬれつゝ

ひる過るころより空もはれて、風いと静也。

なびくともミえぬ斗に青柳の

ミどりの空に春風ぞ吹

けふハ、長岡君、きたり給ふ。例のごと、させることなし。長岡君・村上君、さるがくこのミ給ふ。観世・織部新九郎などよびてかたらまほしと。こぞよりの事也。この観世てふ人ハ、むかし、田安の君のいとあハれ（春五六オ）ミたまひたるゐにしあれバ、その末の人とて、うとむべきにもあらず。されども、翁のせざる事なれバ、まねきもせでありしを、まねき侍れ、と長岡君のことにことにのぞミ給ふ。けふハ少し心にかなハねど、もと翁のおもしろからずおもふことなれバ、けふよびて、夕つかたよりつどミうつとても、心のたのしミにあらねバくるしからずとおもへバ、招きしなり。いとよろこび給ひて、日のくるゝ比まで物がたりなどし給ひ、うたひつまひつし給ふ。そのさかひをしらねバ、こゝぞと感じ侍る事もなけ（春五六ウ）れど、上手とハしりぬ。あとにてきゝしに、翁ならバこれをこそうたひ侍らんなど、心用意せしもありつ。通小町といふ曲のまひぶり、翁ハよくしりたりときけバ、おしへうけんと思ひし、などかたりしとぞ。これらハ、初にいひし田安の君の御祝きかまし、との事なるべし。されど、翁ハしらず。

十四日　朝とく、鈴のおときこゆ。きけバ、よべしら川よりたよりありて、おとこうまれ給ふとの事なり。起出てミれバ、又春雨のいと（春五七オ）静にふりたり。つな子、花ミんとてこし給ふ。ひるつかたより、雨つようふりにけり。されども、かさゝして行。道もいとしるくてあゆミがたきを、しゐて行。興あり。春風館にて歌などよむ。

咲花にめなれし池の春雨も
　またゝめづらしく打むかふかな

春風も霞める雨にとぢられて
　にほひ定まる庭の花かな

紅のうす花さくらしのゝめの
　おもかげミする池の遠かた

つな子、夕ぐれかへり給へり(春五七ウ)。

十五日　思ひの外に晴にけり。ふじのましろにミえたるもうれしきものから、きのふ、つな子にミせ侍らざりしも、例のあやにくの習ひなりけり。花のもとに立よりて、

万代を春になすともあくべくハ
　おもハぬ斗思ふはなかな

とハれぬも中〳〵うれしとハれなバ
　花の外なる事もいはまし

きのふの庭潦に花のかげのうつりたるを、

雨晴てうつるもさらぬ庭たづミ
　雫に花のかげぞミだるゝ

また花の木本に立よりて、

なれにしも五十余りのむつまじき(春五八オ)
　情ハしるや花の下かげ

つな子のもとへ、

　きのふハ雨の梢の花をミ給ひ、かさねてハ八重のさかりを緑の空にミ給ハん事をおもへバ、あやにくの雨もまた心ありけるものかな。

八重一重つきせぬ花を此園に
　ちぎらん春のたのもしき哉

かの方よりべちに、

けふの日の晴るにつけていとゞ猶
　心の空ハかきくらすかな

余りにのどかなる空なれバ、いまよりま(春五八ウ)ねき侍るとも、夕つかたにハ来り給ハん、と北のかたものたまふ。いかにも余りに口おしく思ひ侍れバとていひやりけるも、山鳥の尾の長き日、いとたのもしくこそ。未の刻過るころ、つな子来り給ふ。けさのいらへとて、なれ行

春のたのもしき、てふことばなり。よくはやくきたり給ふといひつゝ、はや庭をうちめぐりたるに、いとゞ花の色かますこゝちす。夕つかた、風いとはげしう吹おちたれど、この比咲し花（春五九オ）なれバ、ちることもならハぬけしきに、心のうちいとのどかなり。はやくれにけり。むら〳〵しろき浮雲に、月のさえたる、秋おぼゆる斗なり。船にのりてあそぶ。いと寒し。つな子、つくしごとを北のかたにならひ給ふ。こハ、ある老翁のまなび侍たるが、伝のたえなんことをなげきて、残りなふ伝えにけり。老翁の心をつぎて、またこと人におしへものしはべれと翁もいひしが、けふよりおしへものし給ふなり（春五九ウ）。

十六日　きのふより約して、あけぼのゝけしきミんとなり。とらの中刻ごろ起出て、ロそゝぎなどして、出たる。つな子・たき子なんど、例のごとくしらせてしかば、出給へり。鳥の鳴侍るハ夜や明ぬらんとミれば、有明の少しおぼろなるが、まだ空たかくのこれり。

空たかき在明の月に村烏
　あけぬと花の梢にぞ鳴

花の梢、いとおかし。

つれなさハよのならハしか暁の（春六〇オ）
　はなにわかるゝあり明の月

盛なる花にハしらぬつれなさも
　月にミせたる在明のかげ

柳の下ミちを行。

咲花の梢しらミて青柳に
　まだ夜を残す明ぼのゝ空

在明・しのゝめのうらなどありきて、ミ侍る花、いとゞ白雲のやうにて、朧なる月の少し梢にちかきけしき、たとへんものなし。やゝ星のかげもきえぬ。いさり火のかげハ少しのこれり（春六〇ウ）。北のたかどのへのぼりたるに、海づら霞こめて、月ハにしのかたへいらんとし、東のかたハ紫だちたる雲のたな引たるに、船の帆のくろうミえたるが、やゝしらミて過行など、只ものもいはで打ながめけり。

横雲も波にわかれて海バらの
　千里にかすむ春の曙
ミるがうちに在明の月も篝火も
　しらめバかはる横雲の空
海バらや波ともミえぬあたりまで（春六一オ）
　紅にほふ横雲の空
月よするうらハの波もくれなゐの
　色にわかるゝ明ぼのゝ空

海のおもて、いと霞ふかし。

船の帆のしらむに明る海原や
　沖なる川とたつ霞にも
横雲のわかれて後もほの〴〵と
　霞にしるき明ぐれの空

たかどのよりおりたれば、朝日のはや花の梢に匂へり。

とけやらぬ雪かとミれバ朝日影（春六一ウ）
　匂ふ梢の花の白妙

花の雲松をたえまにかゝらずバ
　いかでにしきのとばりともミん

まだこのあたりハ、ときハ木もうづもるゝ斗に咲ミちたり。

橘も松の梢も花のなミ
　末のとこゆる雪の面影

などうちづし行。桃ぞのもけふを盛とぞミゆる。白きも紅なるも、薄きもこきも、いろを尽して咲にけり。梅・桜にならべてミ侍れバ、おとるやう（春六二オ）なれど、あるハ夏木立のなか、またハ冬がれの梢にまじりて咲はべらバ、桜にもならべていひのゝしり侍らんを、咲ときによりて人もさおもひ侍らざるも、歎かしけれ。たかどのにてよミ給ふうちを、

つな子、

月も花もかゝる情のあかつきハ
　何をつれなきものといはまし
あり明のかげのうちより棚引て

明ぼのいそぐ花のよこ雲（春六二ウ）

たき子、

いさり火の光をのこす波上に
一むらあかき雲ぞたな引

よこ雲ハ波にわかれてほの〴〵と
霞にのこる明ぐれの月

ひるも夕つかたも、船などにのりて遊び、また春風館にまどゐして、酒くミかハしたり。くれ過るころ、かへり給ひけり。

十七日　ねざめして、

のどかなる又ねの夢のうき橋も
たえ〴〵のこる明ぼのゝそら（春六三オ）

いとしづかなる心かな。玉水のおとたえぬ。雨やミぬらんとミれば、東のかたハ少し雲の絶間ミえたり。けさはくもりたれど、やゝ晴ぬ。花の梢、きのふよりげにおぼゆ。行かへり、花のこのもとにやすらふ。花月亭の北のかたのさくらハ、つぼミおほし。けふはひとへの山吹の盛なるべし。ミちのく山のおもかげをなす。夜に入てミれバ、朧月夜のあハれ深さ、花の木々もほのかにミえて、ことばにも及びがたし。まづしばしとやすらひて（春六三ウ）、

是やこの朧月夜にしくものハ
花ミる春のむしろなりけり

とたハぶれて、たゞ打まもる。

いひつくす思ひなりせばいひも出ん
たゞミてあかせ月花の庭

また例の口とく、心にまかせて、

詠ればちよも齢ハのびぬべし
はなの梢に朧夜の月

むかしより契かハらで春のよの
月としいへバ霞こめつゝ

代々の人のあハれをこむる情まで（春六四オ）
月に霞のたちやそふらん

きのふけふハ、北のかたの、ミにいたづきのといふ斗、ひたすらおなじく庭ありき給へり。ことに月花をこのミ

給ひて、ことしの春の花、心のまゝにミずバ、いか斗残りおほからん、いけるかひなき心ちすめれ、などの給ふ。歌もこのミてよミ給ひしが、翁のかたハらにて、年ごろ歌のよしあしをよくわきまへ給ひにたれバ、よミ出給ふ、ことに心にかなふハなし。翁のうたなどミて、心をやり侍らん、とてよミ（春六四ウ）給ハざるも、おかし。余りに風をもいとはずありき給ひて、よひよりふし給へり。さればこそ、など何しらぬわらハべハいふらん、とおかし。

十八日　南より吹風のいとはげしう、波のおともまぢかう聞えぬ。花ハいかになどミれバ、咲そふ八重の桜ハ、ちるよしもなし。一重の花のちりしがなかに、向ひの岸ハ木だちおほけれバ、思ひしよりはやすげなり。一木のかげの為にし、いとうれし。たゞ、しやうじあけて打ながむれバ、風の（春六五オ）吹いれて、わづらハし。とづれバ、ミるべきやうもなし。思ひわづらふ桜かな、と打ながむ。

　か斗もはなにうらミのありてこそ
　咲よりたえぬ春の山かぜ

いつのまにひとへの桜ちりにけん
　花の八重たつ池のさゞなミ

さくらのもとの山吹、いと盛なりけれバ、

　事たりし柴の庵とてしろがねの
　はなにこがねの山吹のはな

水月の君へ、庭の花手折てまいらせたりしに、

　咲にほふ花の砌を思ひねの（春六五ウ）
　夢にも行てとふよしぞなき

かハらぬめでたさにぞ、かくつかひまたせてよミ給ふに、翁の心こめてよミしよりハまさり給ふなり。歌斗にハあらずなん。いとめづらしき人がらを、か斗の家へものし給ひたるぞ、いといはんかたなき。定栄、こがね橋の花をミにけさ行給ひしが、ひる過るころかへりて、花の枝もちきたり給ふも、めづらし。いつかハ行てミん、と心にちぎる。心に契（春六六オ）る事ハ、松しま・あらし山・すま・あかし、かならずちかきころにハいくべし、と。

是もねざめの思ひぐさなり、日ごとにかく花をめづる心をよめりける。

君が代ハ大宮人にあらぬミも

さくらかざして春を楽む

十九日　例の、庭めぐる。風まだ寒し。竹門のあま君、百代子をつれてこし給ふ。しら川の永三郎の七夜をいわふ。あま君、ゐミさかへて、花見給ふ。くもりたれど、雨ハふらず。定栄に手をひかれてありき（春六六ウ）給ふ。船越うしもきたり給ふ。夜に入てかへり給へり。

廿日　雨ふる。雪なんいとはだれにふりぬといふに、おどろきてミれば、向ひの木々もミえぬ斗雪にかすめるけしき、いと珍らし。

雨のミか雪をもさそふ山かぜハ

何のうらミや花にかけゝん

と思ふ斗なり。桜が枝に雪ふるもめづらし、とてかさゝして庭をめぐる。松代の大夫、きたる。雪もやミて、又雨となれり。水の煙いといたう立そひて、風に打なびくも、めづらし。この比雪ふりしハ（春六七オ）むかしよりおぼえ侍らず、と老人など、例のごといふ。夕立の、むかしハはやく晴し、といふたぐひなり、と笑ふ。夕つかた、晴にけり。

廿一日　寒さ、かハらず。雲のむら〳〵のこれる、冬のけしき思ひ出るばかりなり。大塚の別荘、小亭をたつるによて、ミに行。かへりに本邸へよりて、両孫をミる。大塚の大きなるさくら、二木ばかりありて、いかにも雲とミゆる斗に咲ミちたり。なの花など、かぎりなきまでにミゆ。山吹のはなよりもいと花やかにミゆれど、いやしきものゝやうにミ捨侍るも、はかなき心也。夕つかた、本邸よりかへり（春六八オ）て、また庭ありく。

廿二日　けふあすハ八重のさかりとやいはまし。ひとへのちりし梢ハ雲のとだえしたるやうなれど、また雲に朝日のうつりたりといはんも、まだいひたらぬ心ちぞする。わがそのながら、ことばにも及びがたし、とつく〴〵とミる。ひとりミんも口おしくて、あすハ、つな子来り給へ、みるべきものハミよ、といひやりたり。楊柳亭のまへの、ことに高き梢の、二木はしろく、一木ハうすくれなゐなり。げに霞もにほふ斗なり。けふあすハいづこもかハらぬ盛なめり、と人々いふ(春六八オ)。

世中の人の心のはなもいま
盛なりけるやまざくらかな

石楠花、さく。山吹、盛なり。

廿三日　起出てミれバ、花の梢より明そめて、

咲花の色を光に山のはの
明ぼのいそぐ横雲のそら

咲ミちたる梢、いかにも雲とまがふべく、

にほひをバ霞につゝめ山ざくら
雲をたづねてたれかとハなん

うちつどひて、庭ありく。八重一重咲ミだれて、うす紅も白妙もうちまじりて、錦ともいひつべし。柳の浅ミどり、おるべくも思ハずなん。けふハめづらしくはれ行(春六八ウ)て、かすミあひたるのどけさに、あるハ花月亭にいこひ、又ハ船にのりありきなどしつ。

ひとへより日ごとに深き春の色を
花にもミせてさくさくらかな

八重ひとへ咲そふ花のにしきをバ
たれ白雲とよそにミるらん

日くるゝ比、かへり給ひけり。猶もうちよりて、花にあそぶ。

廿四日　くもる。されど、いとのどかなり。白川はこのごろ、梅の花少し咲出て、八重ハ(春六九オ)いまだ咲侍らず、朝な〳〵、ましろに霜の置そふとぞ聞ゆ。けふハ、雨ふる。池に数ミる斗なり。かさゝして、庭ありく。

廿五日　くもる。けふハ、田邸江溜池の姉君きたり給ふ。翁にも出侍れ、との仰なり。こハかねて翁よりも、姉君などきたり給ふついでなどにまいり侍らん、ひとりだちて出侍らんにハ、かねてやめる身なれバ、時によりさハる事などありて、参らずバいと興をもうしなひ侍らんに(春六九ウ)おそれあり、とぞいひし也。されど、けふハ出が

たけれども、仰もあれバ、ひる飯すミてのちに出侍らん、と申たり。かゝるミにハ心のまゝにし侍りたけれど、また思ふがまゝならぬも、よにすむかぎりハかくぞあるべき。けさ、散歩して、ミれバ、あり明・大和牡丹も今ハちりて、いさゝかのこる。その余ハ、うす紅のわかば、なつかしきまでにミゆ。山吹ハにほひおとろへて、風まつけしきなり。百花園の末なるなのはなハ、今をさかりとぞミゆる。田邸、例の（春七〇オ）ごと、いとねもごろなる御恵どもなり。日くれて、かへる。

廿六日　よべ、雨つよかりし。けさハくもれり。ひるより風あらう吹出て、うつりし花ハ雪とぞちる。夕つかたハ、雨も音たてゝふりけり。

　さそふかぜあるもうれしゝおのづから
　　ちらバうらミや花にかゝらん
　飛鳥の羽風をいとふ花の枝に
　　あまりつれなくふくあらしかな
　咲しよりちることハりハあるものを
　　何にうらまん花の春かぜ（春七〇ウ）
　名残おしむ心に花のいろかまで
　　あやにくそふとミるもうらめし

木かげさりがたくやすらひつゝ、とやかくと思ひかへすもはかなしや。ときはゞしの御方も、はや百日になりにたり。

　ちる花も《ハ》又こん春もあるものを
　　かへらぬ人の名残こそうき

夕、きゞすの声をきゝて、

　年々に物の哀ハまさりけり
　　春のきゞすの声をきゝても
　子やおもふつまをやしたふ夕ぐれの
　　ふかき霞にきゞす鳴声（春七一オ）

廿七日　またくもる。けふハ北のかた、本邸へ行給ふ。風うちたえて、いとのどかなり。夕がた、花月亭にてしばし酒くミあふ。松が岡・竹がおかの重職のもの来りければなり。白妙と薄紅の二木、いと盛なり。庭のわか艸はやおひのびて、なづなも花さきて、はや琵琶のばちめきたる実なども、もとのあたりにミゆる。れんげ草もところ〴〵に、ゆかりの雲の名、いとしるし。よび出たるよし村宣徳が、かく深き恵のいろをいつかまたけふにくらべん（春七一ウ）花の夕ばへ　時にとりておかし。千秋館にまどゐせしころなりしかば、

さらでしも契るちとせの春秋に
かゝるまどゐハつきじとぞ思

廿八日　こゝろよふ晴たり。霞わたたれる空をながめても、とハずとはれぬやどならバ、と猶思ふなり。松山の君きたり、しばししてかへり給ふ。久しく契をきし富山の君、ひる過る比よりきたり給ふ。翁にあひ給ひしとて、ことによろこび給ふ。酒くミあひてうたひなどものし、あるハ絵をかきて（春七二オ）、賛などかたミになす。花も実もあるひとなり。こハれて、郢曲少しうたふ。こぞよりはじめてなり。けふ、高崎君、たき子をやしなひにし給ふ。古よりかゝる事ハ例なきを、翁が家とゐにし絶ざらんことを思ひ給ふて、長岡の君、とし子をやしなひて、いま村上の君へかし給ふ。このあそも、おなじくゐにし深からん事をのぞミ給ひてなり。翁が身にも本意なる事ながら、おそろしきまでにおぼゆ。それらのことをも心にむすびて（春七二ウ）、酒もくミしなり。とやまの君ハ戌の刻ごろ、かへり給ふ。本邸の近きあたり、火あり。定栄、馬にて行給ふ。されども事なく、早くきえぬ。

廿九日　空はれて、いとのどかなり。ひるごろより風吹出で、花のちりければ、

ちる花よたれをとがめん盛なる
きのふの風ハうらミざりしを

われもいまちりにしのちの柴のとに
はなのわかれをまたおしむかな

あふぎミし梢の花に風過て（春七三オ）
よもぎが庭に盛をぞミる

ちれバこそと斗おもへとことハに
咲てふ花ハたれかめでなん

咲しより心ちらさでミるものを
　われにならハぬ花ぞつれなき
また例のごとくになん。春もけふあすになりたるに、花のかくのこり侍るハいとめづらし。このごろ、ミやこ人よりも、よしのゝさくらハ廿日過にもなり侍らん、などきこゆ。いづこも花おそき年なりけり。かの二木の花をミつゝ（七三ウ）、
　わかれ行春のかたミとなぐさめん
　　二木の花のかげになれつゝ
晦日　けふにて春もとぢむると思へバ、いとゞなんげにながき日といひつゝ、いつしかにけふとハ成にけり。
　まちおしむ花のうき世にながらへて
　　春ともしらでくらしつるかな
また花をミて、
　かざすとも何かかくれん馴ぬれバ
　　老となるべき花の色かを
ひる過るころより、小浜の世子きたり給ふ。庭などありき、しばしものがた（春七四オ）りして、かへり給ふ。風はげしう吹ぬ。
　かたミこそ今ハとてしも春のかぜ
　　あだなるものと花に吹らん
　花になれしその移がをミにしめて
　　わかるゝ春のかたミとハせん
春のくれ行ことをつく〴〵と思ひて、
　うき秋もわかれとなれバおしミしを
　　この花鳥の春のくれがた
　いづかたにたれまつとてや入相の
　　かねにわかれて春の行らん（春七四ウ）
やゝくれにけり。星のかげもかすミこめたる空、いとなつかしく、庭ありきて、
　ながき日とたのミし空もくれはてゝ
　　やミよに春の行衛をぞとふ　（春七五オ）

卯月

朔日　打かすミて、いとのどかなり。ことしも寒し。わかきおのこも、わた入きしものあり。けふとて何か衣をかへ侍らん。雲上こそしらがさねなどし侍るハ更也、それさへ今ハたえにけるとぞ。こゝらは、うへのころもはかの上下といふものなり。うちぎハもとより制もなきものなるを、いまハそれをさま〴〵にかへて、布の衣にもからむしもておりたるハ閣老のき初めざれバ、などゝもいふ。翁ハ隠遁の身に、なにをかかへ侍らん。たゞ身に(夏一オ)かなふものをこそきるべけれ。

　たちかふる薄き心のよの中に
　　そむけばけふも花染のそで

時しらぬ翁とやわらふらんもおかし。夕つかた、北のかたの庭のさくらミに行て、酒くミあふ。

二日　雨ふる。池のむかひのおそざくら、盛なり。青葉のうちに白雪の消残たるやうにて、いとあへあり。初はなより、ともいはんかし。

　はつ花にとてもおくれしものならバ
　　かくてをあらん遅ざくらかな(夏一ウ)

　さりともと思ふ心やおそ桜
　　青ばが中に春をのこせり

八重の山吹、咲そふ。れんげ草ハ昨日けふを盛とやいはまし。たゞに紅の氈引たらんやうなり。ところ〴〵にたんぽゝの花の、目ゆい染のさましたり。かさゝして、いくたびとなく庭ありく。

三日　よべ風つよかりしが、暁より雨ハげしうふりぬ。起出て、例の物かくも、たどる斗なり。わかばのぬれて、一入のミどりそふ、いかにも春の雨にては(夏二オ)なかりけり。軒のさくらちりしきて、やりミづもうづもれぬ。岸の花ハやゝちりて、むら〴〵残る雪のおもかげ、いとなつかし。せうじあくれば、霧のやうにふきいるゝ雨もわりなし。雨間まち得て園中徘徊せんとおもふも、楽しさのうちなり。いでや、はるゝ日も雨もありしも、朝といひ、くれとひ《い》、かハるけしきにうつり行心のはてなきも、いとおかし。まゐて、春とかハり、夏とうつりて、花に青ばに、とり〴〵心ゆかぬかたなし（夏二ウ）。水鳥も今にのこりゐ侍るがおほく、何かにまどひありきて、若草つむさまなり。少し雨まありけれバ、かささして行。ところ〴〵の庭潦打わたりて行も、何の為にや、と心のうち、おかし。秋風亭の向ひのきし、いとひろうミゆるが、わかばのますにや、木々も大きやかになりしこゝちす。海づらもよべのかぜになミたかうて、うちくもりたる空、やうかハりて、おかし。またぞふりくる笠の雫に袖ぬらして、猶も行（夏三オ）。藤、やゝさきぬ。

　ぬれつゝも立よりミれば藤の花
　　春もいくかゝこゝにのこせり

かのおそざくらハ、よべの嵐にもちらで、昨日にかハらずミゆ。ひるより俄に晴て、日かげいとあつし。わた入し衣ひとつきても、かぜまつ心ちぞする。夕がたより、風いと冷に、また雨ふる。空も冬おぼゆるやうなり。

　さえかへり嵐に雲の氷れるハ
　　まだきさらぎやかさねきにけん（夏三オ）

四日　打くもりて、寒し。露そふ山吹のはなをミて、よめる、

　露の玉こたへぬのミか山吹の
　　はなものいはぬ色も静けし

いかなる鼠毒にて、年へておもくやめるも、とミにやめるも、あさがほの実も花もつるも葉も、とりてほし置、きざミてせんじ用ゆれバ、毒解して、いゆるとぞ。亀山の君きたり、ほどなくかへり給ふ。夕ぐれかけて、いくたびも庭ありく。蛙の声をきゝし（夏四オ）。

　おしといふことのはならしちる花の
　　うかぶ汀の池の蛙は

五日　めづらしく朝日のさしたる、うれし。されど、いと寒し。庭のふかミぐさ、紅なるがおほく咲初たり。

　ふかミ艸からくれなゐの唐錦

やまとにハあらぬ花の色かな

いかにも、枝のさまゝでこの国のものとハミえず。かのおそざくらハ、かはらぬ色かをミる。つな子、来り給ふ。永太郎も初て来り給へり。いとおよずけて、たゝミのうへにまろねさすれバ、たち（夏四ウ）まちおきかへり給ふ。めづらしきにや、声あげてよろこび給ふさまなり。人々目もはなたずまもりゐて、あるハさま〴〵のかほなすもあり、またハゑミさかへて、われおさなきやうに口きくもあり。

六日　くもる。冷なり。つゝどり、庭の梢になく。こぞのけふ。退隠せし日なれバとて、こゝらのものなどハさらなり、庭などそうぢするものまでに、酒などのませて、たのしむ。ひるの比より雨ふり出て、霞わたれる池のけしき（夏五オ）、いとおかし。つな子かへり給ふ後も、酒くミて、酉の刻過る比、宴おはりぬ。ミじか夜にハ、よに入て酒のむハあしけれど、けふハ興に入て、酉の刻に及べりけり。

七日　雨に打かすミたるも、春日おぼゆる斗なり。述斎君より、落花の歌とてかず〴〵ミせ給ひて、添削こふ、など聞え給へり。そがうち、おもしろく覚えしハ、世中ハ桜のはなのひと盛ねにかへりてや香をとゞむべき　中〲にけなバ心もやすからめ苔（夏五ウ）路にのこる花の白雪　年〴〵に花の名残を惜ミつゝ我ミの春もくれんとすらん　さくらてふ花なかりせば春ごとにちり行ころのものハ思はじ　つねよミ給ふことも、まねび給ひしこともなけれど、天才とやらんいふものなるべし。こぞかきをきけん、松の下にふして楽しミし人の歌とて、一巻ミせ給ふ。ふとミたるがうちに、述懐を、あたゝめし親の恵ハ厚衾こを思ふときに重ねてぞしる　ひるの（夏六オ）比より日かげうすくさしわたりて、少しあつくおぼゆ。夕ぐれのけしき、いかにも夏の空しるく、入日の雲にうつれり。つな子のもとより、かつほをおくりこし給ふ。まだ世にしらぬを、いかゞしてありけん、と思ふ斗なり。ミな、このむものにもわけあたへけり。夜に入て、庭へ出れば、むら〳〵しろきうき雲に、月のさしわたりたる、うれし。

此比の霞もきえてうき雲の

たえまをわたる夕月の影（夏六ウ）

帰雁の、いくつれとなく鳴わたりたる。花をミすつるハ名のミにや。青葉のミねこえて行らんと思ふも。

八日　さぞ晴ぬらんと思ふに、くもりたり。この比、鶯しきりになく。おそざくらハ半ちりたれど、さすがに雪のおもかげをなす。白川の梅の、八重の花咲出たり、とけふつげ来る。

九日　晴ぬ。しのゝめのうらの藤、咲そひぬ。

横雲のおもかげミせて紫に

藤咲かしるしのゝめのうら

れんげ草ハ、今に盛なり。つゝじもや（夏七オ）咲そふ。紫も白きも紅なるもうすきも、枝まじへて咲出たり。月すめり。めずらしとて、又庭を散歩す。風ハ寒けれど、さすがに夏の空とハしるし。

十日　晴ながら、寒し。白川のあたりハ霜をくらんと思ふ。藤のわかばも、花にうづもるゝ斗咲にけり。夕つかたハ猶晴て、入日のまどかにミえて梢に入たるに、うつろふ雲もなし。はや、月の光そひぬ。夏のけしきしるけれども、風いと寒し。ことしハ蚊てふ虫も（夏七ウ）、蝿てふ虫も、いまだいでこず。よき事ハいはぬ習ひにこそ。いねんとする比、そともへ出れバ、星ハあるかなきかにミえて、いと空たかう月のすめるにぞ、はてなき心のそこ、いはんかたなし。

十一日　晴ぬ。さむさかハらず。けふハ、真田のおば君のかたへ行。翁も、このごろ疝うれへ侍れども、老たる人の、ことにたび〳〵いひこし給ふに、右京大夫も久しくやミ給ひて、いづこへも出給（夏八オ）ハず、さりがたく物がたりし給ふこともあれバ、と聞ゆれバ、辞すべうもなく、行ぬ。物がたりおハらバはやくかへりてん、と約したり。いとよろこび給ふ。未の半ごろにかへりて、又園中を散歩す。ひる比より、南のかぜはげしう吹て、波のおともいとまぢかし。けふきけバ、おとゝひのころより時鳥なきしとなん。こゝらにハきゝしものもなし。月、朧なり。

十二日　けふもはれぬ。亀山の大夫・奥平うし、初てきたれり。たゞ(夏八ウ)うどにハあらず。ひる過るころ、黒羽根の君きたりて、さま〳〵かたり給ふ。夕つかた、述斎君きたり給ふ。共に庭めぐりつ。日の入んとする比、酒出したれど、さかななし。猶興あり。船うかべて、朧月をミつゝ、千秋館にかへれり。膈をやめるにハ、けりといふ鳥のはらに人参十匁入、糞汁に一夜ひたし、水にてそゝぎ、はしとつめをとりて、焼てゆる(マヽ)に、年老たる人のも、いゑざることなし、と(夏九オ)。

十三日　曙の比にや、かやば丁、火あり。おき出る比ハきえぬ。例のごと、馬はせて、人やりぬ。定栄も行給ふ。空あかうて、雨ふる。亀山の君、きたり給ふ。けさより、村雨のふり侍る。まだしと思へバ、さそひがほにもあるかな。されど、耳うとき老がミは、おもひたえぬ。ひるより晴ぬ。藤の盛なり。こゝらにハあらじとおもふ梢にも、紫の色ふかくぞミゆる。こゝの園ハ、松・桜・藤などハ心とゞめてうへざるも、みな打しげり、たけ高うなり侍る。こぞのけふハ(夏九ウ)こゝへうつろひしよとおもへバ、いかにも軒ばよりして庭のさまゝでも、いとふりにたり。

　きのふかもむすび初てし柴戸の
　　苔むすまでにふりにける哉

十四日　南のかぜはげしう、くもいとふかし。夏木立のいとところせきまでになりたるを、

　草のとハよもぎむぐらの緑より
　　ひとつにつゞく夏木立かな

花の雲晴にしあとハ一ツ色の
　木々のミどりぞ空としげれる(夏一〇オ)

散歩する比、この下露のいとふかゝりければ、

　花とミる木々のわかばの白露に
　　またうらミそふ夏の朝かぜ

立なれし梅も桜も青柳の
　ミどりになしてなびく朝かぜ

けふハ、つな子来り給ふ。庭ありきて、容子の庭のぼうたんの盛なるをミて、

香斗からへしあるじの心まで
　あさからぬ名にさける花かも

船にのりてミれバ、岸の藤、こゝかしこに盛をミする。夕つかたより風いと（夏一〇ウ）はげしう、雨さへそひぬれバ、とく〳〵、といひてかへり給ふ。夜半の波かぜ、いとおどろ〳〵しく侍りけり。けさの散歩にも、藤のかげ行つゝ、この花ハいとめでおもふ、この花ハそれにつぐ、などゝハいふめり。から人などいひしやうに、何の花ハ君子のミさをあれバ愛し侍る、竹ハまどかにしてふし〳〵のある、などことハりなき事にことハりつけていふぞ、おさなき心ちぞする。その心にていはゞ、藤ハ小人の心なり。独だちて居侍る事なく、かならずこと木を（夏一一オ）たのミてはいまとひ、はてハこと木の花ともまがふべくし、つゐにその木をもからして、かれたる枝にかゝりて、いさゝかおのが盛とミゆれば、はや、かれたる木なれバ朽はてゝ、風にたおれ侍れバ、おのれもたおれ侍るたぐひ、かの歴史にのする小人の常態とやいはまし。か斗の花をミても、ことハりなきことといひて花の名をもけがし、匂ひもをけがし侍るハ、はかなき心也けり。たゞ、かれが性をとげて、花咲、ミのりて、うつり行さまを（夏一一ウ）ながめ、色かをめでゝ、さくをまち、ちるををしミ侍るぞ、わが心なる。すべて、忠といひ、孝といふも、かゝることハり、かゝるめぐミあれバ、などいふぞいと浅かりけりなどいへバ、例の唯諾して、先にたちて行も、おかし。

十五日　よべも、おどろ〳〵しう吹おとしけり。けさも空くもりて、風あらし。蓮花草もいとおとろへて、色もあせつゝ、たけハいとたかうなりぬ。ふかミ艸も、はや夕つかたつぼむけしきなく、やゝちり行も、おかし。はつか艸とハ、いかにして（夏一二オ）名づけ侍りしや。八重

のさくらよりハはかなきものを。きのふけふ、水鳥いとまれにミゆ。かしらあかきかも、一ッ二ッミゆ。つな子のかたより、いくちよも猶かゝれとて浅からぬゆかりをたのむそのゝ藤なミ　とありければ、

　かゝれとて契り置てしいく千世の
　　松にともなふ花の藤なミ

などかいて、まいらせし。

十六日　起出てミれバ、くもりたるに、霞いとふかし。池のおもに雨のかずをミる。遠のかねのおと、いとたゆげにひゞく。のどか(夏一二ウ)なる庭のおもをつく〴〵とミつゝ、

　をのづから花にとひこし小蝶さへ
　　青ばの山のおくハたづねず

かさゝして、庭ありく。れんげ草も、はやかり払ひけり。

　紫の雲のなごりもきえはてゝ
　　ミどりの空を芝ふにぞミる

けふも、ひめもす村雨ふりくらしたれど、このさとハ、おとづるゝよしいふ人もなし。十三日には蚊の三ッ四ッ出たれば帳垂しが、また、きのふけふハ是もおとづれずとて、待人ハ更也(夏一三オ)、いふ人もなし。

十七日　はれんとするけしきながら、ミるがうちに霧こめたり。この比、ものゝいとしめり深くおぼゆるハ、さミだれのやうにふるにやあらん、などいふ。昔、郭公まつころハ村雨のふるよしいひ、ぬれつゝもなどゝもよめれば、藤咲ころも雨ハふるおり也。よしきり、けさよりあしまになく。かしがましき声ながら、又めづらしときく。夕つかた、雲いと静に、入日の少しうつれる、いかにも心やすき柴のとのうちなり、と(夏一三ウ)まづおもふ。

　柴のとのうちとへだてぬ恵こそ
　　この夕露の深にもしれ

夜になりて、月ハいでしやとミれば、しげミのうちより光さしたり。

　風さハぐ葉ごしに出る月かげハ
　　ちゞにくだけてちるかとぞミる

風といひ、月といひ、いと心すむよハなり。

十八日　くもる。鶯ハいかに、と心とゞむれば、村竹のうちになきたり。この比つねにきけバ、なくとしも思ハざりけり。かくても谷の戸にかへらずや、などおもふ(夏一四オ)。月日のすぎ行事のゆくりなきを、

足早き月日の駒に打のりて
　心もとめずよを過すなり

翁ハかゝれど、

いざやこらあだになゝしそゆくりなく
　過行ものハ月日也けり

ひるより晴にはれて、一筋の雲ものこらず。風ハそよと吹かふ。久しく出ざれバとて、船にて海のおもてのりめぐりて、夕つかた、かへりぬ。思ひしよりハ波風あらうて、船のたゆたふ、いと興ありけり。ふじハさら也、かミつふさの(夏一四ウ)山々も霞わたりて、ミえず。よもをミ侍りてハ、雲ハなし。この比の雲ハいづこへ行たりしや、とあやしむ斗なり。月出にけりといふにぞ、すのこへはせ出てミれバ、朝日のやうにあかう、このまよりミえし。

十九日　けふも晴ぬ。散歩すれバ、日かげいとあつし。夕ぐれより、蚊出たり。なでしこ、花さく。秋のちぐさにもおとらぬ色也。堀こしより、信玄のつくりたる船のかたかりにこし給ふとて、せうそこあり。その(夏一五オ)末に、おとこの子まうけ給ひし、とありけり。さかな贈り給へりしかごへ、庭のたかうなを入てむくゆるとて、

しげりそふ竹のこのよの生先に
　千とせのかげのしるくも有かな

これも、いつきたり給ハん、とけふもいひこし給へり。

廿日　少しくもりぬ。あすハ広橋一位のきたり給ふに、余りにしげれる草をばはらハせけり。秋田の侍従、しるかたへ御いとま給ハりけり、ときゝて、扇をかミにつゝミて(夏一五ウ)、

手にならす扇のかぜにいく里の
　野山の露を払へとぞ思ふ

とかいて、まいらせたり

廿一日　暁比にやありけん、目ざめたるに、窓の少しあかうミえけるに、起出てミれバ、外面ハ木かげきハことにミえたれバ、うれしくて、ひとりつまどおしひらき、庭に出てミるに、空いとたかうすミて、在明の月くまなく、かたハらに星の二ツミえたるも、たどる斗也。そよふくかぜも、心ち覚えぬ。げに夕月ならバ、心あらでもミるめり（夏一六オ）。

　いつハあれど月ハ有明の空なれや
　　心の外にミる人ぞなき

されど、かのきぬ〳〵の別につれなしとミるも、つかふる人の、星いたゞきて、有明の月と共に出るものもあるべけれど、今翁の心にてハかくおもひけるぞ、はやむかしをもわすれにけり、とおかしくて、

　草の庵にひとり詠めて思ふ哉
　　わがミもいまハ在明の月

朝日くまなふさし出たれど、少し衣のかろく覚ゆ。けふハ、一位来り給ふ。めづらしきまでに晴わたりぬ。夕つかたハ（夏一六ウ）打かすミたるも、のどかなり。このひと、文学をこのミ給ひて、有そくの人也。さま〳〵服飾の事などものがたりし、庭ありきて、いとおどろき、ほめ給ふ。歌ハよミ給へど、殊勝にハおぼえず。今やうのもの、からうたよむものハ、唐商あるハ朝せんの人などゝいへバ、あるハ唱和し、またハかきものし侍り、ものを乞うるを栄とし、歌よむものハ、大宮人などにあへバかならず歌などこふを心とするぞ、いとうるさき。たゞその人によるべき事にて、大宮人かならず歌よむにかぎるべき（夏一七オ）にもあらずかし。定家・家隆などおハしまさば、いかでこハであるべき。たゞ名によりてかゝらんハ、はかなし。つたなき歌をも、雲のうへ人のとてよきと思ふも、おろかなり。又ハ、かゝるこひ得て、かゝるつたなさなどいふも、人わろきしわざなり。されバけふなん、おのれ、歌さへもよまず、揮毫のものなどものぞまず。

おもひきや草の庵の露のうへに雲井の月のかげをミんと

ハ　など心にうかびたれど、などかミせものし侍らん。あすハたち給ふ、とて酉の刻（夏一七ウ）過にハかへり給ひけり。

廿二日　けふも晴たるが、うすくゝもりたり。花あやめ、盛也。藤・つゝじハおほくちりぬ。堀うしきたり給ふて、夕ぐれにかへり給へり。けさも、一位の、ことにきのふの事よろこび給ふとて、旅だち給ふ比、わがつかひのものめし出て、ミづから謝礼いひ給へり。

廿三日　くもりて。風はげし。百花園にハ、さま〴〵の花、あらそひて咲出づ。翁ハものにうときが中にも、ことに星の名と草木の名ハいとうとし。されど（夏一八オ）、さま〴〵の花さくをのミめでゝ、この園には三百種斗もうへたれバ、冬までも花のたゆることとなし。黄なるも、あかきもしろきも、花のかたちさま〴〵に咲出たる、おかし。ひる過るころより、長岡君・高崎君、きたり給ふ。松山の末のかたに、如雲軒といふをかりそめに設けてけり。こゝにてうす茶たてゝまいらす。思ひよらずとて、興じ給ふ。春風館にて、酒などくミあふ。雨ふり出てけれバ、日のくるゝ比、かさゝして千秋館にかへる。こゝにてかたミに画などかき、歌などよむ。長岡君（夏一八ウ）、竜をこのミかい給ふ。もとより戯画なるものから、おのづから活動ありて、人もあまねくもてあそぶなり。戌の刻過、かへり給ひけり。

廿四日　よべの玉水のおと、しづかなりしも、たえざりけり。けさもうちかすミてふる。のどかなれども、春の雨とハやうかハりて、夏木立の、ミどりの雨にそひ行て池水にうつれるさま、いとすゞし。山時鳥いまやなくらんと思へど、ことしハ今にわた入し衣ぬがず、雁さへこの比もちかうわたり侍るほどなれバ、とまた（夏一九オ）おもひかへす。松山の君、来り給ふ。けふハいと物静にてましませバ、ことばつくしてほめたり。かうやうのとき長ゐし給ひてハ、またおこたりゆるび給ハん、とてはやくとて、かへしものしぬ。ひめもす雨やまず。たゞつく〴〵と庭うちまもりゐたり。夕つかた、かさきて庭ありく。西のかたハ晴て、ふじをミる。

廿五日　起出る比、朝日うすくさしわたしたり。きのふより、げに寒し。あしたの散歩の比ハ、はや残りなふ晴て、日かげあたゝかに、露のきらめきたる（夏一九ウ）、何となふ春にハミぬけしきなり。契沖のミづから撰びたりし漫吟集、長流おなじうせし晩花集などミる。歌のさまハ、草根集のたぐひなり。浜臣とかいひて、かの春海の弟子なりけるが、春海ミまかりて弟子のともしきに時得て、かの門にてハとうとミけり。それがこの序をしたるをミれバ、いと歌の本意をバうしなへり。いかにもそがよミたる副歌いとつたなければ、この事にハうとくやあるらん。ひる比、井上うしきたり給ふ。わかのもの語（夏二〇オ）などし、定栄の手裏剣うつを聞及びてミ給ふなどに、時うつりけり。かへり給ひて、また庭ありく。

廿六日　夜半も、雨水のおとたえず。けさやミしが、また晴べしともミえず。けふハ、めづらしく人もこぬ日也とおもへバ、いとのどかにおぼゆ。

天にありて鳥としならバひとゝよと
　われ鶯のなくねからまし

たハぶれ思ふ。

廿七日　起出る比、雲のうすくミえしが、山鳩の声ほのきこゆ。また晴るべ（夏二〇ウ）しともミえず。けふハかのおば君きたり給ふ。晴をいのらまほしき斗に思ふ。つな子・しん子もきたり給へり。楊柳池のかきつばた、盛なり。

藤のはなうつりし波に杜若
　おなじゆかりの色に咲けり

ひる過る比、おば君きたり給ふ。こぞき給ひし時よりハ、あゆミ給ふ事もいさゝか心にまかせ給ふ御さま也。右京大夫もきたり給ふ。ひる飯出るころ、亀山の大夫あハたゞしく来りて、あハまほ（夏二一オ）しといふとぞ。はし置て、出て聞たり。こハわがさたすべき事にもあらず、和州へいふべし、といひやる。おば君庭ありき給ふ比より、いと晴たり。かた子のさうしへ行給ふ。かねての望なりしかば、戯舞なすおうな三たり来りて、まひつおどりつす。翁、むかしハかゝる事もつとめてミ聞侍りしが、今ハ心のまゝにし侍るミの、しゐてつとむべうもなし。よて、翁斗ハ庭ありき、秋風亭にて酒などくミあふ。かの戯おハりて、夜更て、かへり給ひけり(夏二二ウ)。翁ハいさゝかもミ侍らねど、人にそげたりといふとも、いはふ心にまかすミにハ、いとはずなん。おば君、何くれとよろこび給ひけり。それより千秋館へかへるに、星ミえぬ斗空すミて、戌亥のかたにていなづまの光たえず。秋のけしきにも似かよへるものかな。

廿八日　暁の比、よめりける、

ほとゝぎすまつ夕ぐれも過行て

あり明の月におとづれもなし

郭公待夜ながらのあり明に

つれなき空ハミんかたもなし(夏二三オ)

朝起たるに、よべほとゝぎすのはるかになきつる声、聞給へしや、といふ。いかで、翁の耳うときを、といへバ、よべ、千秋館へかへり給ふ道すがらにて侍らんとおもへりし、といふをきくも、口おしさ、ねたさ、かぎりなし。

ほとゝぎすつらきながらに人をわく

初音とおもへばまつもたのもし

けふも庭ありき、船うかべつ。

廿九日　くもりたれど、ふるべくもなし。范蠡の舟うかべ、つりする画に、歌をこふ(夏二二ウ)。

ちりうかぶ一葉の船ハつりのいとの

心とゞむるふしぐもなし

とよミたれど、したりがほにもきこえ侍らんもくるしければ、心とゞむるふしもあらじ、などゝ改めてわざとかきつ。毀誉の二ツをのがれて、かくよミてかきけるを、しれらん人ハしらんかし。芝の御山へならせ給ふ日なれど、富山の君、来り給ふ。先のころ、しるかたへ御いとまものし給ひぬれば、こゝへこし給ふ日もなし、とて夕つかた(夏二三オ)来り給ひしなり。高崎の君も来り給ふ。日のいらんとする比より、酒など出したり。かへりて《給ひ》の

ち、つく〴〵と思ふに、はや初の夏も立にけり。山ほとゝぎすのつれなさおもひつゞく。夜もふけれバ、枕をとる。（夏二三ウ）

さ月

朔日　よべより、雨ふりたり。けさもはれず。山時鳥とひがほなる空のけしき也。本邸の両孫のはたたちしを、ミに行。翁が家にてハ、世のゝぼりてふものとハ事かハりて、軍陣に用ゆるはた・弓・鉄炮・長柄・やりなど、ミな其度々新調にしてたゆる《つる》定めなり。代を追、年をかさねて、かゝるものもかずまさるべく、かつハ無益の費を（夏二四オ）なし、今めかしき風流花奢なる事なかれ、とのこゝろなりけり。はたハ、白地の布に金もてあふひの御紋と梅輪内をつけたり。清らにおゝしきものなり。高楼のあれば、のぼりて、酒くミあふ。例のおのこ、ふたり三たりも出たり。申の刻ごろかへりて、又庭ありく。

二日　朝とく和州きたりて、亀山の事などかたり給ふ。けふハいとこゝちよく晴わたりたれど、辰の刻下るころまではいと冷なり。夕つかたも雲をミず（夏二四ウ）。空にうつりし入日の名残、いとしづか也。かた子のかたより、月の出侍る、めづらしとて、つげこし給ふ。例のミづから草木へ水そゝぐおりなれば、ひさくもちながら西のかたをミれバ、少しかすミだちたる梢のうへに、まゆのすがたしたる、いとめづらし。安房の国の農民、かの松がおかの陣屋へ行とて、緑毛亀を得しを、こしたり。まれにハミるものゝ、めづらしく思ふ。甲の色ハこがねの色をおびたり（夏二五オ）。

三日　いと霧ふかし、そよふくかぜもなく、しづかなる朝けのけしきなり。

池のおもハ吹風ミえて村〳〵と
　うきてたゞよふ水の朝霧

よしきり、こゝをせになく。かしがましくさえづるも何の為にや。なれもつまこふ声にやあらん。鳥けものハ、只食をもとめ、妻をこふならでハ思ひなきものなれバ、ねにたつるとて、人のごとにハあらざるべし。散歩して花月亭のあたりへゆけバ、きりもやゝきえて、朝日のまどかに、月おぼえてミえたり（夏二五ウ）。蜘のゐなど、しろく露をけるも、さすがにすゞしきさまなり。松山の君、例のごとあからさまにきて、かへり給ふ。夕つかたよりくもりて、風さへそふ。三日月ハいかにやとミれバ、ほのかにありかをミる。ほたるをうすものにつゝミて、赤山より出たるとて、ミする。こぞおぼえて、庭へはなつ。久しくこにありしかば、おほく草むらにとまりて、塵地のやうにミゆ。ミるがうちに、ひとつふたつとび行、おかし。やゝ晴にけり。

三か月の入にし空の星のかず（夏二六オ）
こゝにもそへて蛍とぶなり

夏艸も朽にしのちハ露斗
のこるためしと蛍とぶらん

四日　くもる。朝散歩するころ、亀山の大夫きたる。はせかへりて、あふ。うのはな、初てさく。あせミ、さかり也。此庭ハむかしよりあせミいとおほく、さま〴〵の花の色なるをあつめものせし、といひつたふ。いかにも、しろきも、紅のこきも薄きも、さま〴〵に咲いづ。池のあやめをひくとても、こぞまでの事思ひ出て（夏二六ウ）、

よをさりし君をミぬまのあやめ艸
ひく袖かけてぬるゝのミかハ

夕つかた、ミづからひたるを、軒にさゝせたり。雨しきりにふりて、よハも玉水の音たえず。

五日　くまなふ晴たれど、いとひやゝかにて、わた入し衣、けふもかさねきぬ。軒のあやめの露のきらめきたる、おかし。

草の庵の軒のしのぶの緑にも
あやめわかれてかほる朝かぜ

散歩のころ、日かげいとうらゝかなり。さうび、きのふより咲そめぬ。本邸へ（春二七オ）行道すがら、たが軒も草の庵めきて、あやめふきたり。

たが軒も賤がいほりの露けさを
わすれじとてやあやめふくらん

また例のくちぐせに、

かほらずバひかれもせまじひかれずバ
　けふもミぬまのあやめならしを
いなかうどの、年のころ四十余りなるが、ぬのゝ袖ミじかきをきて、だミたる声にてよミ出づべき歌なり。本邸にて、打そろひてけふをいはふ。北のかたも、この比かぜの心ちし給へるが（春二七ウ）、少しおこたりしとて、烈子と共に来り給ふ。たかどのにのぼりてミれバ、西北のかた、青く黒き雲のこりしきたり。あつき日ならバ夕立にてもありぬべしなどいひたるが、俄に風吹おちて、くらふなりつゝ、はや雨のはら〳〵と横ざまにふりたり。かミの音、きこゆ。北のかたハ道にてあひ給へるが、輿はせて来り給ふうちに、明り障子にひかりのあかうミえて、ともになり出たり。つよきおとなるを、道にてあひ給ハでよかりしといふうちに（春二八オ）、また二つ三つおとしぬれど、初めよりハかろかりけり。ミるがうちにしやうじもあかりて、かミのおとも遠ざかり、雨もやミぬ。さらバ、はたたてさせよ、ともにミ侍らん、とてミるころハ、雲も残りなふ晴にけり。ミな〳〵よろこびて、ミ侍りけり。けふをことぶきてよめる、
　長根に千世をちぎりてあやめ艸
　　しげる栄のためしにぞ引
　家の風吹つたへなん軒ばこそ
　　かほりも深きあやめ草かな
つな子が（春二八ウ）、
　いく千とせかゝらん軒のあやめ草
　　契るもたかきためしをぞ思ふ
かた子、
　ながしてふかハらぬねにやあやめ草
　　かけてちとせのやどに契らん
その比ハれつ子ハ居給ハざりけり。ともに酒くミあふて、酉の亥ごろ、かへりにけり。いぬるころ、きのふ引たるあやめ一もと、枕の下にしきて、
　老がミもむすぶあやめの一夜づま
　　かほる枕に夢や契らん

　露結ぶ名残をぞしたふあやめ草
　　只かりそめの一夜ながらも（夏二九オ）

など、ありふれたることなど思ひつゞけつ。

六日　空たかうすめり。かねのおとの、いとさえ〴〵てひゞきぬ。もとより日かげうらゝかながら、けさも冷に、露しげし。わた入しころもかさねきても、かろく覚ゆ。ふじハましろにミえてけり。軒のあやめをミて、中〳〵に残る匂ひのなくもがなとても六日のあやめなりせばとむかしよミけんを思ひ出て、うちづしぬ。九鬼の君より、かきつばたかける扇に、歌かけ、とありしかバ、

　八橋のそのよをかけて杜若（夏二九ウ）
　　あせぬことばの色をしぞ思ふ

けさ亀山の君きたり、ひるつかた和州きたる。いとゞうき事にこそ。人にあひにしのちハ、かならず園中を逍遥す。夕月花やかに光そひたれバ、また庭へはせいづ。

七日　空ハ晴しや、霧ふかし。朝の散歩の比、梅の実のおちたるを、わらべのひろふ。

　ミし春の花ハおもはでわらハべの
　　落て梅あるかげをとめ行

たはぶれて行バ、日のさし出て、きのふよりハあつし。庭の老木の橘の咲（夏三〇オ）たるをミて、

　橘のか斗遠きむかしとも
　　おもほえぬまに我も老にき

竹が岡のわかきおのこども、船おしてきたる。ねぎらいて、酒などあたへつ。夕まぐれ、にしのかたになるかミのおと、ほのきこゆ。ひかり、いとはげし。やゝ空は晴にけり。

八日　残りなふ空はれたり。ふじもまがひなくミゆ。つな子、きたり給ふ。例の散歩の外、もてなしもなし。ひる過るころより、雲にハかにくろうきそひて、風うちそひたるに、かミのおともはるかに聞ゆ。庭などありけば、またことかたにも雲こりしきて、かミのおとす。少し雨のふりたりと（夏三〇ウ）ミるがうちに、はれにけり、

　池水にかずミる雨を名残にて

よそに過行夕立の雲

など、うちながむ。つな子・かた子など、歌よミ給ふ。郭公の題得侍れど、いまだきかざれバ、その心をよめりける、

藤波ハよせかへりにしわがやどに
まだことゝハぬ山郭公

有明の空よりまちて夕月に
つらさかハらぬ山郭公

うらミをバおのがさ月にはるけんと
おもふにたがふ山郭公（夏三二オ）

人つてもはやきゝふりぬ老がミハ
たれをうらミん山郭公

なくとてもきゝ得ぬ老のつれなさと
うらミやかへす山郭公

つな子、

待わびていまハとおもふ有明も
猶つれなさの山時鳥

かた子、

此比のつらさにこりぬよな〳〵も
誰為ならぬ有明の空

れつ子、

終にきく物とハしれど時鳥
心いられのそふもわりなし

などきこゆ。またあやめの題得しが（夏三二ウ）、五日もはや過にければ、

引のこすけふのあやめハかくれぬの
ミぬ《く》さや山のすミかなるらん

かりあげし池のあやめにゝほどりの
うきす淋しき池のさゞなミ

枕にもちきらんものをあやめ草
賎が袖にもけふハかゝらず

ひかれしハ軒にかれしをあやめ艸
のこる汀の露やとふらん

けさミればミくさもおほくかり明て

池にあやめの色ぞまがハぬ

など、口にまかせていひたり。又、子ら共に（夏三二オ）庭ありく。夕月の光そひたるをミ給ひて、八日の月てふ事よめ、との給ふ。

三日月をかさねてのちも二夜へぬ
いでとをからぬかげも待ミん

などうちわらひて、猶もありく。

九日　いとよく晴わたりたり。あつさおぼゆ。露の風にちるも、日かげにきらめくも、おかし。ある君の、両方聞郭公といふ題にて、梓弓引手の山の時鳥左右りにかたわけてなく　とか聞えけれバ、翁もまたその心をよめる、

つくばねのこのもかのもの郭公（夏三二ウ）
声の渕せやミなの川波

など、しゐていふ。夕ぐれのけしき、いと静なり。つな子、かへり給ふ。いねんとする比、庭を徘徊すれば、雲の一筋もなく、星いとかすかに、空たかき月のいとすミたる、秋にもまさる夜半なめり、と打あふぎつゝ行も、あないの道なればこそ。

十日　晴わたりぬ。よべ郭公の鳴しを、まぎれなふきゝし、といふ。二声きゝしといふもあり。風折山を過ぬるかときゝしを、などいふ。翁ハはやその比ハいねて、しらず。とにかく老ハ人におくるゝものなれ（夏三三オ）。ほとゝぎすの初音ハおくるゝとも、ものゝふの道におくれ侍らずか、などたハぶれたれど、いかにも口おしさ、いふべくもあらず。

あふといふ夢もつれなき時鳥
只人づての声ばかりして

散歩、露いとしげし。夕つかた、大津留惟章のすめるかたへ行。酒くミあふてかへりにけり。月あかけれバ、秋風亭のまへをへて。

十一日　くもりたり。けふ、源氏の巻々の名をもてなづけしなでしこと、かのミのがめをたてまつりぬ。かゝるミに（夏三三ウ）かゝる事の今にたえずはべること、いと有がたさいはんかたなし。ひるより雲出てけり。さうび、

半ひらく。夕つかた晴て、月やゝすめり。いぬる比、ミれば、むら〳〵と白きくものうき出したるやうなるに、月すめり。

月すめる緑の空に白雲の
むら〳〵のこる夏の小夜風

十二日　晴にけり。風ハ冷なり。秋風池のあまりに浅くなりて、水さへミえず。藻ぐさのいとしげうなりたるを、この四、五年がほど、ことしハ〳〵と(春三四オ)いひたるが、つゐにはたさず。こぞは池の浅きによりて、寒さにたえで魚おほくおちたれば、思ひおこして、けふより、ふかうするとて水などをひきおとし、あしかりあげて、土をさらへとるなり。夕つかたよりいと晴て、月の池水にうつれるも、一しほになん。

水鳥の遊ぶ羽がぜにまどかなる
月をくだきてよするさゞ波

木かげのいとくろうミえて、空もひとつに、庭のましろにすめる、

くまもなき月のかげすむ庭面ハ(夏三四ウ)
木かげにミする空の浮雲

十三日　朝とく庭ありきて、卯の半ごろ、出て大塚の別荘へゆく。こゝに本邸のふようなる間所をうつしてたつるを、ミに行也。この亭出来なバ、猶も行て、庭などをもつくりなん。庭ハやふしもわかず、きつねなどすむべきさまぞする。けふハしばしやすらふ斗なれど、道だになきを、露払ひて打めぐるに、郭公の梢にとまりていく声となく鳴も、めづらしさもこえて、興さめぬる心ちぞする(夏三五オ)。

打とけてかたらふことのあれバとて
余りつれなき時鳥かな

道遠くて、こしのうち、いとくるし。午の刻ごろ、かへりぬ。夕つかた雲おほく出で、月ハ少しおぼろにてかさきたれど、星のなけれバ、ふらじ、などかたハらにていふ。きのふ、庭へ、八王寺よりこしたるほたるはなしたるが、けふもくるゝより所得がほに飛かふ。ことに賜湖

のあたりハ松の木立おほく、蓮などしげれる池に(夏三五ウ)、つどひてとぶかふ。むかひの岡の露台ハ木だちもたかうしげりたれば、月もうときを、いとゞ光まぎるゝものなし。けふも風ひやゝか也。わた入し衣きて、ほたるをミるも、めづらし。秋已に近き時にだも、かゝる衣きるべき物かハ。

十四日　けさ、くもる。なでしこ盛なり。おなじたぐひなるものゝ、石竹といへるが、花の姿もおゝしくて、おかし。なでしこハ余りにたをやぎて、ミさほ(夏三六オ)なき女のさますといひけんも、おかし。亀山のあそ、しるかたへこの比たびだつとて、けさいとまごひとてこし給ふ。はやうかへり給ひけり。夕つかた、飯田の君・黒羽の君きたり、庭のミありきて、よろこび給ふ。夜に入てかへり給ひけり。おぼろ月夜にほたるのこゝかしことびかふ、いとしづかなるけしきなり。

十五日　富山の君、いよ〳〵翁がむすめにゑんむすび定めしをもて、使ものし給ひて、たがひにさかなをおくりあふ(夏三六ウ)。その一種をもて、酒くミあふ。けふハ雨ふりて、いとしづかなり。けさもかさゝして行き。あすハ入梅なれバ、かくハふるにや。夕つかた、雨やミたれど、くもりたり。酒もやめて、只庭ありく。こかげくれゆけバ、おのが時ぞとほたるの光ミゆるも、おかし。

うつ杖のくちにし御代の光ぞと
いふ斗にもほたるとぶなり

ねにたてぬ蛍なりせば胸の火の
もゆる光を人にしらせじ

さらバ、おもひなき虫なめり(夏三七オ)。

十六日　よべ子の刻斗に、おどろかす人有けり。いかにといへバ、とし子のたゞならぬさまにまし〳〵給ふ、といふ。さらバ老びといでよ、などいふ。うしの半の比にや、やす〳〵と男子うミ給ひし、ときこえぬ。けさハやゝ晴ぬ。母子安全のよし、つかひかへりてもいふ。長岡の君もいとよろこび給ひて、せうそここし給ふ。こよひ月いとすめり。ほたるもつゝましきさまにとびかふ。風清きよハなり。

十七日　晴ぬ。郭公、いまにおとづれず。うのはなハやゝちりぬ。いとほゐなき（夏三七ウ）心ちぞする。日くれて、ほたるの余りになつかしきまでにミゆるを、打捨がたく、庭ありく。東の雲まあかうミゆれど、月ハミえず。

十八日　夜半いさゝかふりしが、けさハ晴わたりて、露冷也。大洲の君きたり、物がたりし給ふ。国政いとまめやかにさたし給ふ、と聞えたり。こぞの比よりハミあげしやうなれど、いはゞ、紅の梅のつぼミの、いと色ふかうミゆる類ひにやあらん。こともまぜず、朝より未の刻ごろ迄かたり給ひて、かへり（夏三八オ）給へり。それより庭ありき、酒少しくミてんと思へバ、かつほくるゝものあり。これにて事たれりとてしバし酒くミ、庭ありき、例の水そゝぎなど。

十九日　起出るころ、それかあらぬかとたどる斗に時鳥のおとづれたる、いとうれしうて、耳かたぶけ居たれバ、やゝちかうなきぬ。障子あくれバ、いとうちくもりたる空、声のなごりにミるものもなし。

ほとゝぎす鳴つるかたハ五月雨の
空にとぢたる窓の明がた

暁雨ふりしや、石など少しぬれて（夏三八ウ）、蜘のゐ、しろし。

さゝがにのくものゐしろく置露に
雨のなごりもミえて涼しき

ひるより晴にけり。すだの里なる松浦の君の、帰去来のうちなる善万物之得時、感吾生之行休の句意をよめ、とありければ、

人のミか空にたゞよふうき雲も
しぐれや雪とふりかハりつゝ

花にとび青ばにとバぬ小蝶にも
なれて驚く夢としもなし

鶯の老ぬる谷のほとゝぎす
いまや都に出てなくらん（夏三九オ）

廿日　朝、くもる。山鳩、こゝをせになく、五月雨の空

とハしるし。こぞのけふきえにし露の名残とて、よべより、あととふ法会のあるを、

ふくかぜをいとひし袖のくちはてし
　こぞのミぎりの撫子の花

なでしこのよになき花の光さへ
　ちりてや《きえ》ミぢに猶まよふかな

かれし軒ばのあやめに、風さと通ひけるを、

ながめつゝかれしあやめのねにぞなく
　露と風とをかたミにハして

この比、蠅に蚊に、盛になりたり。けさの（夏三九ウ）散歩に、北のそのにゆり・なでしこのさけるをミて、

夏草の露わけミれバ秋に咲
　はなより先のさゆりなでしこ

夕つかた、述斎君きたり給ふ。庭めぐりして、かへり給ひけり。

廿一日　この比の空、いとしるく打くもりて、風冷なり。さ月の初のころにやありけん、桃の葉のつや〳〵とひかりミえたるを、甘露なるべしとて、こゝろミさせたるが、はたしていとあまかりけり。その葉のうらにハあぶら虫といふうす緑の色のさゝやかなるがつき居たれバ（夏四〇オ）、甘露にてもあらじ、などいひて過たり。けふきけバ、こゝかしこにふり侍りしといふ。さらバ、あまき露に虫のよりしにや。むかし、甘露ふりしをミしが、いかにも虫のにてハあらざりけり。上のへならせ給ふ日など、宮の御門のまへに立ならびて、むかへ奉るおりから、あふぎミれバ、おり〳〵に露のやうにふるをミしが、きたりけるひたゝれの袖にも、二ツ三ツおちたりし。その比も、めでたき事とて、栗山のたぐひ、から歌つくりて奉りし事などありしも、はやむかしと（夏四〇ウ）なりにけり。つな子、きたり給ふ。雨ま待得て、例の、庭ありく。ある君よりしほくむ桶をさゝやかにつくりておくりしに、いひやりけり。

いくたびかくめども更にわかのうらの
　道やわがミにからきわざかな

夕つかた、花月亭にて酒くミたりしが、晴んとする空のけしき也。かのつゆの夕ばれとかいひて、たぶらかすなめり、とロわろくいふを、

偽ハ世にふる道と夕まぐれ
晴まミせたる五月雨の空（夏四一オ）

打わらひ侍る比、はやふり出したり。雨の船いかゞあらんといへば、皆こと更に打のぞむにぞ、かさゝして船にのりて、興じぬ。くれぬれば、契りし蛍のとびかふを、またミにいきけり。

廿二日　思の外に晴にけり。ひる過る比、西のかたに夕立やしけん、雲のこりしきたるが、少しこなたへも池水に雨のかずミせて、やがて晴にけり。けふもくれおそしとほたるのとびかふ、おかし。この比うまれ給ひしおとこゞの七夜のいわひにて（夏四一ウ）あれども、さかなゝど設くる事もなく、少し酒くミあふ。男子ハ五郎となづけ給ひしとぞ。つな子、かへり給ふ。

廿三日　けふハあつさをおぼゆ。晴るとミれば、またくもる。ほたるいかに、と庭ありく。夕やミハ、はゞかる所なきさまにとびかふ、おかし。

廿四日　霧ふかう、雨ふる。草のひさしさへ、玉水のおとしげうきか《こ》ゆ。きのふかミつふさよりこしたる覇王樹の花、つぼミも咲出たり。有馬左兵衛佐の、はゝうへの一めぐりとて、秋無常と（夏四二オ）いふ題にてよめよ、とて人もていひこし給ふ。そのはゝうへハ翁のゐにしある人なれば、とてねもごろにいひこし給へバ、辞すべうもなく、よめる、

末の露もとあらの萩の雫まで
きのふの秋の袖やとふらん

いさゝかをやミなくふりくらしたるも、いと静なり。

けさよりかふりそめしものを五月雨の
いくかとたどる窓のつれ〴〵

雲風に心さハがす月よりも
しづけき雨ハ物にまぎれず（夏四二ウ）

ひる過る比、いと雨つようなりにけり。

玉水もはやうちとけて玉すだれ
かくるとミゆる軒の五月雨
五月雨のふるや軒ばも朽はてゝ
もりかハる月のかげをしぞ思
雨ふる日ハ、いと日長くおぼゆ。けふハ夏至なれバ、さもありなん。この比、画賛またハ堂社の額など、人の望こちたきまでになりにたれバ、引出してかきつ。夕つかた、笠《(ママ)》さして庭ありく。雨いとこまやかにふりて、風そひぬ。
ふるとしハめにミぬ雨を吹よせて（夏四三オ）
煙にたぐふ庭の夕かぜ
廿五日　よべハ玉水の音たへにき。暁方にやありけん。
五月雨のふりしよ思ふねざめにハ
軒ばの艸ぞ露に乱るゝ
起出てミれバ、くもりたれど、ふらず。さうび、紅なるハ盛過たり。花あやめ、盛なり。柳蘭、いとよく咲出ぬ。夕ぐれいと晴て、紅にほへる雲のけしき、この比珍らし。
廿六日　晴ぬ。散歩のころ、いと露しげし。阿波の少将、こぞの夏よりいたづきにかゝり給ひたるが、この比参府し給へり（夏四三ウ）。翁にあハまほし、としきりにの給ふ。いとほしくて、よそへハ行ぬつねながら、かねていとねもごろなれば、なつかしき心もそひて、行ぬ。久しくたいめし給ハざりし、といとよろこび給ふ物から、何となふ少しおとろへ給ひて、耳いと遠くなり給ひにけり。声はり揚て物がたりして、かへりぬ。それより本邸へ行。こゝにてひるいひくひ、少し酒くミて、午の半ごろかへりにけり。かの君ハ翁にひとつこのかミにて、いとすこやかにものし給ひしが、こぞの（夏四四オ）やまひ、ふしぎにおこたり給ひしとおもへバ、まだつねならぬをあんじものすも、人の心なるべし。堀うしよりせうそこゝし給ふ。かのうまれ給ひて、たかうなおくりし時のおのこ子、とミのやまひにてはかなくなり給ひしが、はやほどへにけり、といひこし給ふ。そのよろこびに引かへて、かなしミにふし給ひけん、あかな《(ママ)》へるなハのごとなるよの中ぞかし、と心ちあしさいはんかたなし。

世中のつねハつねなき峯の雲（夏四四ウ）
　よものあらしにはれミはれずミ

廿七日　きのふも、夕つかた、紅にうつりたる空のたのもしかりけり。けさハ霧いとふかうとぢたるが、露おほく、朝の散歩も露払ひかねたり。霧少し晴しあたりハ青〳〵と空のミえたるが、けさ永田馬場よりつかひして、きのふ夕つかた、五郎の少しねつありたるが、俄に解顱の症になりたり、との事なり。うまれしよりきのふまでも、何のふしなく生たち給ふて、うまれも（夏四五オ）よハからず、胎毒もいさゝかまし〳〵給ハぬなど、いしもいひ侍るとぞ聞しを、しらぬにや、などおもふ。けふは浜の御園へ、西城より御船にてならせ給ふときけば、例の服して、秋風亭につめゐたり。堀氏のミおやのその子におしへ給ひし一巻を、金櫃宝訓とか名づけて、翁にことがきせよといひ給ふ。辞してもゆるし給ハねバ、例のこと短かにかい付て、参らせたり。庭の面ハひとつ色にしげれ（夏四五ウ）るミどりの木のもとに、杜鵑花のわれハがほなるに、名さへさつきとよべば、外に花なきやうにもきこゆめり。今きけば、かの五郎ハよべミるがうちに解顱し給へり。くすりハ石黄などの剤とかいふ。ミざれバ、いひがたし。いかなりける症にや、と猶内藤うしへせうそこなどまいらす。

廿八日　夜半にめざめたるが、玉水の音しきりなり。起出てミれバ、やゝはれぬ。けふハ平おかうしのかたへ行。かゝる身となりて、かのかゞやくあけの門などのあたりありかんハ、心つきなし（夏四六オ）。色あるちりやかゝらんと思ふ斗なれど、この人ハ七十余りにて、むかしよりいとねもごろなるが、かのたまものゝ時も、献上物などすなるときも、この人をもてものし侍ることなれば、行てあるべきことなるに、ちかう御けしき伺ひ奉ることもなければ、かた〳〵行侍るべきをさへ、あすあさてとのばしたるが、はや一年余りにもなり侍れバ、とてけふなん行しなり。かハらず、いとねもごろなり。御けしきども伺ひ奉り、こぞよりの御恵のことなど（夏四六ウ）いひのべて、たゞちにかへりにけり。卯の半ごろにもありけん、永田馬場へつかひものしたるがかへりていふ、五郎弥解顱のやまひもおこたりて、ねちなどもやゝさめにけり、といふ。くはしくかのせうそこにてミ侍れば、いとゝミの事にて、ねちなどもにハかにやくるやうになり給ひて、いたゞきのあたりあかうなり、紫の筋など出て、ミるがうちにはちのひらくにぞ、ぬのもてまきとゞめたるが、けふハやゝ二分斗も（夏四七オ）あひ侍りぬる、など聞ゆ。さらバ、ねちどくか胎毒のしよゐにて、石黄などの剤、むべともいふべからん、と少し心おちゐぬ。ひる過るころより、高崎の君、世子うちつれてきたり給ふ。こゝろよく談笑し、園中散歩し、酒などくミあひ、戌の刻ごろ、かへり給ひけり。

廿九日　けふハくもる。きのふより、あつさおぼゆ。されども、かたびらきし人はまれなり。やゝ晴ぬれど、折にあへる雲、いやます。けふハ事なし。夏草わけつゝ、例の散歩して（夏四七ウ）、

花さかぬミにも恵の露にふす
　夏のゝ草ぞわがたぐひなる
今ハかの駒もすさめずのる人も
　夏のゝ草ぞわが類ひなる
ことのはのしげさまされど花もなき
　夏のゝ草ぞわがたぐひなる

こハかの口にまかせて歌よミ侍れど、うけらの花のたぐひだになきを、余りにおかしくおもひて、よめる也。はや暮行ぬ。月なきよハ、何をかはゞからん、と例の水そゝぎしおハりて、又ミづからうちわならしつゝ、かやりたく人も（夏四八オ）むせぶころ、蚊の声も遠ざかりぬ。（夏四八ウ）

ミなづき

朔日　くもる。わかきおのこも、かたびらのミきしハなし。まゐて、翁ハさらなり。氷室の氷出すとも、はへもあらじ、とわらひあふ。つな子、きたり給ふ。夕つかた、定永あそ、廿あまり八日に白川をたち給ひて、三日になんつき給ふ、といひこす。二日、三日の比と定りしかど、いかゞ哉とあんじものし侍りて、例の歌などよむにも心のとゞまらざるやうにミえしが、いよ〳〵(夏四九オ)あさてといふにぞ人々皆打よろこぼひて、さらバとて、盃にこぼるゝ斗うけてのむも、おかし。つな子もいさミてかへり給ふ。けふハ、松山の君の田安の姫君にゐんむすび給ひしも、松代の君が井上のむすめをやしなひ給ひしも、皆翁がはじめよりの力なりとて、酒さかなゝどおくり給ふも、おかし。こなたよりも、又さかなゝど。

二日　雨、いとしづかなり。けふハあそも房州こし給ひて、こよひハ草賀にやどり給ハん、今のころハこのむまや行給らん、などゝ(夏四九ウ)けさより思ひつゞくるも、おさなきやう也。けふハ、ひねもす雨ふる。庭中たゞに二たびありきしのミなり。トロンヘイタ、むかしつくらせたるが、猶もこゝろミてつくり改めたるが、音ハ猶貝よりおとり侍るハ、つくりかたあしきにや。蛮国にて貝吹事しらぬにや。ゐぞも、こさつくれど、貝ハなきにや、ふく事しらぬにや、いぶかし。近き比、一時のたハぶれに、ちかき事までもおほく蛮のふりまねぶやうにハなりにけり。いかにしたる事にや、と思ふ人もなきにや(夏五〇オ)。

三日　よべもおやミなくふりくらして、玉水のおとたえず。孫廂に雨のおとなど、目さむるごとに聞けり。けさもおなじさまにて、晴べうもなし。げにさミだれのけしきしるし。ことしハせちのおそけれバ、かくあるにや。あそも、けふハつき給ふとて、よべもちかきあたりになりにけり、とてせうそこいく度もこし給ふ。この庵へま行まし、とかねてよりきこゆれど、朝より一藩のものらまちうけ、つま子もこぞよりまち給ふを、この庵に長々しうゐ給ハんもいかゞ也。あからさ（夏五〇ウ）まにかへり給ふハせんなし。翁、本邸へ行てまちうけ侍らんと定めたれど、けふハさうじんする日なれバ、ひるいひの後に行まし。北のかたもいたづきある身ながら、行給ふ。けさもはしゐして、五月雨のけしき、心にうかミたるを、例のたゞことばに、

梅の実もミどりの中に色わきて
　紅にほふ五月雨の比
松風も此ごろたえて玉水の
　音づれかハる五月雨の空
柴栗も雫と共に花ちりて（夏五一オ）
　木かげ露けき五月雨の比
五月雨のふるやの軒もくちはてゝ
　もりかハる月のかげをしぞ思
五月雨の深きしめりに村〳〵と
　霜をミせたる夏のさむしろ

巳半刻過つき給ひし、といひこす。翁もいそぐ心ながら、余りに事多なる比ゆかんよりハ、しづめて、と行ぬ。久しくてあひ侍りしなど、かたミによろこびあふ。ひるの比、しばらく高どのにのぼりて物がたりし、夕つかたより酒くミあひ、ともしびつくるとはや（夏五一ウ）、供そろへてかへりにけり。三日月の雲まにミえたる、いとおかし。かへりさもいつになきほどに心ちよく、いかにも物がたりし侍るにも、政の寛猛なんどよく心得給へり。翁も、今にては及びがたくぞおぼゆる。よそのわかき君たちなどにくらべてハ、よし学才ある人とても、くちばしの色きえぬ色なし。似かよひたるやうに思ふハ、老つる心なりけんかし、とまた思ひかへす。

四日　晴ぬ。わた入し衣、かさねきぬ。雨の名残、露しげし。朝のほどハ日かげ（夏五二オ）もあたゝかにおぼゆ。けふきけバ、こぞの寒さはいとめづらしく、信州なんど、名だゝるちくま川も氷とぢて、わたるべきほどなりし。

池の水鳥など、氷にとぢられたるを引うごかしてミれば、毛などミな氷につきて死せりとぞ、松代の人かたる。羽州のもがミ川も氷のはりわたりて、かのいな舟のゝぼるもなけれバ、などゝぞかたりぬ。くるゝころハ、西のかたに少し雲のありて、月のかすかにありかをミせたり。

五日　よハよりふり出て、けさも晴べ（夏五二ウ）しともミえず。

　五月雨の雲まなりけり夕月の
　　ほのミしかげをけさにおもへバ

大洲の君きたり、ものがたりして、かへり給ひぬ。巳の刻ごろより雨ハやミつ。庭の萩咲ぬ。くるゝ比より、又雨ふりぬ。蛙の声いとしづかなり。

　玉水の音も静けき夜の雨に
　　あハれをそへてかハづ鳴也

夏萩といひて、いとしなやかに生のびて、紅に咲出ぬ。家隆卿やらん、夏萩とよミ給ひしハ是にや（夏五三オ）。

　秋またで袖にやすらん紅の
　　いろしも深き萩の初花

六日　けさも雨ふる。木かげおぐろう打けぶりて、池にあとなく細かにふる。のどけき春のけしきともいひつべし。ころも、きさらぎ・やよひのころおぼゆ。定永あそ、来り給ふ。何くれとものがたりどもして、たのしむ。翁がそのころのあたりよりは、ざえもねびまさり給へり。ことに、いまハよの事をも忘れたる様なれば、いとゞまつりごとなどにもうとくなりにけり。げに老まじきとも思はず（夏五三ウ）、おとりたりとおもふがうれしきも、よハのつるのまよひにや。弓射てミせんとて、庭へ出て射給ふ。八分余りの弓なり。この弓、いと力つよきをこゝろミしが、もと末をふたりして横ざまにもちて、つるに百目の鋳筒をさげたるが、一寸ばかりも下りたり。かたハらのふとくたくましきおのこ、その筒のわきに両手弦をもちてさがりたるに、やうやく一尺斗も弦のひらきたるを、事もなげに射給ふ（夏五四オ）。つね〲かたハらに居侍るおのこの、五、六人、皆射つ。それより船にのり、酒くミあふ。いかにも楽しき翁也けり。御代も御代、わが子もわが子、われもわれ。さればぞわれを楽翁といふ、と心におもへりしかど、余りにけやけくいはんもつゝましきのミか、日ごとに新しうすゝミものし給ふ心も怠りなんもくるしう、大やうにほめものしつ。日くれんとするころ、かへり給へり。めづらしく夕月のさやかに、星などきらめきたる空を詠て（夏五四ウ）、

心さへ晴行空の夕月に
　うき五月雨の雲もわすれつ

七日　朝とく、霊岸寺へまうでぬ。くもりたれど、ふらず。ひるよりふり出たり。萱草・あぢさゐ、いとよく咲たり。花あやめハおとろへぬ。広橋一位のもとより、歌こし給ふ。

築地の第に詣て、
末長く山と水とを楽しミて
　心静かに齢いのぶべき
懇を謝して、
ふミ筆にのぶともつきじへだてなく
　語りあハせるけふの円居ハ（夏五五オ）
こゝかしこの粧を感じて、
かへるさをわすれてぞミる故事を
　とり〳〵うつすやどの粧ひ

かへしものせんもはゞかりあれバ、せうそこのいらへのミして、かの人の雑掌なる野村将曹へミするとて、

隔なきことばの露にむかふしも
　さすがミどりの色ぞゝひぬる

とのミ。

八日　きのふにかハらず、ふりミふらずミ。かさゝして庭ありく。木々の枝、草の葉末、袖《も》もすそもぬれにぬれぬ（夏五五ウ）。阿波少将、またやまひおこり給ひぬとて、よべ、つな子もかのかたへ行給ひしとぞ。あそ、いとまめやかにさたし給ひしとぞ。ひるより溽暑、夕つかた晴ぬ。白雲のひまに月もミえたり。

九日　晴ぬとミれバ、はやくもりぬ。荻風がすめるとこ

ろへ行。けさもかし侍れといふにぞ朝飯出したる、興あり。翁かねてこのめバとて、むぎのめしなど、すべて事そげたる、おかし。影哉出て、茶たつ間、音楽などするをミる。

此庵をふりはへとへバ五月雨の（夏五六オ）

露しづかなり庭の朝あけ

いで、この比の蚊ハ、いとにくし。あさよりくるゝまでハ、いとくろうたくましき蚊の、音もせでしのびきたるを、うたんとすれバ目もいとゝくて、はやとびさりつ。さハとほく行かとミれバ、かたハらの調度なんどにしらぬさましてとまるが、またひそかにしのびくるさえも、いとたくまし。あしにハしろき縄目のあやあるものはきたり。はやくるゝころハ、夜ハに出る蚊の軒ばに雲なしてとびかふ（夏五六ウ）。いで、かやりよといふほどこそあれ、杉や松のはおりくべて、うちとのわかぬ斗にけぶりのミちたるに、やうやく楚歌の声も遠ざかりぬ。こよひハやすくぬべりめれとおもへバ、けぶり薄きかたよりまたきたる。しそくもてやくもあり、手うちあハせてうつもあり。この煙にハ、画などかきたるしやうじもすゝけぬらん、といふ。画などかすかにミゆるこそ心なれ。されバとて、もとめてもいかゞ也。かゝるもの出来て、この宝も（夏五七オ）ふるき姿せよといはん斗なれバ、いかでかやりたかでハあるべきといへバ、人々笑ふ。ことしハ湿気深き故にや、蚊いとおほし、とたが里もいふ。けふハ巳の刻過る比より、あそきたり給ふ。例のあかずものがたりし、夕つかた庭ありきて、かへり給ふ。よハに目覚たるが、いとあつし。扇手にならしつゝ居たれバ、いつか蚊の入きて、耳のあたりに名のりありくもにくし。とゞまらバうちてんと念じ居たるが、飛さりつ、きたりつす。北方などおどろかして、しそくもてこといひ給へといはんも、いと（夏五七ウ）ほしけれバ、うちもだしてねんじゐたるが、つゐにいねしや。

十日　きのふの空にことならざりしが、ひるより晴ぬ。黒羽・飯田の君きたりて、庭ありき給ふ。安中の君よりせうそここし給ふて、白雲山の歌ハいかゞ、といひこし給ふに、わすれにければ、よミてものす。

思ひやる心の空にたゞよふや
　月のかげそふしら雲の山

月の光そひて、星ハあるかなきかのそらのけしきにあこがれて、また庭ありく。夕露のいと深きをはらひて。翁が四ツになりけるときよりつきそ（夏五八オ）ひて、そだてものしたる老婆ありけり。中風うれいてけり。東議の家のものらなれバ、ねぎしの里に引こもり居たるも、十とせ斗になんなりにけり。女ながらもふミなどこのミて、八十近く侍れども露心のたがふ事なく、めづらしきまでにありけり。日比、さかなよ何よとひたづねものしたるが、きのふつねのごとく食して、そのまゝにねぶるやうにありし、とけふなんきく。いとあハれなる事なり。かぞへ侍れバ、五十余り二とせ斗も翁につかへしものぞ。又、二なく思ふ（夏五八ウ）なり。

五十余りなれし老その森の露
　きえても月のかげにミえつゝ

十一日　朝日くまなふさし出て、露のきらめきたるを打払ひつゝ、ありく。笹わけし袖よりも、といはんかし。けふハ事なし。空ハはれぬ。こゝにかつほあらバ事たりなん、といふをきゝて、この比ハたえてなかりしが、きのふけふハことにおほくもちありき侍る、といふ。さらばくひてん、といふ。翁、このいほこのめど、またしゐて求むる事なし。一年にミづから（夏五九オ）このミてくふ事ハ、一度か二度に過ず。此かつほの外に、またくハましと思ふ事ハ、またなし。けふなん翁のはつがつほなりといへバ、猶わらふ。ひる飯のときくひて、酒のミ、未の刻ごろにおハりて、庭ありき、空うちながめて居侍るも、げに心なきさまなりけらし。夜に入て、月すめり。

ふけ行バ松風清く月澄て
　心の空も雲ハのこらず

十二日　朝少しうちくもりたれど、あつくおぼゆ。散歩の比、はや日さしわたりぬ（夏五九ウ）。北のかたハ、東のひえに、物もうでに行給ふ。あそハ、朝のほど、ものがたりにのミ来り給ふ。きのふ、述斎君きたり給ひて、物がたりなどし給ひしとぞ。かの君なんどまねくほどにハなり給ひたり。ひるより、吹かふ風もなく、空ハ霧とぢたるやうにて、はじめてあつく覚ゆ。例の蚊てふ虫も、くれおそしと軒ばにつたふを、いれじとかやりふすぶるも、おかし。

煙にも入日へだてゝくれそひぬ
軒ば短きやとのかやりハ（夏六〇オ）

庭の夕がほの花、始めてさきぬ。

月かげに色そひてしもかやり火の
煙にくもる夕がほのはな

賤がやのかやりをよめ、といひければ、

かやりたく扇もいとゞこがるゝや
つまゝつ賤がたそがれのやど

白妙のねぐらの鳥も色くれて
かいやにくもる賤がかやり火

十三日　いと晴ぬ。この比、京より井手の蛙をおくりぬ。かひ置たるが、音をたてぬ。山川にハあるものから、井手のハことに名だかく、西行やらんが、ほしたるかばねを（夏六〇ウ）、千里の駒のといふべくたうとミたるにぞ、いとゞ人ももて遊ぶ事とハ成にけり。けふハ、定永あそ、参きんの御礼にて、まうのぼるとぞ。あつさきのふにまされど、風清し。よひハ月明なりしが、北のくものはたてにいなづまして、はるかに声も聞えし。

十四日　よべもいぬるころ、いと溽暑たえがたきに、帳中へ蚊のおほくいりてけり。けさも風なく、うちくもりて、あつくおぼゆ。名ごりの露、ところせきまでなるを、払ひつゝ行。ひるのころ、煙のごとき雲の（夏六一オ）北より出て、にハかに雨のつようふりたるが、はや雲きしかたより晴ぬ。日のかげのさしわたしたる、猶あつし。夕つかたも、うす墨色のくものさまよふ、秋のけしきおぼゆるやうになん。

十五日　くもる。北かぜ吹かふ。いと冷なり。けふ、松山の君きたり給《ふ》べかりしを、翁、きのふの夕つかたより暑湿に感じて、風をにに《く》《ニ》ミたれバ、そのよしをもて、いひのべぬ。わた入かふむりて、庭ありく。頭いたむとき、枕とれバ、猶いたし。例かゝれバ、書写を事とす。けふもおほくかきぬ。くるゝ比より（夏六二ウ）、雨そぼふる。

十六日　嘉祥とても、事なし。けさハくもる。けふもかしらおもく、風にくめバ、書写を事とし、画などかく。薩州家蔵関羽の像、馬元欽がゝいたるのハ、いとよし。むかしうつしものせしハ、白川の災にかゝりたり。こたびハ、それよりいと大きくかきものし侍る。楼上へ出し置て、時々のぼりてハかく事なり。かた子より、松虫を得しとて、こし給ふ。歌ありけれバ、

　ことのはの露かけそへていく秋も
　　きかばや千代の松虫の声（夏六二オ）

などいひたるが、くるゝころよりいとよく鳴出ぬ。例、この比ハいまだなき侍らぬものを、

　秋またで秋の声きく松風に
　　さそハれてしも虫や鳴らん

十七日　けふもおなじこゝちす。いかゞしけん、食ハ例の半にもたらず。庭ありけバ風のミにしミ、あしいとたゆくおぼゆ。あんじものし給ひけん、あそ、夕つかたにハかに来り給ふ。例のものがたり、ひかげうつしぬ。こゝろよくおぼえけれバ、飯くハんとて、あそにもまいらせたり。うれしきに紛れしや、味も少しよくおぼえぬ。くるゝころかへり給ひけるが、それより半おこたりし（夏六二ウ）心ちぞする。高崎の君より、夕がほの画に、歌よめ、とありけれバ、

　置露のしろきを後に咲出て
　　ちらぬゑにしの花の夕がほ

あるかたより、いとすゝびたる板の、百とせも雨露にあへるさまなるをおくれり。きけバ、すまのうらの苫屋の板ひさしなり、といふ。めづらしくて、

　すまのうらのあまのとまやの板庇
　　ひさしき代／＼のかたミとぞみる

例のことがきのやうなり。いかゞハせん。

十八日　晴たり。あつさおぼゆ。けふハ、あそ(夏六三オ)・つな子、きたり給ふ。月花をミるこゝちぞする。この比の心ちも少しおこたりしやうなれども、食ハつねの半にもたらず。夕つかた、少し酒のミたるが、人ののミしやうにおぼゆ。日くれて、ふたりともかへり給ひけり。

十九日　朝くもりたるが、ほどなくはれぬ。あつさがなかのひやゝかなる風、心ちあしし。ねちいまだのこれる、といふ。けふ、いとあつし。ことしのあつさ也といへど、さもおぼえず。

廿日　よべ、いづこかふりにけん、けさいと(夏六三ウ)冷なり。けふもおなじこゝちす。疫邪にてありけり。疫とだにいへばおもき事と思へど、かろきもおもきもあり。感冒・傷寒とだもおなじことなり。さるに、かろきを感冒といひ、おもきを疫と心うるハ、かのつねうどのくすしがわざなり。むかし、立花法印も、やゝはひありくけものゝ子に、犬もあり、ちんの子もあり、狼の子もあり、その比いとたけきにハあらねど、捨置バつゐにたくましくなり侍る、犬の子よ、打捨置とても狼にハなり侍らず、とハ(夏六四オ)いひけり。くるゝまでも冷にて、わた入し衣ハ翁斗にハあらざりけり。このごろ、いとあやしき事どもいひふるゝ。あるハ東のかたに人のかたしたるほしの出る、あるハ大雷あるべし。いづれもそれに厭勝の事などそへていふとぞ。柴の戸のうちにさへ、もれ聞ゆ。

廿二日　霧たちわたりたる空、いとしづかに、雨の名残の露しげし。こよい子の刻、土用いるとぞ。食いさゝかませど、心ちハつねならず。けふハかの揚火てふものあり。戯事ハたハむれといふ(夏六四ウ)こそ、罪なけれ。武事のやうに人々いふぞ、いと。

廿三日　雨、そぼふる。いと冷なり。土用入しとハ更におぼえず。まだけふハ、ものくふことうとし。北のかたなどのいひ給ふ、こぞの冬の御事よりして、今に心の和し給ふをミず。いかにも酒のミてもゑひ侍る事なかりし。おもしろからねば、もとよりいさゝかのミておへにし。

されど、庭の散歩なんど露おこたらずありしかば、とミにそのたゝりもなかりしが（夏六五オ）、こたび湿邪に感じたるより、気滞留飲の症をあらハせしなるべし、となり。めづらしく、けふハひるもいぬ。
廿四日　いと冷なり。けふもきのふにかハらず。庭は時々ミる斗にて、画かき、物かく。ひるのころ、あそ来り給ふ。物がたりなどして、まぎれぬ。
廿五日　けふハ晴ぬれど、冷なるハかハらず。この比、市中訛言ことにしきりなり。そがなかに、そばくひたるが、あたりて死せし、といひふらして、いづかたの（夏六五ウ）事ともしらぬを、そばくふものなくなりにたり。これをもて世をわたるものら、くるしミけり。
廿六日　雲、いとおほし。けふハ少し物くふ。関羽の画、けふなんおへにけり。
廿七日　よべより、いとむしあつし。蚊のましたること、たとへんかたなし。けふきく、そばの毒にあたりたるハ、かりやすをせんじのめば忽ち解すとぞ、用ひたるものかたりし。けふハ、照もせず、くもりもやらぬけしきにて、照日のかげを雲の（夏六六オ）うちへだてゝ、ものゝしめるやうなるあつさなり。はじめて梢のせミのしのび音をきゝぬ。いさゝか散歩したれバ、女郎花の一もと咲たり。夏もこぬまに秋きにけり、とおどろかれぬ。ことしは、この比かくひやゝかなれバ、年のミのりおぼつかなし。天明のきゝんせし夏の事おぼゆ、などいふがうちに、西吹かぜの松におとして雲晴ぬれば、てる日くまなくさしわたして、あつさたえがたし。されど、清きかぜの吹かふ（夏六六ウ）にぞ、きのふのくるしさハなし。はや晴んとする空にむかひ、何くれといひき。げに豊臣太閤に、かの人ハざえあるものにやとたづねしに、ざえハしらねども、あすの晴雨をけふいふやうなるおろかなるものにハあらず、といひ給ひしとぞ。今の行先のことをいふハ、只ミなミわたす雲をミて、何くれといふに過ずなん。夕日の雲にうつりて紅ふかきに、今ハまたことしハひでりにやあらん、とまたこりずまに（夏六七オ）いふもおかし。

廿八日　この比、いたづきやゝおこたりぬ。只、汗のおり〳〵出て、風にくむハ、つねならず。きのふのめしによて、あそもうのぼり給ふ。田安のよし姫を、わが永太郎にゐんむすべ、との仰なりけり。翁が家ハ、家に応ぜざる斗のやんごとなきあたりよりつまむかふことをいたく禁じたれど、こたびハ只翁の子にせよ、おさなき時よりひざのもとにやしなひたてゝ、此家の人となして（夏六七ウ）、長くむつまじきもとひなし侍れ、と田安よりねもごろの仰のかたじけなさに、あそにもつげものし、有司らにもその旨つたへ給ひけるが、いづれもいかゞなる事あらじといふにぞ、つゐにその御むねのとゝのひて、けふなんかくハありしなり。

廿九日　あそ・つな子、来り給ふ。きのふのよろこびとて、酒くミあふ。けふハミそぎする日なり。

よの中に思ひなきミハけふとても（夏六八オ）
　何になすべきミそぎならまし
川の瀬の生ふる玉もゝ人なミに
　なびきてけふのミそぎすらしも

いつにかありけん、こん年もことしのけふハなきものを
いかにいとひてミそぎしつらん　とよめりしごとく、うきも過行バ、今更に名残おしくぞ思。

（夏六八ウ）

ふミ月

朔日

けさミれバ露もこと更八重葎

ところせきまで秋ハきに鳧

はや秋になりにけり。この比ハ、晴てもいと涼し。道ありくものらも、汗をおぼえずといふ。いかにも空すミて、雲も力なくうちゝりたるぞ、秋のけしきいとしるき。まゐてあしたのゝつゆところせき斗にて、女郎花も、ところ〴〵、いはぬ色から、秋つくる姿もおかし。夜半、奥平うしの中やしき、火あり。きのふのよハ、、細川長門守のやしきやけぬ(秋一オ)。いづれもこのいほりまぢかけれど、風もなけれバ、帳よりいでもやらでゐし。

二日　晴たり。風ハ冷なれど、この比よりハあつし。

末ばよハき軒ばの荻はしづまりて

松に秋しる風の音哉

あそ、にハかに来り給ふ。しバらく物語す。夕つかた、晴に晴て、夕日うつろふ雲もなし。

三日　朝より、こゝちよふ晴ぬ。夕つかた、少し雨ふる。いと事もなけれバ、つく〴〵とくれかゝる空を打まもりて、

きえうせし露の面かげ露の聲(秋一ウ)

それかとたどる夕ぐれの空

四日　よべあつかりしが、いづこかふりけん、又すゞし。物わすれせぬ山吹のこゝかしこ咲て、人おどろかすも、おかし。

五日　長岡君・高崎君、きたり給ふ。あそも来り給へり。例の、園ありき、酒くミあふて、かへり給ひけり。

六日　空いと晴て、露しげし。松山の君きたり、ほどなくかへり給ふ。それより八丁堀へ行。高楼にのぼりて酒のミけり。あそとつな子と翁斗にて、老女などもおり〳〵出づ。さま〴〵心のうちの物がたりし、むつまじきさまをミつゝたがひに酒くミあふ(秋二オ)。つな子、酌と

り給ふ。月花をミるとても、か斗心のうちののどやかなる事ハあらじ。ことしハあそもいとねびまさり給ひて、きのふ、長岡の君などもいとほめものし給ひしなり。さかなゝど、さま〴〵あるをきらへり。その事までもいと事そげて、たゞふたりしてむつまじく孝尽し給ふ心のそこ、露斗もたれぞと思ふくまなきぞ、いとよにめづらしき事になんおぼゆ。あまりのうれしさに、酒もつねよりおほくゝミて、ことしの春よりおぼえぬ斗ゑい心になりて、夕つかた、かへりたり。

　まどゐする心のうちをたとへいはゞ（秋二ウ）
　　のどけきや花くまなきや月

七日　晴わたりぬ。暗くのころ、永田よりとミのつかひものして、五郎にハかに驚風の症となり給ふて、いと勝れ給ハず、といひこす。この比ハかのやまひもおこたりて、いとおだやかにものし給ふと、おとゝひも長岡の君などよろこびていひ給ひしを、とおどろく。けふハ星祭る日なりければ、

　はかなさの一夜の秋の契にハ
　　袂にかゝる天の川波

あやにくに月もすめり。

八日　くもる。空のけしきも、雲の村〳〵と（秋三オ）たゞよふも、物うき秋のけしきなり。蟬のめづらしくまぢかき木々になく。ことしハ蟬の声もまれなり。

　ありかとめぬ露と風とをよすがにて
　　よをうつせミの声しきる也

物さびしき空と打まもるに、定永あそ、あすまうのぼれとの仰ぶミ来りし、といひこす。こハめづらし。いかなる御事にや。辰の半刻まうのぼるなれば、時もてミれバ、めでたき事なるべし。西城の執政の能州も父子ともにめさるゝと（秋三ウ）きけば、この比西城のよにめでたき御事のミそかに伝え承りたるが、御ひき目・御へらなどの事の仰にや、ともいふ。こハよそじ余りにも至るべきに、はたち余りにてその仰蒙らバ、いとありがたき事なるべし、とて覚えず酒二ツ三ツくミ、例のさかなゝきも興あ

りとて、御恵のほどくりかへしうちものがたりつゝ、養気室に入にけり。いかにも、きのふのうれへ、けふのよろこび、常なきを（秋四オ）常とするよのなか、ありな《(ママ)》へるなハの、といひけんも。

九日　ひやゝかなる風に、雲はれたり。よべの雨のなごり、いと露深し。あそいかに仰蒙り給ハん、と侍ものす。午の半刻ころ、御へらの事の仰を蒙り、御目見、上意をさへ蒙り給ひし、となんいひこす。年のまだわかう侍るに、かゝることの仰を蒙り給ひしハ、よの聞え、家の為、いとめいぼくなる事にこそ、と皆〳〵いふ。あそも、申の刻ごろきたり給ふ。ことにありがた（秋四ウ）がた《(ママ)》さ、かたじけなさ、深くかしこまり入ぬるとて、なミだこぼしてのたまふ。翁もなミだうけつゝ、かの一命縷《(ママ)》、再命傴とかいふ、年わかくして侍るに、打つゞきてさま〴〵のありがたき事を蒙り給ふ。よの人ならバよそじ、いそじにてもあるべき事を、かくあしとくすゝミ給ふハ、いとゞおそれつゝしミて、かりにもそのよろこびに乗じ侍らざらんを心とし給へ、とて酒など出し、こゝちよくくミ給ひて、日のくるゝ比、かへり給ひけり。

十日　風、いとはげし。こすの鎮子二ッ三ッ（秋五オ）ありしを、吹あぐる斗也。秋の半比、ながし南といふ風ふくものなり。このかぜおほくふけバ、たつミのあらしハなきもの、などいふものもあり。夕つかた、西北のあたりに雲こりて、はるかにかミのおときこゆ。月の光そふ比、いなづまの雲よりひかりあかりてミえしが、その雲もいつしか消ぬ。月のいとさびしきまでにすミて、あまの川さへミえず。風いと冷に吹かふ。庭ありきつゝ思ふ、例ならバ納涼の比なり、いかにかくハ涼しく侍るや。葉月・長月の比にも似通し（秋五ウ）心ちす。

　萩ハまださかぬ砌の初秋に
　　ミにしむよハの月の影哉

十一日　朝はれしが、にハかに雲出て、かミなりし。雨ハいさゝかふりぬ。ひる過る比より晴てけり。あつしとも思ハざりしが、さすがこの比の空とハしるし。夕つかた、空いと晴て霧だちたるに、月の光いとくまなし。

さやかなる影にハいかでさハるべき
月より下の波のうき霧

松の梢うらハの波もしづまりて（秋六オ）
月に声なき浦の夕なぎ

松かぜも軒ばにたえて置露の
かげもミだれぬ浅ぢふの月

十二日　夕月くまなくミえたるが、ほどもなく雲出て、ありかもそれとわかず。北の窓にてものかいて居しが、いなづまの、つくえのうへにうつりしやうにミえし。さらバ、かミなるかとおもへバ、音もせず。しばしゝてかミなりし。はるかなる音にもあらず。そのゝち、おともなし。よひ過るころより、雨いとしきりなり（秋六ウ）。

十三日　晴ぬ。あつさをおぼゆ。かの真田のおば君、月の初のころより少しやミ給ふ、ときく。いかにもはじめの比、いさゝかの事ときゝしかば、二たび三たびもともとひものし侍しが、さしもなき事のやうなるいらへに、はやこゝろよくなり給ひつらんと思ひしに、おこたりにけりとおどろきて、つかひものしたり。かへりていふよしきくも、たゞ齢の傾き給へバいかゞあらん、とやすからず思ひてけり。あすハ、朝とくいしなどもやりてんなどさま〴〵さたし（秋七オ）ぬ。くるゝ比よりくもりたるが、たえまれなるものから、こゝぞといはん斗に月のかげをミし。

十四日　雨、いと静なり。

淋しさも松にわすれて池の面に
あとある雨をかぞへてぞミる

この比の湿邪にあたりたるハ楊氏家蔵の加減正気散とかいふがいとよし、とぞ。不換金に人参・草菓・丁子を加へたるものとぞ。いとおかし。けさのいしかへりたるが、おば君ハ思ひしよりハこゝちよきかたにましますとぞ。あそ（秋七ウ）・つな子、来り給ふ。あミうち、つりなどし給ふ。あすハかの浜の御園へならせ給ふとぞ。けふなん打より、酒のミ、いわふ。あるハ船にのり、またハ散歩し、酒くミつゝ、こゝろよくものがたりす。めづらしくゑひ心ちになりぬ。夕つかたより雨ハやミて、月もいさゝかかげミせけり。翁が方にてハ、昔より、盆などいふ事ハ、しらぬハもとより、つねにかハる事なし。

十五日　霧深うて、庭ハ只白きうすもの引たらんやうにて、木だちもミえず。こゝも霧のうちなるべきをもしらでミる（秋八オ）。いつしか夜の明るやうに、ものゝあやめもミえ行バ、空もはれて、日かげの紅にさし出たり。けふハ、ことしのあつさなり。されど、風清く吹かふ。西城より、浜の御園へならせ給ふ。ひる過る比にハはや還御のよし、聞ゆ。それより庭ありきたるが、申の半ごろ、はや月の梢より高うミえて、ひと筋の雲もなく晴たるが、入日の名残によもの空何となふ薄紅なるに、まがハぬ光そへたる、ことばにもいひがたし（秋八ウ）。花月亭へ行て、酒くミあふ。日もくれにけれど、ともしもてこ、といふものもなし。船にものりて。

十六日　晴て、いとあつし。月の下に一村の雲絵きたるに、歌かけ、と人のいひしかば、

　打むかふ心のはてや一むらの
　　月にはなれぬ空の浮雲

といふをかいたり。けふハかの蘇氏の赤壁に遊びし日い《なり》。で月ミん、と申の刻過るころより、定栄をともなひて、船にのりて出れバ（秋九オ）、海ハいと浪あらくて、船のたま《ゆ》たふも、興あり。

　波かぜのあらきいそべに浮沈ミ
　　たゆたふ船のうちぞやすけき

うきしづミしてたゞよハすハ、危うかりぬべし。わがのる船ハやかたあれバ、風のつよう吹くるにぞ、まづこの岸へつけて月またん、とていしのおほくあるかたに船つけたり。空ハ晴たれど霧ふかくて、遠の山々もミえず。ひさご出して酒くミあふころ、荻風が、おい、月出たり、といふ。うれしく《て》ミれバ、霧の中にうすくまどかにしろきものゝ（秋九ウ）ミゆる。やゝ夕日落たれバ、紅ふかくミえたり。

霧深ミ紅にほふ朝附日
　それかと斗いづる月かな
風もしづまりたれバ、この月に、船つなぎてミんも口おしとて、こぎ出たり。赤壁のことばおもひ出て、
　をのづから風にのり得て行船ハ
　月の都へ通ふとやミん
紅の色もさめたれバ、や丶光そひぬ。海のおもてきらめきて、とがねの波しきたらんやうなり。
　風吹バ沖つしらなミ月ミえて
　よもにくもらぬ秋の海ばら（秋一〇オ）
　とるかいの露も雫も玉ぬきて
　空もひとつの月の白波
かの、水光天に接すとやらんいへバなり。猶つく〲と打詠めて、
　ミるもきくも色音つきせぬ秋なれや
　浦ハ《わ》の月に波のさよ風
ろおしたて丶、酉の刻過にかへりぬ。杯盤狼藉ならず、舟中枕籍せざるハ、翁のミのほどの風流也けり。又、庭あかず打めぐりて、
　海ならぬこ丶もミるめハむつまじき
　庭のうらハ《わ》の波上月（秋一〇ウ）
例のころ、いぬ。
十七日　あさよりくもりて、遠かたにかミのおとし、雨もいさ丶かふり出ぬ。静山の翁より、既望の月のさやけき事などいひこし給ひつ丶、ふけてミるはしゐのかげのくまなきハ月もうきミをあハれとや思ふ　とあり。いらへして、
　端居してミる人からにとふ月も
　よに丶ぬよハの光をやそふ
十八日　けふもくもりぬ。ともすれバ雨ぞふる。庭にうへし白川の関のおバな（秋一一オ）、ほに出る。こぞハ、ふ月の初になんありける。
　ほに出て関ぢの秋や忍ぶらん
　露けきけさの庭の尾花ハ

賜湖の蓮も咲にけり。ミちよの桃、山路の菊、などゝいへバ、よの人のめづるがなかにも、もて遊びたうとむゆへもあるを、たゞこのはちすの濁りにしまぬといひしよりも、かの国のなどゝいひし名の高くて、めでたきむしろにもいまハ用ひず。

法の道のたとへに引しうき名のミ
あたらはちすの濁とぞなる（秋一一ウ）

十九日　例のくもりしが、やゝはれぬ。くれんとするころよりかミの音聞えて、やゝちかふなりぬ。雨もふり出たり。いつしかかミの音もやミて、星のひかりきらめきたり。雲ハいづこへ行しやとミるに、東の梢より月のきらめきたる、いとおかし。

いなづまのきえし名残と夕立の
雲よりのちに月ぞほのめく

夕立の晴行あとの山のはに
事ぞともなく出る月かげ

ふりしよハ夢かと斗夕立の（秋一二オ）
はれてうつゝの月ぞさやけき

月にうかれて、園中を徘徊す。

廿日　けふ、めづらしく平岡うしのかたへ行。西城の御事を奉賀し、定永のかしこまりをいひのべて、かへりぬ。本邸へよりて、うまごをミ、あそとしバし物がたりし、午の刻ごろ、かへりぬ。清きかぜ吹かふて空も晴たるが、夕つかた、きのふのかたより雲出てかミなりしが、はや北のかたへさりて、雨もふらず。月ハ出たれど、おぼろげなり（秋一二ウ）。

廿一日　くもる。夕がた、牧野和州来りて、亀山の事などものがたりす。かの秋風の池のさらへもあまりに日数へぬれバ、魚もおのづからなやむべし。ことに、秋のけしきをもさまたげなんも本意なければ、はやけふハ水かけてけり。いさゝかさらへのこりたるハまたこん年にせんと思ふも、楽しさの一ツなり。

廿二日　霧ふかし。露ふかし。松代の君きたり、ほどなくかへり給ふ。夕がた、平岡うしよりせうそこして、府中の瓜拝領す（秋一三ウ）。かハらぬ御恵、ありがたきハことばにも筆にも及びがたし。

　草のとのうち外へだてず置露の
　　かゝる恵ぞミにおふけなき

例の白川の御宮、霊岸寺の牌前ハさら也、子ら孫らに二ツ三ツづゝもわかちし也。こぞもかくありし。こゝに二ツ、かしこに三ツなどゝ、北のかた共にかぞへたるに、こぞとかハりし事をなん打なげきて、

　うれしさをまづミせばやと思ひしを
　　なミだ打そへてけふハ手向る

かねて千秋館よりふじをミしが（秋一三ウ）、青ば打しげり、ことし生の竹打のびて、ミえずなり行にぞ、梢はらハせんとおもへど、尾君の御やしきなり。せんかたなく、人していひやりけれバ、けふなんこゝろよく梢きりはらひたり。ことにめづらしくけふハ晴て、ふじを軒ばにミしぞ、うれしさいふべくもあらず。

　吹かぜに遠のむら竹末晴て
　　思ひのほかに向ふふじのね

かいて、その人へおくりけれバ、いといとうよろこびしとかや。

廿三日　朝より晴たり。けふハ家の祝の日なり。こハむかし、翁の少将にすゝミて（秋一四ウ）、家の格を初めて新らしう仰の下りたる日なれば、年ごとにかくいわふ也。日がらよきとて、すハの君よりつかひこし給ふて、烈子のゐんむすびてん、との内約あり。ひる比、あそも来り給ふ。船にのりて、あびきし給ふ。大なるいほ得給ひぬ。酒くミあふて、ともしつくるころ、かへり給へり。静山の君より、梧桐を書室の前にうへたれバ、桐の歌よミてかい侍れと望めるものありとて、料紙こし給ふ。つかひも（ママ）たせて、書てまいらす。さやかにも秋ハミえけり散初る（秋一四ウ）ひとはのひまの三か月のかげ

廿四日　いとしづかなる雨を、池にミる。山鳩の声、いとさびし。

　松かぜも軒ば静けき朝とでの

雨に沈める山鳩の声

やゝ晴にけり。もちの日につゞくあつさなり。夕日の名ごり紅にそめたるに、ふじのくろうミえたる、絵にもミざりしけしきなり。

廿五日　例の、あさぐもり晴てのあつさを、人々いふ。ひるごろ、されバといふ。きのふまでハ、池水のすミにすミて、きしの木くさのかげのうつりたるが、けふハ初て夏の池と(秋一五オ)なりて、ものゝかげもさやかにうつらず。げにも、つねの事ハいとうときものにて侍りけり、といふ。夕つかた、つくだの沖にてかの花火あり。いとあつけれバ、すゞミがてら、定栄の楼にのぼりて少し酒くミあふ。

夕附日傾く空にきりたちて
はや暮そめし波の遠かた

西の刻ごろ、かへりにけり。いと晴に晴て、星ハたゞに塵地のやうなるに、天の川ハいかけぢにてつけたらんごとし。この比かくあれバ、夕月のころくもりやせん、とわがものがほに思ふもおかし(秋一五ウ)。

廿六日　晴ぬ。朝より蝉の声頻なり。吹かふ風ハひやゝかなり。夕つかた、西のかたより雲出てかミの音せしが、雨もいさゝかして、晴にけり。よハいと晴わたりて、星のかげハよむべうもなし。東のかたに雲のこりしきて、いなづまのさま〳〵の姿なして、ミえたり。

いなづまのまたゝくうちに遠方の
こりしく雲の姿をぞミる

いなづまのかげに玉ぬく夕露は
あだなるよをや人にミすらん

廿七日　けさハ涼し。夕つかた、雲多けれど(秋一六オ)、雨ハふらず。

廿八日　ひる過る比より、長岡君、高崎・村上の君、きたり給ふ。あそもきたり給へり。こゝちよく打ものがたり、酒くミあひ、船うかべて遊ぶ。

廿九日　朝、いとくもる。けふハ事なし。朝の散歩に朝がほの花をとりて、紙にすりものすれバ、ゐがけるやう

千重そふからの秋の朝ぎり（秋一七オ）
朝ぎりのはる〻かたよりなく蟬の
　声にあつさぞ立かへりぬる
はや、いとあつし。ミなみの風あら〻かに吹て、こすを吹上げて鎮子を打まろバし、あまののぼる手、まふ時のしりのさます。明障子たつれバ、あつし。けふハことにかの黒き蚊のかおほく出たり。いぬる比もすゞしからず。扇もちて、いぬ。

につくをミて、
ことゝハの松にくらべん朝がほの
　花もてすれる色もにほひも
朝がほハ日々に新たに咲そひて
　露もにごさぬ盛ミすかし（秋一六ウ）
明そめし空にかよへる朝がほも
　いつか夕日の色にしぼまん
あすさかんつぼミハ筆の命ながき
　おもかげミする朝がほの花
千年へて朽なん松の行末を
　かけてぞミする朝がほの花
夜半、いさ〻か玉水の音をき〻つ。
晦日　けさハすゞし。霧たちこめたるに、露打はらひつ〻散歩す。
せミの羽の薄き衣の朝じめり
　霧にたえる風もすゞしき
海ごしの山ハいづこぞよるなミも

葉月

朔日　けさもいとあつし。南の風やまず。ことにけふなれバ、しほのいと高うて（秋一七ウ）、岸の巌も半かくれて、桜が渕も乙女が崎も、ミな沖の石ともいひつべくなん。午の刻ごろより、大山のあたりより雲出て、かミなりしが、ひるいひくふ比、二ツ斗も、ひかりあかうて、音もつよかりし。けふハ、烈子の縁組の治定をいわふて、酒などくミあふ。又かミの、北よりなり出たるが、西へ行ぬ。是もふたつ斗、音のつよかりし。盃めぐらして興に入にければ、おハりしも、心とゞめざりけり。夕つかた、船などにものりつ。

二日　雲いとおほく、溽暑たえがたかり（秋一八オ）しが、ひるつかたより風烈しく吹てけり。きのふのハ、す崎のあたり、あるハ鳥越・するがだいなんどへもおちしとぞ。夕つかたの散歩、なを風も吹ましぬ。

風をあらミしづ心なき村雲に
　これもまたゝく夕づゝのかげ
あすよりハ君が御かげをミるめのミ
　心に契る秋のうらびと

もしほのかハりにかやりたきつゝ、かづくものハあさのふすまなり。

三日　例のごと、松山の君きて、はやかへり給ふ。すハの君、世子打つれて本邸へ行、それよりこゝへ来り給ふ。こゝち（秋一八ウ）よく談笑し、庭ありきなどして、日のかたぶく比、かへり給へり。かの御影いかにと庭へいづれど、村雲のたゞよひてミえず。はや入んとするころ出しが、日かげをうつして、いとあかうミえし。

四日　よべいとあつくて、扇はなさでふしたり。松代の君、うづらをこのミ給ふ。翁ハうづらのよき音といふをもしらざれば、一ツ二ツかし給へといひたるが、きのふこし給ふ。教の如くしたるが、明ぐれの空とおぼしきころ、はやなきしにぞ、おき出て水かへなどしたりしが

（秋一九オ）、つゞけてなきにけり。

　生しげる浅ぢが庭を深くさの
　　名に通ふとやうづらなくらん

とたハむれて、けさかへしぬ。ひるの比のあつさ、めづらしくおぼゆ。月の比ハ雲おほく、入ぬるのちハ、いとはれぬ。

五日　例の、あさぐもりハひでりのしるし、などゝいふ。人のさいふころハ、はやふるも遠からじ、とまたいふ。ふたり、き給ふ。月とも花とも、あかぬ所なし。物がたりおハりて、あびき、つりたれなどし給ふ。夕つかたより酒くミあふて、酉の刻過るころ、かへり給へり。けふハ（秋一九ウ）めづらしく、むら雨のやうに一しきりにふりくる。よハ、玉水の音しづか也。

六日　いとしづかにふりしが、散歩の比ハやミし。この比より、しらさぎの一ツ二ツくる。百日紅やゝ盛なり。鶏頭花、やゝさきぬ。この比盛とミゆるハ、仙人草なり。きじ橋よりとミのつかひきて、吉子つねならぬさま、といひこす。引つゞきて、やすらかにおとこ子うまれ給ひぬ、とつげたり。いとうれし。されども、たび〳〵もの し給へど生れよハくやありけん、そだち給ハざるが、こたびハいかゞあらんなど思ひ居たるが、はせ行しものやがてかへりて、吉子も（秋二〇オ）つねにことならず、おとこ子もめづらしきほどに、これぞといふふしもなし、とくすしどもいふとぞ。少し心おちゐぬ。けふハ、雲あつまりてハ雨のいとつようふりて、かミのおともはるかに聞ゆ。くろうして、物かくにも、ミるにも、うと〳〵し。さらバ、此雨のふるに、蚊やりしておひ出さばやとて、人のたえかぬるほどにまくろにくゆらせたる、いと興あり。いと夕月にハうときすまひ成けり。

七日　よべも雨のおとたえず。起出るころ、きりこめてふる。ひるつかたより雨もやミたるが、いとあつし。この比、せミの（秋二〇ウ）ミん〳〵となきたるが、はや秋も更にけらし。つく〳〵となく音の、またかしがましくて、

　おなじ音に鳴にし蟬も秋更て

つく〳〵とこそミをや恨る

夕つかたハ晴て、月の光出たる、さらでもこの比夜かれしを、とて庭へ出るに、さすが吹ともなき風の涼しきにぞ、あかず散歩したり。

夕く《さ》ればはやほのめける荻のはの
露にゐならぬ月のかげ哉

松の梢に、蝉のたち行ぎハに(秋二二オ)一声したるも、おかし。かの、蝉の一こゑ、とよミたりしを思ひ出て、

月すめる露に驚くよるの蝉や
一こゑ松の梢にぞなく

月にむかひてよめりける、

あハれとハいかなるものと人のとハゞ
さしてミせなん柴のとの月

また、例のくもりぬ。

くもりてのさびしき今の思ひをバ
いかに思ハで月をミつらん

思ひたえていねんとする比、人の、あな大きやかなる月かなといふを(秋二二ウ)、いぶかしくてミれば、星のかぞふべくもなくつらなりて、月の入んとするけしきながら、一きハに光の花やかなりしぞ、いかにも秋の空のうつりかハるけしきを、

空にすむ月もうきよの浮雲ハ
かゝるためしを人にミすらん

八日　けふは二百十日なり。夕つかたより、また雨ふる。池に数ミしがうちにしきりにふり出れバ、たゞましろにミえたり。月をバ思ひたえたる空のけしき(秋二三オ)なり。庭のミやぎのゝ萩ハ盛にて、この下露いとふかうミゆ。かたハらの荻ハいとたけ高けれども末葉わかうて、いまだおともせず。初秋より荻の上かぜなどよめるハ荻うへぬ人にやありけんかし。むかしも翁が、うとまるゝ老の習ひをミてもしれわかばの荻ハ風も音せず　とよミし、いまはたうとまるゝ齢とハなりにけり。四十の秋にかありけん、いつかハとおもひし荻の秋の声をこのごろ(秋二三ウ)老のねざめにぞきく　とよミしことふと思ひ出て、

秋しらぬよをこそしのべミの秋に
　あきの夕をかぞへあハせて
となん思へりけりとぞ。
九日　よべも雨の音のミきゝし。けさもおなじさまにて、いと冷なり。わた入し衣などきぬ。けふハよし子来り給ふが、おなじくハひとりながめまほしき日也けり。有司らと物がたりするうち、としこ来り給ふ。空ハこゝちよふはれてけり。弥七郎も来り給ふて、つりなどし（秋二三オ）給ふ。夕つかた、酒くミあふ。月いとくまなくて、星もまれなるにめでゝ、としこかへりにしあとも、猶庭ありきぬ。八王寺より、まつむし・すゞむしをこす。庭へはなたん料なり。荻かぜが、いく千世の秋をひと夜にかさねてや砌にしげき虫の声〴〵　とよミしかバ、
　ことのはの露も玉なす夕月に
　　さやけさそへて虫ぞ鳴なる
雨余秋月増清光といふ句を、とこふものあり。
　雨はれて思ひの外に向ふよハ（秋二三ウ）
　　なれにし秋の月としもなし
雨後のけしきをよめる、
　雨はれし木々の雫に庭潦
　　いづこを月の光とハミん
ぬるころも、猶あかでつく〴〵と打詠めける。
　うき事もうれしきふしも思ひ出て
　　涙のこさぬ秋のよの月
十日　夜いまだ長しともおぼえねども、この比ハ例のねざめ早くて、
　秋のよの長きほどをもをのづから
　　ねざめの床の枕にぞしる
けふもいと涼し。されども、荻の上バに（秋二四オ）音さへなく、木だちハ只夏のミどりにかハらず。大洲の君きたり給ふて、とくかへり給へり。くれてより、月ハいかにとミれバ、おぼろげにミゆるも、いとしづけきけしきなり。
　風たえて葛のうらミの跡もなく

かげしづかなり朧夜の月

露に鳴虫のね斗さやかにて
さすかげたどるおぼろよの月

春ならでかくハいふにやといふとも、おぼろのかげを何とかいはん、と打わらふ（秋二四ウ）。

十一日　しづけきれねざめに、思ひつゞけし、

ねざめせし心の空の雲まにハ
神代の月のかげぞもりくる

虫の声、しきりなり。

よくきけバ松虫鈴虫きり〴〵す
名もなき虫の声もまじりて

声なきむしも、おなじ心に秋やわぶらんと思へば、至らぬくまなくあハれにて、もろこしまでも行べきおもひハ、いくよ〳〵のねざめのならひとや。

しらぬよの人の上まで思ひやりて（秋二五オ）
あハれつきせぬ暁のとこ

ミるもきくも思ひの数のうちながら
しらぬそふかき哀也ける

けさ、くもりて、すゞし。蝉に引かへて、山鳩の声きこゆ。散歩、露しげし。ひるより雨ふる。かの秋風の庭のけしき、秋草の咲匂へるもゆかしく、かしこにて酒のミ侍らん、と北のかたともに行。雨の名残の霧いと深く、はやくれぬらんとおもふ。のち、入相のかねもひゞきけり。

入相のかねより先に村雨の（秋二五ウ）
名残にくるゝ秋の夕霧

いとしづかなる夕ぐれなりければ、

風たえて軒ばの松も有とだに
人にしらせぬ秋の夕ぐれ

船にのりてかへりぬ。月ハなし。

十二日　けふもふる。はた、事もなし。ひるより晴て、あつさをおぼゆ。よひも雲おほし。庭打めぐりてミれバ、少しあかうミゆるにぞ、月のありかをしりつ。たちとゞまりて打まもれバ、雲のうすきあたりハ姿もミえ（秋二六オ）

たり。風なきやうなれども、月は吹かたへ行ていく村の雲うちくゞりて絶まへ出れば、目のさむるやうに光さしたり。またほどもなく雲のうちを行。此一むらの雲ハいと大きやかなれバ、とミにひかりもミえじとミるに、いつとなくくものすがたかハりて、うすきところ〴〵にありかをミす。また、この雲ハさゝやかなれバさしてさハらじとミるに、これもいつしかひろごりて、はて（秋二六ウ）なき雲のさます。げにおかしきけしきなり。

はれくもり月の世わたる影をミても
わが葎生の露ぞ静けき

いねんとする比、もやのあたりまで松のかげのミえたるに、おどろきて庭へ出れば、南のかたハ残り小なく晴て、月のいとさやけきに、星ハ二ツばかりもミえし。虫もこゝをせにとなく。

よもすがら月にかたらんもの《こと》ハ、
あさぢが虫の声にまかせん（秋二七オ）

人ハこず軒ばの松も声たえつ
置しまゝなる露の上の月

よの人にミせばや露の八重葎
しげれる軒の月の光を

待うらミわかるゝうさにミしわれも
もとのミならぬ葎生の月

夕されバ色なき露に月ミえて
声なきまつに秋風ぞ吹

さま〴〵思ひつゞけて、よミつ。

十三日　けふも事なし。宮川の君より、秋の草花にて旧作の歌をかけ、といひこし給ふ。桔梗・かるかやなどハ（秋二七ウ）おもしろからねバ、よミしもわすれにけり。とミによミだして、かいつけぬ。

名にしおふ月ちかうなる比とてや
咲ものこらぬ秋の色草

思ひなきミにしもかゝるかるかやの
末ばの露の秋の夕かぜ

夕つかた、晴て、はや月の白うミえたり。庭めぐりて、千秋館にかへり、夜の飯くふ比に月のさし入たれバ、さかなゝきを興として、銚子・盃、人々とり出で、花月亭へ行ぬ。こゝハ東に向ひたれば、只月のうちに座するやうにて、盃にうつる（秋二八オ）かげもいとめづらし。ひとむらの雲とミるもはやきえて、月のさむげなるに、星もいと稀なり。風のそよとも音せざれバ、池水にのどけきかげをミる。かゝるよハ、何とかことばにもいひ侍らんとて、

雲ハいづこ星ハいかにとことゝへど
月にこたふる風だにもなし

それより紅ぢの山、紅ぢの下道をめぐりて、乙女が崎より尾花のつゝミへて、まづかた子を送りかへし、北のかたと共にかへりぬ。その比ハやゝ雲も出てけり。つく〴〵と思ふに、かく致仕のゝちにも、よのさハがしきなどいふまでにハあらずとも、何くれと（秋二八ウ）韓富のうれへなどあるべきを、是ぞとゝハずがたりにもきかず、いづこもやすらかにしづかなるぞ、げにかゝる御代またもあるべきかハ。されバこそ、この草の庵に心のどけく月をミつゝ、名にもたがハぬ翁と《こそ》なり侍れ。むかしの代ならましかバ、かゝる身とても御先の露打はらひ、あるハたてのはの霜にふし、あられたばしるこてを枕としてもあるべきを、といとミにしミて覚えたり。

雲も風もおさまる御代に草の庵
すミとげてしと月をミるかな（秋二九オ）

心にうかぶまに〳〵、

かゝらずバいかで浅ぢの露の上に
やどるまゝなる月をミるべき

草のとにまつ人ハこで夕ぐれの
軒ばむなしき月のかげ哉

かげうつる露の為にハことゝハぬ
情もうれし草のとの月

とやかくながめ侍れバ、はや戌の刻も過にけり。

十四日　きのふもけふも、あさハいとすゞし。さすがに秋の半なりけり。けふ、白魚をかた子のもとよりこし給

ふ。こぞもかい置にけん、年ごとにかう（秋二九ウ）やうのものも早く出て、人よろこバせんとやする。狐さゝらと（ママ）いふ草ハ合萌草とかいふものにて、その葉も実もせんじ用ゆるに、腫気のやまひのしるしことにあり、といふ。夜半、虫のねきかんと、庭ありく。春風・秋風の庭にすゞ虫・まつむしのいつかすミけん、なき侍る。いつのころ、こゝへ《は》なちたるにや、といとゞあはれも深くて。

十五日　晴ぬ。南かぜふきて、あつさをおぼゆ。きじ橋のわか子、けふなん七夜をいわふ。かねて、名をつけよ、といひこし（秋三〇オ）給ふ。余りにいつもおなじうれたさにぞ、翁が幼名をまいらせん。されど、田安よりたまひたるなれバ、とてそのよし申上たれば、ゆづり侍れ、との事なり。よて、賢丸となん、けふ名をおくりぬ。家こぞりてよろこびしとぞ。けふハ、ふたりきたり給ふ。ひるのうちハ、例のあびきなどし給ふ。月出んとするころ、てうし出す。この草庵に月見とて、べちに設くる事なし。あそ来り給ふとて、わがつねくふものわけまいらするのミにて、けふもおなじさまなりしが、かの竹門の（秋三〇ウ）たぐひ、真田のおば君、またハ子ら孫らよりも、いさゝかのさかなゝどおくりこしぬ。俄に筵上にぎハヽしく成にけり。月君より、この比の月の歌かへしものし給ふとて、さゝやかなるうつハにさかないれ、おなじへいじに酒いれて、おくり給ふ。かの土井嘯月ハこのひとのはらからにて、歌ハさらなり、万の事に達し給ふときゝしが、久しうわらハやミにかゝづらひて、この比ハいとおもりかになり給ふを、事多きうちにも、まかでゝハ必らずこし給ふとぞ。けふもこし給ひしが、いさゝかおだやかにものし給ふとて（秋三一オ）、ともすれバ心にかゝる雲霧の、しばし晴まのあれよといふ心ばへ、これも紙にのぞミてかい給ふ。かなたのさかなハ、こゝへわけものしなどしぬ。月はや雲まにミえ侍るといふにぞ、はせ出てミれバ、東のかた、雲いとおほく、聊のひまにもれ出たるかげとミゆ。まづ花月亭へ行べしと手々にさかなゝどもちてゆけバ、はや雲もところ〳〵はれて、けふも月中に座するこゝちす。ミるがうちに、はれにはれにけり。

　とハるゝをうれしとミるもちりひぢに（秋三二ウ）
　　ふたゝびかへす山のはの月
　いづこにもわかぬ光の露わけて
　　月にとふこそ情也けれ

月いと清く、軒ばの松におと《風の》づれしを、

　馴てきく草の軒ばの松のかぜ
　　ことなるよいの月に吹なり

一むらの雲にあへるを、吹かぜもがな、といふものゝありけれバ、戯に、

　秋の月しバしの雲に風をまた《こハヾ》バ
　　またこん春の花にうらミん《くゆらん》
　世中を思ひすてゝし軒バにも
　　かゝれバいとふ月のむらくも（秋三二オ）

よハ、まだあつし。

　秋なれどまだ捨がたきあふぎをも
　　こよひの月にわすれぬるかな

船にのりて遊ぶ。

　こぐ船の棹にくだけし月影を
　　よせてハかへす池のさゞ波

はかなきたハむれいふがうちに、はや時もうつりにければ、いざかへり給へとそゝのかしぬ。この月に、明石てふうらハを行つゝ見給へ、とて尾花のつゝミをおくりてけり。例のごと、人々の望にまかせて船にものせ、庭ありかせ、共に興じあひはんべりし。

十六日　けふハふる。松しろの君きたりて（秋三二ウ）、とくかへり給ふ。こハ、定栄をやしなひ給ハんの事についてなり。けふハ、雲雀下し給ハんのよしほのきこえしかバ、雨おかして本邸へ行。上使もて、給ふ。かしこまりいひて、未の刻過にかへりにけり。共にけふのかしこまりいひあひぬ。夕つかた、雨やミしかバ、庭ありく。よハ、雨のおとしきりなり。

十七日　いつか晴けん、まばゆき斗朝日のさし入たり。朝くもりし時ハ、夕つかた晴るものなれ。かく晴れたバ

いかゞあらんと思ふに、はたして、ひるよりくもりぬ。思いたえにし宵の空ながら、さりともと立出て（秋三三オ）ミれバ、少し雲まのミゆるにぞ、まれにハ月のかげミえなんと思ひて、あるハわらハべにとひ、又ハミづから出て、間なく時なくミしが、戌の刻過るころ、雲やゝ晴て、月のおぼろに出たるぞうれしき。秋風の庭のあたり行ころ、月のあたりハ晴つくして、千くさの花までも残りなくミゆ。もとよりともしもなく出たるに、いさゝかまよふべくもなし。賜山のあたり、松の木だちしげゝれど、さすがに所〳〵にむら〳〵と地にしきたるに、木かげのくろきを、何ぞとおどりこえて行も（秋三三ウ）、おかし。つゐに澹然斎のかたハらのにはたづミに入たれバ、もすそかゝげてありく、猶おかし。

十八日　けふも晴ぬ。永太郎のこぞうまれし日なれば、そのことほぎに、翁も北のかたも本邸へ行けり。夕つかた、かへらんといへば、月出てこそ、とあそのとめ給ふ。ともしつけてかへりにけり。道々ミ侍るに、一むらの雲、ところさらず、月のかげおほひたり。秋風の庭ありくころハ、月もすミけり。あまりに名残おしうて、いぬる比もまたありく（秋三四オ）。

十九日　けさも晴ぬ。ひるつかたよりことにあつくなりて、夕つかたくもりにけり。かの土井嘯月の君、世をさり給ふと、いまきゝぬ。水月の君へ、とぶらいのつかひものすとて、

つらなれる枝も淋しき松かぜは
わがやどゝのミけさおもひけれ

ふしまちとかやいふなるに、戌の刻に、はや松より三さほ斗も高き雲まに、少しひかりをミる。近き比ハ月の早く出る、などよひといふこと也。

廿日　雨ふる。柳川の君、歌このミ給ふ（秋三四ウ）。源氏物がたりの講はてにければ、歌集め給ふとて、はゝきゞをよめ、と人してひたすらこひ給ふ。

花鳥も今ハむなしき夜の雨に
色ねくらべしなごりをぞ思

とかいてまいらせたり。かの六歌集（マヽ）の歌に後鳥羽院の御集をくハへ、類題にしてあつめものしたるを、まづ此比より筆とりてかきしが、けふおへにけれバ、いまひとたびかいてミん、とてまたうつしそめぬ。松山の君、例のごときたり給ふ。きのふのとぶらひの文、くれにけれバ（秋三五オ）、けさつかひにもたせてまいらせたれバ、例のいらへして、きのふまでつらなる松の枝かれて跡さびしくも歎をぞこる　そのせうそこに、十五夜の月を、半天をへだてし雲も晴る夜の月にならハん心ともがな　十六日、とミの使来りて、いそぎこし給ふ。そのかへるさ、心ともなく〳〵かへる我袖の露にやどかる月だにもなし　きのふまでしたひし月のかげきえてけふハいづこにいざよひの空　など聞へ給ひぬ。夕つかた、雨しきりなれど、契りきしこと（秋三五ウ）なれバ、かた子のかたへ行。酒くミかハし、戌の初のころ、かへりぬ。ことにその比ハ雨つようて、ありき行、いと興あり。

廿一日　けふハ寒し。かんなづきの比おぼゆ。ひるごろハ少し晴て、日かげあつかりし。夕つかた、またくもる。秋の夕も、納涼の心あるころハ、夏の夕にハかハらず。けふなんどハいかにも秋の夕の哀さをしるおりならまし、と打ながめて、

　とハれじと思ひ定めし草のとも
　　さすが人まつ秋の夕ぐれ（秋三六オ）

されどもわれとハんとハおもハず、とふ人もまたありぬべし。

　とハんとも我ハおもはで人にのミ
　　うらミかけたる秋の夕ぐれ
　心しらぬ人ハとふとも淋しさを
　　などなぐさめん秋の夕暮
　淋しきと思ふ心のはてをとへバ
　　わがミのうちの秋の夕ぐれ

いと老にけれ、齢もはや秋の半も過ぬべし。げに秋の夕つかたハ、いかにもあハれ深さの心深きハ、たとふべきものなくぞおぼゆる（秋三六ウ）。

か斗に袖やハぬらす大かたの
人にハうとき秋の夕ぐれ

虫もなきにけり。

あながちにわが夕ぐれと虫やなく
荻の上ばの露もおもハで

人もなしとハずがたりの虫のねに
やゝ秋ふくる夕ぐれの空

かく斗うき事しらぬわがミさえ
ながめてけりな秋の夕ぐれ

此下句、何にかありけん。月清の御しらべにやとおもへど、まづかたハらにありける歌書などミれど、なし。類題の六歌集（秋三七オ）をミれバ、いかにもそれなり。老ぼれてわすれにけり、とをかしくて、

わすれてハながめてけりな秋の空
ゆふべとてしもうきしらぬミを

いかにも月清のこそいと感じおぼゆれ、とそのよこひしくて、

打しのぶそのよの人の心まで
夕にこめし秋の空かな

廿二日　けふハ定栄をやしなひにせんとの内約のつかひ、真田よりこし給ふ。年比日比心つくせし事も是なりけり、といといたうよろこぼひてけり。かの（秋三七ウ）二人もけふのことほぎにこし給ふ、猶うれし。蓬瀛台の庭へ、ありあふ竹やすろなどうつし侍らん、とけさも三たびまで行てさたし、たのしむ。引つれて庭打めぐり、酒くミあふ。

廿三日　けふもいと冷なり。朝日さしそふもあたゝかにおぼゆ。露のきらめきたるに、尾花のあかきも白きも、色わけてほに出たる、いとおかし。溜池の姉君、この春のころよりいとこひ給ふにぞ、せんかたなくけふ（秋三八オ）なんいきけり。いとよろこび給ひて、庭の小亭にてひるいひくふ。ひる過るころより酒くミあふて、かへりにけり。

廿四日　くもる。朝の冷なるハかハらず。くもりたれど、

雨ハふらず、蚊ハまれになりぬ。酒井の世子・九鬼の君、来り給ふ。物がたりし、庭ありきて、かへり給ひけり。
廿五日　よハ、ふと目ざめたれバ、ともしもあかし、埋火もほのミえたり。何となふ窓の少ししろきやうなれバ、うち（秋三八ウ）わもてはらひ、帳を出てミれバ、村〳〵と白き雲のミえたるに、六日の月ともいふべきが少しおぼろにミえたるぞ、心のそこすミわたりて、何ともいはんかたなし。これぞと心にうかまねバ、歌もよまず、たゞつく〳〵と打ながめて、戸たてゝ入にけり。うしの刻斗にやありにけん、けさより晴ぬ。浜の御園へならせ給ふ。そよ吹風もなく、ひるの比ハあつかりし。しづかなる夕のそらを打ながめて、いとものどかにならせ給ひけり（秋三九オ）。

秋かぜも枝をならさぬ浜松の
　このまの夕日かげぞしづけき

波も音せぬ御代のためしならんかし。ともしとる比、かへらせ給ふとぞきこゆ。さらバとて、例の庭ありく。けふハくろき蚊のいとおほく出てけり。かやりせんも煙たつまじき掟なれバ、手もてうちものしつ。さゝやかなるむしを、力いれて手うちあハする、いとおかし。夕やミの空もいと紛れぬ物なりかし。

色くさの花にも月の光にも（秋三九ウ）
　虫ぞ鳴なる夕やミの庭

廿六日　萩の花さかりなり。夕つかた、述斎君きたり給ふ。もとより多材の人なれバ、今ハ山林の経済をかたる。秋風亭にて酒くミたれど、君ハのミ給ハず、翁ひとりくミつゝ、船うかべて、かへりにけり。
廿七日　あさとくあそ来り給ふと聞えたれバ、起出てまつ。庭うちめぐりぬ。霧ふかく、露少し。まちむかひて、しばしものがたりして、かへり給へり。かた子、本邸へうつり給ふ。夕つかた、いとしづかなり。

立まよふ夕の雲の秋かぜに（秋四〇オ）
　音なき峯のまつも淋しき

雨もふりきぬ。

入相のかねのひゞきもきりこめて
　林に蟬の声もきこえず
遠かたのとまりからすの声までも
　雨にしづまる夕ぐれの空
松ハいさ軒ばの荻の声もなし
　雨に人目のかれしのミかハ

五月にふきにしあやめの今ハかれにかれたるに、つたふ露を打ながめて、

　かれはてし軒のあやめの末ばより
　　雫ミじかき夕ぐれの雨

はやくれいそぐ雨のけしきに、ともしびに（秋四〇ウ）むかひてふミ、つゝ、玉水の音をきく。

廿八日　いと冷なり。けふハ定栄の住なるところへ行て、この比のよろこびに、酒くミあふ。かへりの道、いとくらし。おばなを分て行ぬ。

廿九日　あそ、きたり給ふ。けふハ庭などありき給ハんとの心おきてにて、き給ふ。いさゝかのものがたりして、庭めぐる。萩ミんとて、秋錦亭にやすらひて、酒くミあふ。はや夕ぐれちかうなる比、蓬瀛台の庭けふなん出来にけれバ、ともなひて行たるに、軒の松かぜいとしづかに、うな（秋四一オ）バらの打くもりたるに、船の行かふも、西のかたの庭の竹やすろなど生《おひ》しげりたるかたも、また心のすまぬ方なし。この園のうちにも、これにまさるところハあらじ、と皆いふ。

　打ミれバ花やもミぢの色かまで
　　わするゝ秋の浦の夕ぐれ

あそハ、あすとくまうのぼり侍れば、とてかへり給ふ。余りにおかしきけしきなれば、打ながめつゝ北のかたなどゝものがたりする比、やゝくれそひて、軒の松のはくろうミえたれど、さすがに海バらハさやかなり（秋四一ウ）。

　ミるがうちに軒の松がえ色くれて
　　波のミどりにかへる海ばら

遠かたハ霧のたちそひたるに、いさり火もやゝミえぬ。

　いさり火の光もミえて海バらや

くれそふ波の秋のうき霧

是らハこのけしきのくまともいはんかし、とはてハ歌もよまでながめゐたり。

なが月

朔日　いとひやゝかなり。はや秋も末になりにけり。荻の上風もやゝ（秋四二オ）音たかうなりぬ。時雨にハあらじものから、おり〳〵雨ぞふる。

二日　萩の下葉も色づきぬ。

　色かハる萩の下ばに荻のかぜ
　　いづれに露や置はじめけ《むら》ん

露わけて、散歩す。日のかげのうらゝかにさしわたしたるに、露のきらめきて、草むらのそこにハ虫のねもきこゆ。日も入んとするころ、荻かぜがやどをとふ。萩咲にけりとこの比よりいふを、いたづらにのミハきゝすごしがたく（秋四二ウ）てなん。萩、今にも盛なり。せばき庭にうへたれバ、いとはへあり。萩ハ遠くてミるものにハあらざりけり。

　鈴虫のふりはへとべばしづかなる
　　こゝも小萩が露ハかハらず

うつろひし入日の名残やゝきえて
　雲静なりたそがれのやど《空》

酒くミつゝうちものがたるに、りん〳〵となくくろきをすゞむしとし、ちんちろりとなくを松虫となんいふ人おほけれど、翁などハミやこのふりにて（秋四三オ）、おさなきよりくろきをまつ虫とおぼえしが、いままた何かといふものもありとかたれば、その名しるく歌よめ、といふものありければ、

　松風もすゞのひゞきも聞人の
　　心にわけよのべのむしのね

さま〳〵題など出し、歌よミて興じたるに、ミやぎのゝ虫とて、籠に入て、仙台の君よりおくり給ふも、いとおりにあふこゝちぞする。

三日　よべも目さむるごとに松虫の声（秋四三ウ）をきく。はる〳〵のたびぢをへて、きにけりとおもへバ、いとゞあハれ深し。

このうちもいまだ旅なる松むしや
　草の枕の露になくなり
　木の下の名残いかにと思ひやりて
　　かげそふ露に虫ぞ鳴なる

けさハ、寒き風のあらゝかに吹かふ。空もしぐるゝやうにミゆるも、めづらし。月君より、きのふせうとの君をいためる詞とて、こまやかにかい給ひしことのはミせ給ふ。げにいとあはれハさることにて、よくも心のそこくまなくかい（秋四四オ）給ひしよと感じ侍るにも、なミだあらそふともいはんかし。そのことば、かへしものすとて、
　かへりにし袖吹秋の夕かぜに
　　こゝらもおなじ露ぞこぼるゝ

けふハ、三郎四郎の君、きたり給ふ。晴にけれバ、庭めぐりて、かへり給ふ。ひるごろ、九鬼の君きたる。是も庭めぐりなどして、かへり給ふ。村雲まよふ夕つかた、風吹おちて、荻のはのわれハがほに音すめり（秋四四ウ）。
　とへバこたふ松の嵐に袖の露
　　かゝれバかゝる秋の夕ぐれ
　いつのよのいかなる秋の夕暮に
　　契りか置し荻のうハかぜ
　秋とてもつれなき色の軒の松も
　　あハれハしるや夕ぐれの声

三か月ハいかにとて出たるが、たちまよふ雲のミにて、そのおもかげもなし、とて入ぬ。しばしゝて、いまいらんとするけしきなり、とあハたゞしうつげくるにぞ、いそぎ立出てミれバ、くろき（秋四五オ）夕ごりの雲のうへに、いとのやうにことの外ほそう、光もなくしろうミえたり。

四日　錦木ハはやそめぬ。桜ハ半落ばしぬ。庭ありくごとに、わらハべなど、椎のミひろふ。夕つかた、古河の家臣何がし、わが家の子なりしが、やしなハれてその家をつぎしものありけり。庭ミまほしといひても、年をへにけり。けふなんミせ侍りける。おりしも雲はれて、夕月のいとさやかに出けり。この男、歌をなんこのミ侍りて、ひたすらにこひ侍りけれバ（秋四五ウ）、かいてやりけり。

人目かれし草の庵にことゝふハ
　この夕月のかげ斗かハ
輿に入、酒くミてかへりにけり。それよりわれひとり打ながめて、月も入にしに、虫の声しきりなり。げにいのちのぶべきこゝちして、
　松虫の鳴かた遠く月落て
　　ひとり尾花の露招くミゆ
五日　けさハいと寒し。わたかさねて、きぬ。庭ありくに、風さむし。虫など（秋四六オ）わぶらん、と思ひつゝ行。大塚の別荘の小室つくり終りにけれバ、けふなんミに行けり。木だちものふりたるに、つくりかまへたるやうありて、おかし。こゝに何をうへ、かしこの草ハかりはらひ、そなたのはたハ皆のとなしてうづらきかまし、など心に思ひたくミにけり。これとてもいまハわがものならねバ、あらまし、あそにつげてまし。かうやうなる事も、にハかにかくとうち出せば、おもしろからず。只その心もて、年月にそひ（秋四六ウ）てその姿なし侍るぞよけれ。杉の一、二尺ばかりなるうへたるも、今きりとらんも、むげに口おし。ようにたつ比きりて、またそのあとをものとなさば、つゐに本ゐのごとなるを楽しむなり。ことにこゝハ遠けれバ、行ことといとかたし。けふも申の半ごろ立出しが、かまくらがしのあたり、はやともしつけにけり。
六日　けふハことなし。空も晴ぬ。寒さハ昨日にかハらず。露も霜かと思ふ斗なり。この比、はつ雁がねをきゝしといへど、例の耳うとき翁ハおもひたえぬ。人に（秋四七オ）おくれてたのしむハほとゝぎす・かりがね、人に先だちて愁るハ秋の夕、などゝ物しりがほに思ふも、おかし。事なしとおもへバ、こゝかしこよりせうそこありてけり。夕つかた、空打ながめて、
　身やつらき人やつれなき夕暮に
　　さだめかねたる荻の上かぜ
　露おもし虫のねかろし秋ふかし
　　何か浅ぢの夕ぐれの庭

月、やゝ光そひぬ。

八重むぐらわけ入月に先立て
はやとふものハ松むしの声（秋四七ウ）

月、いよ〱さやかなり。

白鷺の眠しづけき中嶋に
色やあらそふ池の月かげ

例のことよ、と口とゞめけり。

七日　こゝちよく空晴ぬ。めづらしくまたいでゝ、平おかの翁のかたへ行。御安全をうかゞひ、きじばしの邸へ行て、かの賢丸に初てあふ。くすしのことなど、家の長などゝものがたりして、午ちかき比、かへりにけり。夕つかたハうすうくもりたるが、ふじのあたり斗（秋四八オ）いとはれて、紅の空にくろうミえたり。月もやゝ光そひたれど、やよひの空おぼえて、おぼろ也けり。かの時申にハあらねど、戌の半刻にいぬれば、その時申《出たるものが》にハあらねど、月いまおち侍る、といふ。きゝてミずにハいかで、とてはせ出れば、森の少しひきゝ梢に、いまだ半面かげミせたるぞ、いとゞなん。

まねきかへす庭の尾花の袖もあらバ
入さの山も月にわすれん（秋四八ウ）
かならずとあすの夕を契りても
あかぬ別の入がたの月

ねやに入たるに、いと静なるよハなり。そとものむしのねも聞ゆ。

月ハ今入ての後もさやけさの
光をのこすよハのむしのね

八日　寒さかハらで、空ハうちくもりたり。風吹たえて、いと静なる夕ぐれ、

荻のはのそよがぬ風をねにたてゝ
きくや心の秋の夕ぐれ
中々に音なき秋の淋しさを（秋四九オ）
おもへバこひし荻の上かぜ
とひもせずこたへもなさぬ大空の
心むなしき秋の夕ぐれ

九日　すだの翁・ばせをの君、この海づらのたいにてけふの興せんと斗しを、けふハ雨ふる。口おしけれど、いとよき雨なり。庭の興なれバ、けふハき給ハじ。まづそのころよりわれひとり酒くミて、来り給ハゞ猶興あらん。今よりすだのあたりへ、いかゞし給ふや、などいひやらんもわびし。人にまかせてこそ、としづかに（秋四九ウ）雨うちながむ。静山の君、ひる過るころ、きたり給ふ。この雨によくこそとひ給ひし、と出むかひて、例の間へ通しにけり。林の君おそけれバ、まづかさゝして秋風亭へ行て、酒くミあふ。平おからしよりせうそこ来る。ミれバ、玉川のあゆ下し給ふとの御事也。さらバ御礼をも申上べけれバ、秋風にハおさのものなど置て、いそぎかへり、御さかなをつゝしミて拝し、その御礼などかきものすころ、ばせをの君きたり給ふ。まづかの亭へ（秋五〇オ）行給へとて、ミづからハそのふミふんじなどして、あとより行ぬ。尽せぬ御恵のありがたさ、いふべくもあらず。いとゞ雨をもいとはぬ心ちして、ともなひて海づらのたいへ至る。こゝぞことにけしきもたへなり、とていといたう賞し給ふ。また、酒くミあふ。雨ふるがうちに、西のかた入日のかげの紅ふかき空、驚く斗なり。されども、名残の雲きえがたくて、雨ハふりぬ。くれんとするころ、千秋館へかへりて猶も物がたりし、酒くミあふ。月なきうらミハさることながら、けふの円（秋五〇ウ）ゐは、心ちよくぞおもへりける。かの台にて、おりふしかりの鳴たるを、

　こゝをうしと思ハぬ身にハくる雁も
　　おなじ心によるとなりなん

かの鴻雁なぞとかいひし心ばへを思ひ出てなん。すだの君より、菊のつくり花をおくり給へりければ、

　おくりにし情の露にさく菊の
　　花ハ千とせの秋もつむべし

ことがきのやうなるも、いとはへなき。露ところせからんもうるさし、と口とゞめつ。けふおりにあひて菊の花のいさゝか咲たるを、ミぎりにうへ侍りてよめりける

（秋五一オ）、
うき事をきかぬ恵の山ぢにハ
千代もつまなんけふのしら菊
十日　きのふの空わする〻斗に晴わたりて、少しあた〻かにおぼゆ。あそ、きたり給ふ。例のものがたりし、庭めぐりてけり。おりにあひて月の光そひ、海づらハこがねしきたらんやうなり。かりがねのちからなきたる、猶おかし。出てミれバ、たゞ一ツぞわたりたる、
友やなき友やわかれしかりがねの
つばささびしき秋の夕かぜ
こゝろよくものがたりして、かへり給へり。月のはれしとミれバ、雲のたちそひて（秋五一ウ）、かげさだまらざりしかば、
わすれにし昔をミよと夕月の
くもりミはれみ袖やとふらん
十一日　晴ぬ。つな子・ようこ、きたり給ふ。庭ありきてハ、尾花のつゝミにいこふ。夕つかたより蓬瀛台にのぼりて、酒くミあふ。夕月の光そひければ、船にのりてちあきのたちへかへりぬ。けふハあそ、松山の亭へ行給ふ。是もはやかへり給ハんとそゝのかして、つな子をかへし、又よう子と打つれて、尾花のあたりありきたり（秋五二オ）。
十二日　けふも晴ぬ。このよの月、たのもし。よう子・れつ子ハすだの月ミんとて出給ふ。九日より、夕つかた、いさゝかながら酒のミ侍りたれバ、けふハまろうどもなし、只月に乗じて庭ありく。
十三日　あさよりいと晴にけり。名におふ空の二夜ともかゝるに、こぞ（濁マヽ）といひ、ことしといひ、いとうれし。子供の百日ぜきにハ、麦門冬湯に海人草・檳榔をくハへて用ゆれば、効ありとぞ。けふハかの御へらてふものを、あそよりたてまつりてけり。西城にてハ、御前へめし出されて、御ことばたまハり、のちにミきたまふ。いとありがたき（秋五二ウ）御事なり。あそ、ひるのころ、きたり給ふ。例の庭めぐり、夕つかた、酒くミあふ。花月亭にま

どゐし、蓬瀛台にやすらひ、あるハ船にのりなどして、興じぬ。雲よく晴て、月のやゝひるなしたるにぞ、庭ありくも酒くミあふも、よの中をはなれし心ちぞする。例のごと、かろきものどもへも、船にまれ、心にまかせて月ミよとて、酒などやりつ。皆かならず蓬瀛だいにてくミにけりとぞ。人の心ハかハらざりけり、とわらふ。

　人とハず風もおとせぬ草のいほに
　　こゝろくまなく月をミるかな（秋五三オ）
月すめり空も晴けり名もミちぬ
　何をこよひの思ひとハせん
つく／＼と月にむかへバおもふ事
　いはでたゞにもやミにけるかな
秋も秋こよひもこよひミる人の
　心斗ハ月にはづかし

などゝ、口にまかせてうちずんじたり。余りに興ありければ、この月をミ捨べきかハ。月の入んとするころに、またおき出てミるべし、と少し歌などよむ輩に契りて、亥の刻といふにおどろきて、ねにけり。老たるうれし（秋五三ウ）さに、めさめたり。必らずうしミつごろにかあらん。さらバ月も傾くべし、とて人おどろかしてたづぬれバ、そらいとくもりし、といふ。よひに契りしおのこ、そのころまでおき居て、あるハ船にて笛ふき、とまかづきていねしもありしとぞ。いとくもりにしうらミなど、歌よミてミせけり。翁もやをらおき出て庭へ出たれバ、西のかた雲いとおほくて、晴べしとハミえず。

　さらでしも入べきものをうき雲の
　　つらさそへたる在明のそら
　虫のねのさやけさのミを名残にて（秋五四オ）
　　雲にむなしき在明の空

などかいてやりつ。せんかたなけれバ、又枕をとる。

十四日　けさもいとくもりたれバ、在明の月ミざりしうらミぞはるゝ。おり／＼雨ふれり。夕つかた晴て、おもハぬ雲まに月をミる。夜ハ、たゞうす雲のたな引たるに、風の少しあらう吹ぬる、いとおかし。

草のはら吹しく風に露きえて
袖にまぎれぬ月をミる哉
賜湖のはちすハかれて、月のうつれるもさびしきけしきなり。
秋風をつげし蛍のかげきえて（秋五四ウ）
ひとりさびしき池上月
かゝるおりに、かのきぬたてふものゝ音せバ、いか斗にかあらん、と思ふ。
かゝるよハきかぬ碪の音までも
心にすめる月の秋哉
いねんとする比、弘賢よりわが侍臣のかたへ、八月十五日ハ、むこの身まかりて二七日になりにけれバ、とてあハれなる歌よミてこしたり、とてミすれバ、
露にふす小萩がうへを思ふにも
色なる袖に月やゝつれし
と、思ひつゞけぬ。
十五日　よべより雨のおとをきゝし。けさも（秋五五オ）雨ふりて、ことに寒くおぼゆ。
よな〳〵の月にぬれにし袖の上の
露ほしつべきけふの雨哉
十三日に献上しおハりにけるをよろこびて、けふきたれといひ給へバ、けふなん本邸へ行にけり。かたミに孝つくし給ふ。よう子も何くれとちそうし給ふ。酒などくミあふて、かへりにけり。ひめもす雨ふりしが、神田の明神の祭とて、遠かたにつゞミの音もしたり。この比、蚊ハたえてなし。わすれにけれバ、こゝにもかきものせざりけり（秋五五ウ）。
十六日　にしきゞ、千入に染ぬ。はじハ梢色付ぬ。けふもおり〳〵雨ぞふる。月ゆかしくて庭ありけど、そのおもかげだにミることなし。
十七日　日かげうらゝかにさしわたして、千ぐさの露いとはへあり。ひるつかた、秋つむしの、いとゆふおぼえて、とぶ。すはうのしたがさねひきありくやうにミゆ。
夕つかたよりくもりて、月ハいかゞとおもひだにせず。

あそハやわらの道きゝ習ひ給ハん、とてきたり給へり。
十八日　よべより雨ふる。明なんとする比(秋五六オ)、やゝおとしてふりぬ。この比、月なし。月なきよハをたとへていはゞ、乳いまハのまぬ子の、ひとりぬる心ちぞする。月なきよハこそ、いとわびしけれ。けふハ月の出るをミんと、北方さそひて、済海寺へ行べかりしものを、くれて雲まのミえしにぞ、庭へ床をきて、月をまつ。いさゝかかげミゆると思へバ、はや雲のうちへはせ入にけり。

晴しよハ行ことおそき月なるを
雲まにいそぐかげぞわりなき(秋五六ウ)

十九日　くもる。長岡の君・鉄蔵の君、きたり給ふ。こゝろよくものがたりし、庭の亭にて酒くミあふ。夜に入てかへり給へり。翁、きのふより、うなじよりかたのあたり、ことにいたミぬ。外邪なりけれバ、升麻・葛根湯を服す。よハ、ことにいたミつよかりけり。
廿日　よべ汗してけれバ、少し心ちよく覚えぬ。けふひと日、庭ありかで養ひ侍らんとて、臥牀にゐし也。かゝる時、何せん、歌にてもよミ侍らん(秋五七オ)、など思ふも、またたのし。いたづきのさまきゝ給ひてや、あそ、ひる過る比、来り給ふ。何かと物がたりし、くるゝ比にかへり給ふ。夕つかた、空はれしや、明りしやうじに夕日のつとさしたるに、ふじハいかにといへバ、まくろにミゆる、といふ。戸あけてミしが、風にくめば、はや入ぬ。
廿一日　よく晴にけり。ねちハ半さめぬ。人の祖父の年回の歌とて勧進せしを、人にかハりてよミける(秋五七ウ)。

かんな月の法会といふ。

時雨のミ猶めぐりきて袖上に
残るや露のかたミ成らん

このはちる行衛をしたふ袖上も
そのよにかへす山おろしのかぜ

ひる比庭めぐりたるが、風ミにしミておぼゆ。おほく衣きぬれバ、汗出て、心ちあしゝ。かへりて、またふす。
夕つかた、よめりける、

夕ぐれの雨に塵なく奥やまの(秋五八オ)

心しらるゝ秋のそらかな

などてかく野山の上に詠むらん

人の心の秋の夕を

庭のおもハ秋も昔の秋ならぬ
よもぎむぐらの露の夕ぐれ

廿二日　ともしびハあかうて、めざめぬ。窓のとを少しあくれバ、月かげのさえにさえたる、

明ぬるとミれバ雲井に霜白し
月のそらねの鵲のはし

はや秋も、かぞふ斗になりにけり（秋五八ウ）。

秋もやゝ在明の月のよひ〳〵に
心細さをたぐへてぞミる

いと空はれて、ひるのころハあつくおぼゆ。かのいたづき、また立かへりて、けふハいとなやましく、ふしてのミゐし。

廿三日　くもる。頭もたげて物などかく。わが藩の書生なりしが、上達して、こたび賞禄得て白川へかへりしが、旅中の作とて、からうたよめるを侍臣のもとへミせたるをミしがうちに（秋五九オ）、松辺道入秋声中、といふ句のかたハらへ、

錦きてかへる袂も旅なれや
まつバらゆけバ只秋声

となんかいつけたり。さてこの詩はいかにも清らにとゝのひ、いさゝか自在にもミゆれど、いはゞ書生の詩なりけり。からうたにてもあれ、そのとき・その人をも思ひやられて、ミるやうにあるべきを、これハたゞ旅情のたくミをいはんとて、孤（秋五九ウ）客騒人のつくりたるやうなり。まことハ、故郷へにしきゝて、かぞいろハさらなり、その師にもあひて、よろこびをつげんといさミ行たるが、旅といひ、秋といひ、またその情をもとりかさねて、とこそあるべけれ。古人ハかくハあらざりけり。たよりある時にこそ、といひたハぶれぬ。ひるごろより、けふも只ふしてのミゐし。

廿四日　あそ・ひさも、とくきたりてとひ給ふ（秋六〇オ）。

うちまぎれてものがたりし、ひる過るころ、かへり給へり。けふハ雨ふる。宮川の君より、年ごろからうたこのミ給ふが、草稿のほうご、堆のやうになし置たるを、かの詩瓢の事おもひ出て、ふくべに入給ふにぞ、これに歌よめ、とありけれバ、

秋のかぜことばの露の玉の声

こゝにもありとふくべかりけり

いとたハれたる事なり。高啓とやらんが、山瓢行負知何有半、是詩、丸（秋六〇ウ）半薬丸などよめりとぞ。けふより八解散を服す。

廿五日　暁めざめて、よめりける、

風さやぐ軒ばの荻の声よりも

もろきハ老の手枕の夢

虫のいとうらむを、

何かうらむなにかねにたつよハの虫の

老のねざめの枕とひきて

いつまてぞなくや霜よの蛬

さらでもかハく老の袖かハ（秋六一オ）晴にけり。けふハねちさめたれど、かたいたミて、物かくこといとかたし。ことしハ野分ハさらなり、あらましき風だにふかず。げに枝をならさぬためしともいひつべし。ことしはじめて、ばせうばのいさゝかもやぶれず、いづれのはも皆またき姿をミるよ、といひあへりけり。としごろうちつゞきて年のミのりのゆたかなりけれバ、よねのねハくだりもて行を、とにかく上つ下つの人々の、くるしきことにいひもてさハぐならハしとぞなりにける（秋六一ウ）。かうやうにゆたかなる年のうちつゞくハ、ちかきころにミのりたらぬ年のあるさとし、とこそ思ふべけれ。かゝるとしにそのそなへなし侍れと大空の教たれ給ふをもしらで、たゞひたすらにくるしとのミ打歎きて、はてハ、雨よ風よとこふ斗なるあさましき心にもなりもて行、とぞ聞ゆ。いかでまたかゝるおりに、人の力もてものすべき。たゞ、よねあるときにハよねを備へ（秋六二オ）、こがね多き時にハこがねをそなへ侍るべき事なるを、わ

が日ごとのすぎハひかハる事なくして、よねたらず、こがねたらずとのミ、よきとしにも、あしき年にも、かハらずなげくこそ、いといとうかなしき事になん。よねのねくだりて、こがねたらずバ、上も下も共にけふのすぎハひよりして、もろ〳〵の事も皆事をかきて、たらぬこがねもて事をたし、猶もそのあまり有をもて（秋六二ウ）よねたくハへんとこそすべけれ。その事ハせで、たゞゆたかなる年によねのねを高くし、あしき年によねおほくせんと、ことハりなきにくるしむハ、いかなるまよひにか侍らん。たゞ下が下のものハことに年のこがね少なき事をしらせずしてあらなん。これらを、くるしミをわするゝ政といふべきなり。されど、かくいへバいとうきたる事にて、げにも事しらぬ書生のろんとかいふにもちかしと（秋六三オ）いはめ。さにあらぬ事なれど、くハしくかきものすべきにもあらねバ、筆とゞめつ。やごとなき人よりして、かゝるときにハ、つねにかハりて事をかき、ものをもはぶきて、あしき年のそなへなしなバ、おのづから中より下にいたるまで、たゞその事となりもて行なん。今ハ只こがねたらず、いかにくるしからんといへバ、何しらぬものハ、弥たゞその事のミをくるしとなげきて、せんすべしらず（秋六三ウ）。夏のあつき日に、てる日あふぎて、あつや〳〵とのゝしり、日をくらし侍るにことならず。人の力もてしゐて涼しくせんとすれバ、扇打ならして手もたゆく、水のミ、水に入て、やまひさへうくべし。このあつさハはや寒さの来るはじめなれバ、夏の日長きころに、わがすぎハひの事に心をいるれば、あつさもさすがまぎれぬべし。かくし侍るものハ、寒さきたれバ、はやあたゝかなる衣をもかへつべし。あつやと（秋六四オ）空のミあふぎ、あるハひるねしてくらすものハ、くるしきをわするゝひまもなく、長日のおこたり、寒さをふせぐべうハなし。されバ、豊なる年ハあしき年のはじめなりと思へバ、いつか家ごと・人ごとにいさゝかもよね・あハなどたくハへ、たらぬこがねのまに〳〵よをわたる心にぞ、いつかよねのねも高くなりはべるを、といはゞ、うきたる事、といよ／＼いふらんかし。ことしもミちのくのあたりハいとたのミはかなくきこゆれど(秋六四ウ)、かのよねおほきとて、ミなくるしむ心から、只おほき／＼と目にも耳にもあふるゝやうに思ふにぞ、あるハとりけものにあたへ、あまりしをバ打捨つ。まことハたらでかけ行を、あなよね多しとあき思ふぞ、浅ましともかなしうもおぼゆれ。かゝれば、よき年にもくるしミ、あしきとしにもくるしミて、くるしさのやむときハあらじとぞ。

　やすきよをやすげなきよと歎くこそ
　　げにやすげなき心也けり(秋六五オ)

月花の庵にかゝる事なん思ふハ、むかしの心ならひなるべけれと、

　何をまたいとふ心ぞ月も花も
　　このよの外のいろかならぬを

風流清雅てふことハ、よのくるしミ、人のかなしミをわするゝをいふべし、とや。年ある年のなげきハあさけれども、かくしてあしき年にいたりなバ、いか斗の。丁子の油をとるにハ、食塩とぼうしやうを入れバ、油おほく出るなり。夕つかた、よめりける(秋六五ウ)、

　草村にさすかげよハき夕附日
　　それにも虫の声ぞ聞ゆる
　雲のいろも時雨催す山のはの
　　寒き夕日に秋風ぞふく

　またよめりける、

　心しる人ハとひこで松かぜの
　　柴のとたゝく秋の夕ぐれ
　とふハうしとハぬハこひし草のとも
　　よのならハしハへだてざりけり

廿六日　くもりミ晴ミ、定めなし。烈子の縁組の願ひ、ゆりてけり。あそ、ひるつかた来り給ふ。いたづきもおこたれど(秋六六オ)、かたいたミ、手いたミて、いまだつねならず。夕つかたにハかに晴て、入日のかげの空にうつりたるを、

　夕時雨晴行あとの山のはに

入日さびしき秋の夕ぐれ

廿七日　またくもる。六郷のあたりへならせ給ふとぞ。ひるのころにハかにふり出たる村しぐれのけしきなれど、ならせ給ふ物をと空打まもりゐたるがほどもなくやミぬ。

廿八日　松山の君、ちかき比、初てまうのぼり給へば、そのことほぎに行べきを、この（秋六六ウ）比のやまひにゆかでありしを、けふ、しゐて行。それより本邸へ行ぬ。こハ、竹門のあま君の、ひこミまほしとて来り給へば、政子をも北のかたつれて、けふハ皆本邸へつどひぬ。あま君のよろこび、いはんかたなし。翁ハ、かたいたミてければ、西の刻ごろ、かへりにけり。

廿九日　晴ぬ。久しく仰を得たる田安の四谷なるところの別荘へ、北方など打つれて行ぬ。かのいたミ、きのふにかハらねど、長月の初より、雨よ何よと（秋六七オ）のべたるが、せんかたなく行ぬ。道、いと遠し。うでかゝへ、かたをおしなどして、輿中に居しなり。かの別荘へ行たれば、むかしミしおきしにかハらず。木だちものふりたれど、思ひしよりハこれもかハらず。いか斗かへにけんと思ひめぐらし侍るに、ミそじ余り六、七ツもへだてけん。田邸災ありし比、田安の大あま君のこゝへうつり給ひて、翁もその比廿ばかりにもなりにけん、月のうちにハ四たび五たびもなぐ（秋六七ウ）さめにまうでし也。此山里にハ、只翁のきたり侍るをのミ花にもとおぼし給ふにぞ、いくそたびかきにけん。それらの事など思ひはべれバ、いといたうこひしうも、かなしうも、あハれにも、

おもかげもそれかとミれバ露きえて
尾花にのこる庭の秋風

など思ひつゞけ奉るころ、北のかたもあとよりこし給ふにぞ、打まぎれて御庭ありく。御池ハかれはてし蓮のこゝかしこ（秋六八オ）にミゆるに、心もなき松杉などの生しげりて、げにおかしき山里のけしきなり。かきのはのもミぢしたるに、高どのゝかやの軒ばもミえたる、いかなる人の世に背きてすめる庵ならん、とゆかし。木だち、庭のかきほまでも、むかしの絵などおぼえて、うぢのさ

とのすまゐなどともいはましきとおもへバ、水のおともきこえぬ。こハかのおどろ〴〵しき川波にハあらで、滝のひゞきなり。道をとめつゝ行バ、二丈斗もあらん山の（秋六八ウ）いたゞきより、竹などのおのがまゝに生しげりたる中より、白いとミだしておちくる。むかしにもかハらぬさまなり。

　くりかへしむかしのことも思ひ出て
　　心ミだるゝ滝のいとかな

など、心にうかミぬ。滝のかたハらの山ぢをゆけば、清き流の二筋斗にながれたるに、むかしおぼえしさまにつくりなしたる亭あり。この流にあゆかふ。いほのながれ来るをとり侍れ、との仰なり。ことしハいと数少なゝりとて、けさ、よそよりとらせ給へるあゆ、又ハ御庭の《か》（秋六九オ）くりなど、桶に入てたまふ。大わりごやうのものにさま〴〵のさかな・くハしなど給ふ。まづ是をもとり出しつ。わらハべのさでといふものをもちきたりて、あゆすくふ、いとおかし。いかにも底すミわたり、早きせにはしるあゆの、目にもミとゞめがたきもおかしうて、

　早川にさばしるあゆをミても猶
　　過行秋ぞとゞめかねける

亭のつりくざまのいと殊勝なるを、

　山川の清き流れに柴のいほ
　　結びし人の心をぞくむ

このところのつかさ何がしが、松露を（秋六九ウ）こに入て、侍臣のあたりまで、とて出したれバ、

　山里のかゝる情の松のつゆ
　　いく秋猶も思ひ出まし

あゆとりはてゝ、酒くミあひけり。かたハらのものらが、かのやり水にさかづきうけて、興じたり。おりから、からうたつくるものも歌よむものもおほかりけれバ、よミながしてハくミそひたるに、かたのいたミもしばしわすれにけり。けふき侍るとて、御かたハらの人を、このところに、朝よりさしをかれてけり。その人も、もと翁がかたにしバしゐたるものなれバ、猶よび出て、酒などく

ミてけり(秋七〇オ)。それもて、田邸の君へ奉る。

久しく中たえけるが、けふこの御園の滝を打ミて、よミ侍りぬ。

滝のいとのたえぬ恵をくりかへし
　こゝによりきて猶思ふかな

いかにも猶深きゐにしとなり侍るかしこまりを、

代々へてもゐにしたえせぬ山水に
　千とせの秋もくミやそへまし

など、例のことばがき、あやしき物から。

晦日　けふにて秋もつくるよ、と戸おしあくれば、雨そぼふる。ひるより、こゝちよく晴にけり。引とゞむべきおばなの袖(秋七〇ウ)も、やゝ霜がれちかきけしきなり。つはぶき、盛なり。吹上のしら菊、半咲ぬ。是を名残の色かと、あすハ、やミんかし。

夜もすがら起ゐて秋をしたハなん
　ねざめの比ハはや冬の空

などゝおもひたれど、いつかねにけり。

(秋七一オ)

十　月

朔日　ねざめして、

なれ〳〵しねざめの荻も音かへて
また露ちらす冬の山かぜ

起出てミれバ、いと晴わたりて、ふじのましろにミえたるぞ、いのちのぶるこゝちす。

朝附日さすものどけき久方の
ミどりの空に雪のふじのね

けふハ、松山の君、初てまうのぼり給ふ。何くれと思へバ、しづ心なし。あそ伴ひ給へバとおもへど、心もおちゐず。齢よりハいとおさなき、ことハりなり。ことに、わが輩(冬一オ)にあひ給ふのミにて、人おほきあたりもミ給ハず。進退あやまちハし給ハずや、などねざめより思ひつゞけしなり。はや午の刻近う成にけり。いかにや、とつかひして松山の邸へたづねやりしに、いま御目見すミ給ひぬといひこしゝとのこたへ、いとうれし。阿波の家臣はせ来りて、敬翁いま来り給ふが、いかゞあらん、といふ。折から事もなし、心にまかせ給へ、といひやりたるに、家臣よろこぼひてかへりにけり。ほどもなくき給ひぬ。過し比のいたづきより何となふおとろへ(冬一ウ)給ひて、物わすれハさらなり、よハ〳〵とし給ひたるに、人もかくこそなるものにや、とあハれにもいとほしくもおぼゆ。庭ありき給ふ比、あそ・つな子きたり給ふ。うちつれてものがたりなどし、飯くひてかへり給ふ。それより酒などくミあひ、船にのり、うてなに遊び、ともしつくるころより雨のふり出したるが、いと音あらゝかにふりぬ。あまりにおそくもなり侍れバ、ふたりもかへり給ふ。雨いよ〳〵はげしく、遠かたにかミのおとなどしたり(冬二オ)。酒こゝちよくくミて、巳の刻ごろ、いぬ。

二日　はれしが、また時雨の雲いといちじるし。冬のけしき、まがふべくもあらず。

あぢさゐのしぼめる花の色なきも

中〳〵秋のなごりとぞミる
夕つかた晴て、雲のうす紅なるに、ふじのミゆる。折から、かりがねの二つら三つらなきわたりたる。
三日　池のおもに煙たちて、朝日のうすうさしわたしたる、寒けきけしき也。かのしら菊ハ、波かと斗ミゆ。ひるごろ、安中の君、来り給ふ。庭ありきて、さま〳〵ものがたりし給ふ。学問よくつとめて、しかも才ある君（冬二ウ）なり。かたいたきもわすれても の語し、ともしとる比、かへり給へり。
四日　けふも晴ぬ。田安の君のあま君の法会あり。しハすの三日なるを、春のいそぎの事しげきなどゝてかく侍るハ、よのならハしなり。ことに、この淩雲院ハおほやけの事にのミあづかれバ、猶かゝることといふ。法会ありときけバ、いとゞなん。
松がえの千よの栄を契りしも
あやなや袖に風むせぶ也
よにふれバまためぐりきて村時雨
朽にしこぞの袖やとふらん
ひるより、いと晴にけり。夕月のいさゝか（冬三オ）ミえたるが、はや雲に入にけり。
露斗袖にぞのこる夕月の
入にし空をながめ〳〵て
五日　晴ぬ。おとゝ日、安中の君ミせ給ひし水雲問答てふ小冊の末に、ことがきせよとありけれバ、かきぬ。井伊の侍従のもとより、橘によて家の栄をよめ、といひこし給へば、
花も実もよにかぐはしき橘の
ふりせぬやどハ千世もかハらじ
巳の刻比、与板の君、きたり給ふ。しばしものがたりして、かへり給へり。夕つかた、熊本の侍従、きたり給ふ。いづれも、夏の初より、きまほしとの事なりき（冬三ウ）。
夕ぐれの空をひとり打ながめて、
月細く村雲まよふ山のはに
雁がね寒き夕ぐれの空

月入ぬる後、いと星のきらめきたるを、

　夕月の入にし後のやミの夜に

　　時めく星のかずぞ添行

六日　けふも晴ぬ。ひるつかた、姫路の大夫、きたる。かねてよりねもごろなりけれど、あハで過ぬ。けふ、庭ミせぬ。げにこそかの家の人なるべし。かへりし後も庭ありきぬ。月、いとさやけし。

七日　寒、まされり。きのふハいの子の日也（冬四オ）けり。こたつ初む《設く》べきをもわすれにけり、といふ。ことしミちのく出羽のあたりは霜いと早うて、おくてハミな穂も出ずなりし。たミ皆山に入て、わらびのねなどほりてくひしが、はや尽にけり、などきこゆ。かのあたりにてハ、天明のきゝんにつげる年とぞいふなる。それをもしらで居侍るも、空おそろしき心ちぞする。東都の米の高からぬハ、何くれとその事のさハぎあれバなりけり。久しく、かたより腕のいたミ侍れ。気のめぐりあしきにや、とあそもあんじ給ひて、ひるより来り侍れとの事なり（冬四ウ）。げにもと思ひて、行て酒くミあひ、ものがたりし、例の明石丁をへて、夕月にかへりけり。

　ほの〳〵とあかしの浦のなミまでも

　　心にかゝる夕月のかげ

道すがら、月ミつゝおもへりけり。

　いつとても月に先だつ袖の露に

　　やつさでかげをミるよハぞなき

こぞの御事より月日もたてど、月ミる心のそこ、うき〳〵とはれやかにおぼゆる事なし。こぞの秋の日記などミても、さ思ふなり。

八日　はじのもミぢバ、けふを千入とやいは（冬五オ）ん。夕つかた、打ながめて、

　おもハじと思ひ捨ても夕まぐれ

　　うきよにかへす葛のうらかぜ

庭のしら菊、盛なり。

　打よせてかへらぬ波ハ吹あげの

　　名におふはまのしら菊のはな

心あてにミれどもわかず月かげの
霜にかよへるしら菊のはな

くれそひて、海おもてより風のあらう吹て、波の音もけぢかく、木々のかしましきも、この比めづらし。空ハ晴にはれて、星のきらめきたるに、いなづまのおり〳〵かよひたる、やうかハりたるけし（冬五ウ）きなり。

九日　晴しと思へば、朝しぐれ、例のごと也。あかつきより、風いと寒し。永太郎・永次郎、来り給ふ。木がらしの吹くらしたるが、夕つかた晴ぬ。ふじも入日も、いとさやけし。はやくれて、夕月の光そひにけり。

枕とふ虫のねたえて置霜に
さむしろ寒き月のかげ哉

秋ならバすのこに出てもゐ侍らんが、いと寒けれバ、うでかゝへて、ぬる。

十日　晴ぬ。きのふハひたすらにあまたゝび灸せしが、うでのいたミ、少しおこたるやうにおぼゆ。もとより中風となるべき毒の、いさゝか（冬六オ）うごくなり。けふハ、あそ来り給ふ。庭のしらぎくの宴せん、とまち設けぬ。桜のおちばをやきてつくれバ、指のいたむにしるしありとぞ。庸子も来り給ひて、烈子と歌などよミ給ふ。夕つかた、蓬瀛台にいたりて、酒くミあひけり。

十一日　かの大塚へ行んとこの比思ひたるに、けふなん行ぬ。門をいづれば、麻の上下きたるおのこ、ひざまづき居て、申上る事あり、といふ。きけバ、きじばしのものなり。あひし人なりしが、忘れにけり。こゝへこよとて、こしの戸あけたれバ、少し進ミいでゝ、賢丸夜半よりすぐれ給（冬六ウ）ハず、この比のいしの力に及バずといへバ、このいしのくすりにせん、などゝのことなり。昨日もきゝしが、弥およずけて何のわづらひもなしといひしを、とむねつぶる。されども、くすりだにあたりなバ、たのミなきさまとも聞えず。大塚へ行たるが、空もやゝ晴わたりて、のどかなり。こゝハ桜の林、梅のはやしなど、ミなしるしたてゝ、かねてよりおのづからおい出たる、さくら・もミぢなどのなへをうへよ、といひつけぬ。

このほとりの植木屋の菊、盛なりときけバ、こぞにこりたれバ、いかず。日いとミじかけれバ、はや(冬七オ)傾く日かげにおどろきて、かへりにけり。されど、こゝへかへるころハくれぬ。月ハひるなしたり。ものゝかげくろうミえて、にハたづミなどゝ思ひて、とびこえて行もミゆ。

十二日　けふも晴ぬ。事なし。月よし。

十三日　此ごろ、いと早く目さめぬ。

ともしびハきえてもきえぬ面かげを
　やミよにしたふ暁のとこ

やゝしらミ行にけり。すミだ川のほとりにすミ給ふ、大古の心ある君の庵を、けふなんとふ。久しくまち給ひしうらミもはるけんとおもふ。とく〳〵、といひこし(冬七ウ)給へば、辰のころ、立出づ。道遠し。小春のけしきも過て、やよひの末つかたおぼゆ。雲の姿も少しこりて、日かげいとあつかりけり。あるじ、いとよろこび給ひけり。このひと、やうかハりたる心ばへありて、庭のさまもよにゝず。亭榭ハさら也、いさゝかのあたりまでも世にハならハで、たゞおのが心のまに〳〵物し給ひたる、中〳〵目も及びがたくなん。茶たて給ひしも、よとハかハりて、心のまゝにし給ふ、いとよし。ひねもすもてなし、ちそうし給ふ。夕つかた、大銃うつ。しゆれんのさまなど侍臣らなしたるも、めづらし(冬八オ)。けふハいかにもあつかりけりと思ふに、遠かたにかミのおときこゆ。ミれバ、北のかたに雲のうす墨ながしけんやうにこりたる、いとめづらしとミめぐらすに、東のかたにはや月の白うミえたる、いとうれし。つゐにことかたのおとゞへあないし給ふ。こゝの庭にも池ありて、もミぢ一木そめたるをミて、これもまた世にハミざりしを、といふ。こゝハ母屋のミたゝミしきて、ひさしにミすかけわたしたる、心あるさまなり。けふハ、林の君きたり給へり。北村季文もこのあるじと親しくて、きたれりけり。いかにもちりなき円ゐ(冬八ウ)、心にかなへりけり。季文、歌よミけり。翁にも、とありけれバ、

とハるゝもとふもひとつに草のとの
露しづかなる代をぞ楽む　　翁

となんかいてけり。このごろのかたのいたミも、少しわすれぬ。遠《道》けれバ、とてかへりぬ。道すがら、月をミつゝ行。けふ心におもひたれど、紙こひてかゝんもわづらハしけれバ、打も出さでありし、

かるかやの乱るゝよをも忘れじの
心ぞふかき草のとの中（冬九オ）

こハ、三心といふ亭にハ、ミなものゝふのてうどなどもて、さま〴〵になしたる、おかし。御窓ハ矢のゝをもてつくり、つるもてそれをまとひたるたぐひなり。このひと、老にたれど、いまにも事あらバ御馬の先にたゝん、などつねにいひ給ふ。かへりて、よそへやるとて、いと長〳〵しき文などかきものして、いぬ。またうきよにかへりし心ちしけり。

十四日　きのふの遠のかミにや、けさハことにさむし。もミぢの梢、やう〳〵むら〳〵と色わく斗也。大なる白鷺の、人におどろきながら飛得ぬはあやし、とおひ行（冬九ウ）たるが、竹の林にてとらへし。鷹などにそこなハれしにや。かゝらバいぬなどとりなん、とませゆひし川のうちにはなちて、餌などあたふ。いゐたらバおのづからとびさらんかし。風ひるつかたよりつよく吹て、雲ハミなあハのあたりへ吹やりつ。夕月いと光さえて、おばなの白きに、は末のくちなしにそめ、又ハくちば・香色など色どりたるやうなるが風になびく、いとおかし。よしだの君へ、庭のかきのミとりて、まいらす。翁が手の麻痺するをきゝて、しきミのはとはじかミを、酒につけて、つけよ、と（冬一〇オ）おしゆ。

十五日　けさハ、かはらやに霜をミる。薄霧のうちに朝日の紅にさし出たるに、芝生の露きらめきて、小鳥などの時得しさまになきて、とびかふ。ひえどりハさま〴〵の木のミなどとむるや、しのびてくる。あすハ敬翁のあハの国へ旅立給ふ、ミまほしく立よりて、それより真田の右京の亭へ行。皆いとよろこび給ふ。庭の菊に、また

例の歌よめ、とありけれバ、

こきまぜし柳桜の錦にも
たちこそまされ菊の色々

盛徳寺の僧、菊このミて、庭にうへ(冬一〇ウ)置たり、ミ給へ、といふ。こゝだにかくまれに行をといへバ、さらバ歌にても給ハれ、といふにぞ、

枯木にも花さく法の庭とてや
霜よりのちの菊の色哉

など、たハぶれにいひたり。夜に入て、かへりにけり。月いと清らなり。例の庭ありきて、ぬる。夜長し。月をあふぎてミる。いかにも、人影地にして仰てミる、とやらんハ、偽ならぬこの比のけしきなり。

十六日　けふも晴ぬ。田邸へ行。例のごと、いとねもごろなり。御庭の菊にもミぢの染たる、いとおかし。しゐて、歌(冬一一オ)よめ、との仰重なれバ、

山の紅ぢ砌の菊の唐錦
たゝまくおしき心ちこそすれ

ともしいづる比、御いとまこひてかへりにけり。月よし。

十七日　けふハいとくもる。しぐれの空なり。風、寒し。物かくにもうと〳〵しくなん。けさの散歩にミれバ、紅ぢの梢、はや下染の色のこゝかしこにミゆるも、しぐれにもれし梢も、猶おかし。夜ハ雲まの月、ものさびしく。

十八日　この比の夜長にや、いといそぐねざめかなと思へど、又ねすべきも、また(冬一一ウ)くるし。

月にむかふ思ひかハらでうれしきも
うきもしき忍ぶ暁のとこ

子を思ふやミをたどりてたらちねの
深き恵をいまさらぞしる

朝日さしわたして、風いと寒し。きのふより、ばせを・そてつなど、わらもてつゝむ。よもの梢をミても、きのふハうすき、と日ごとにおもふ。

十九日　よべぬるころ、うミのおとはるかにきこえて、雨もふり出たり。めづらしき雨にて、うつしうへし木々なども(冬一二オ)恵にうるほひ侍らん、とうれし。けさハ

くもりたれど、ふらず。ひる過る比より、本邸へ行。何くれと物がたりし、酒くミあひて、かへりにけり。夕つかたより空いと晴て、夕日の名残空にうつりたる、いとおかし。かへりし後、庭ありけバ、月も出ぬ。

廿日　朝より晴ぬ。もミぢの梢、むら〳〵と染しぞ、いとあかぬけしきなり。ひるより、もミぢミ給ハんとて、つな子、こし給ふ。庭いくめぐりとなくありき給ひて、くれんとする比、かへり給へり。あそも、この月の半比よりハいづかたへも出給ハぬおき（冬二二ウ）てにて、只御産のしらせをのミまちものし給ふ。されバ、つな子も久しく来り給ハず。

廿一日　はれぬ。けふハ真田右京大夫殿、きたり給ふ。是もゝミぢにあこがれてや、こし給ふ。この人ハかのばせをの露のよすがを楽ミ給ふて、歌などハしゐてし給ハず。七十余りなれど、いとすこやかにおハし給ふ。おば君ハきたり給ハず。あびき、つりたれなどし、おそくかへり給へり。ひるつかた、弾正忠も来り給ひけり。

廿二日　きのふの夕日の空にうつりたるもしるく、少し時雨の空ハありながら（冬二三オ）、朝日のもミぢの梢にうつりたる、いとはへあり。けふハ事なし。いとのどかなり。朝ぎりの晴行まゝに、もミぢの梢、やゝあらハれぬ。

　朝ぎりのやゝ晴ゆけバやゝミえて
　　風に奥ある庭のもミぢば

散歩の比ハ、やゝ晴ぬ。

　草のとのこゝもたつたのもミぢぞと
　　心に染てミぬおりぞなき

もミぢばの梢のミかハ浅ぢふも
　よもぎむぐらも色づきに鳧

廿三日　晴ぬ。散歩、寒けし。もミぢ、日ごとに染そふ（冬二三ウ）。

　露しぐれそむれバそむるもミぢばハ
　　岩木のうちのものとしもなし

もミぢばのちるとてそむる色なるを
　こりても風をいとひぬるかな

さま〱の色に染そふもミぢばゝ
時雨もしらぬ錦をぞおる

この比、水月集をゑらび給ふを、力そへよとの事なれば、わがものがほにミ侍れど、いとゞ及ばぬ梢の千入、とたゞあふぎ侍るのミ。けふハ、高崎の君・村上の君きたり給ふとぞ。風流もさしてなけれど、心しりの人なれバ、さすがにまたずしもあらず。ひる比きたり給ひて、ものがたりし、酒くミあふて、夜に入てかへり給へり(冬一四オ)。

廿四日　しぐれの雲のたゞよふ。朝の散歩、寒し。いづこよりふるらん、ミぞれのはら〱とうちゝるもおかし。ひろハんなどゝて、おちば入しかたミのうちに、ひとつふたつわらべのひろ《ひ》入て、こゝならぬ人にミせんといふを、わらふ。北のかた、浅くさのあたりへ行給ふ。むかし近くはんべりしものらよび出て、もミぢミする、きのふよりハ興あるこゝちす。

廿五日　けふも、きのふの空にかハらず。はじのもミぢハちり尽たれど、日ごとに染そふ錦ハ、たちまさる心ちす。おばなの雪(冬一四ウ)、風にちりかふも、おかし。夕日、花やかにミえたり。ふじをもミる。

薄墨に一筆かきしうつし絵や
入日のあとのふじのけしきハ

おさなき口ぶりまねびて、うちづしたり。

廿六日　有明の月ハ、霜なしたり。ねざめにさま〱の事思ひつゞけたるが、この比ハげに小春のけしきなれど、また時雨の定めなきならひミするも、おかし。

のどかなる小春の空もともすれバ
時雨の雲に風きおふなり

けさの空をたのミて、あすもこの如くあらんと思ひ侍るぞ、いとおろかなれ。大空(冬一五オ)事斗かハ、ゆたかなる時ぞとのミ思へバ、おもひよらぬ事も出くめり。あさきことに、いつか心のつるぎのおそろしきもあるは、よのならひなり。されど、小春のいと晴し空にも、時雨ふらんとて、雨ぎぬきてありくべきにハあらず。只、さくべき事ハさけよ。されど、さけがたきハ、また人のよのつねなり。かのそうようとしてそのうちにいりて、空の御心にやすくまかせ侍るより、道ハあらじ。むかし、山里にのがるゝよりも久かたの空にわがミをすてつべらなり　とわがよミけんを思ひ出て、心にうちづし、わが君を守、国をやすくし侍るの（冬一五ウ）誠ハ、たとひ火に入てもやけず、水に入てもおぼれじ。このミほろぶるとも、その心の誠ハ空にのぼりて、猶もいく千とせの末のよをもてらすべしと思へば、また心にわづらふ事もなし。むかし、飯坂の温泉にゆあミすとて、あだちが原を通りしとき、末終にあだちが原の露のミも君を守の鬼とならなん　とよミにしをもまた思ひ出れバ、わがミながら、過にし事ハなつかしくぞおぼえぬ。

月ハ入花ハちるてふものなれバ（冬一六オ）
しゐてうらミん雲風もなし
月ハ入花ハちるともとこしへに
このよをさらぬ色かこそあれ

いろかハ、風ありとも雲ありとも、さハるべきものならず、などゝたハれたる事などもさま〳〵思ひ出るハ、老のねざめの習ひとや。けふも晴ぬ。日かげ、いとのどかなり。松山の大夫ら、きたる。何くれと事おほき日也けり。散歩、かぞへがたし。よハ、くもる。南かぜにや、雁いとちからなきぬ。夜ふけて、しぐれのおとす。

廿七日　けふもはれぬ。この三とせ、よとせも、何くれとやまひなどの事もて辞（冬一六ウ）したりしが、猶もねもごろの仰、もはや辞しがたく、ことに田邸の君にも何かとの仰にぞ、ひるつかた神田橋の邸へ出るなり。朝の散歩、寒きながら、日かげいとのどかなり。もミぢの梢、そめそひぬ。

もミぢばの心にハあらぬ唐錦
おるもしぐれの空にまかせつ
もミぢばの染るハしぐれちるハかぜ
何か梢の心なるべき

翁ハ、事おほけれバ猶散歩逍遥す。けふもいづるまで、あるハ梢のもミぢをながめ、池の水鳥、残りし菊、とり

〱めうつれバ（冬一七オ）心うつり、ものされバ、またむなし。百とせもあくべきものかハ。午の刻、たち出で、行ぬ。かハらずねもごろの御事なり。菊の花えもやねかけたるに、咲つらなりしも、たゞに錦のごとし。西東のもの見などへも伴ひ給ひつ。ともしつくるころまで酒肴給ハり、かへりにけり。しバし過て、与板の邸出火しけれども、煙もよそへなびくといへば、ミもやらず。たゞ、かの君のさぞ驚き給ハん、と人をやりつ。折など、にハかにしたてゝ、やる。そのうち、しめりぬ。

廿八日　くもりたり。時雨のけしき、いとおかし。巳の刻ごろ、出て大塚へ行。もミぢの千入、あかぬ木かげなり。しばしうち（冬一七ウ）ながめて、

露霜もしぐれもしげき山里ハ
　もみぢの色もよに似ざりけり

ひるいひくひて、輿にのりて本邸へ行。はや夕つかたに成ぬ。あそ・つな子・よう子、まめやかにもてない給ふ。むつまじきさまミゆる、心のそこ晴ぬる心ちし、酒くミあひて、めづらしく戌の半刻ごろ、かへりぬ。皆人よろこびけり。かへりて、文書らミつゝ、何くれと北のかたなどゝ物がたりして、亥の刻過にいぬ。

廿九日　やのうへの霜ハ、雪にまがふ斗なり。もみぢを打ながめて、

うちむかふ梢斗かそれとなき（冬一八オ）
　草のは末ももミぢしにけり

われもまたしぐれの雲の山めぐり
　染し梢をたづねてぞ行

水鳥の池へ来りたるが、けふハやゝなれぬ。

池のおもハかもの青羽ももミぢばの
　かげも錦をたゝむとぞミる

松山の大夫よびて、庭ミする。夕つかたの空を、

立まよふ村雲くろき夕ぐれに
　海ふくかぜの音ぞきこゆる

かゝるも歌といふべしや、とひとりほゝゑむ。黒羽の君、いまハ大坂の御城のまもりにこし給ふ、すミよしの松の

はを、かミにすりてこし給ひしかば（冬一八ウ）、

いくちよもかくてをあらバちりうせぬ
ためしぞしるきすミよしの松

などゝ、文のいらへにかきしるしつ。先の比、永太郎、小瘡の出来にけり。翁ひとり、こハ大事なりとまめやかにさたすれど、くすしもさしてとハいはず。きのふも、あそ・つな子を初、皆〳〵居たるところにて、おどろきさハがで、たゞうどのおどろく比ハ、はやせんすべなきおりなり。人に先だちてうれふるハこのたぐひにもいふべからん、などにが〳〵しくわざといひたるに、人々目覚しさまもミえし。

晦日　例のねざめよりやう〳〵まちつけて（冬一九オ）起んとせしころ、鈴のおとして、七ツ九分の比に御産の御催の事いひ来りしかば、あそ、六ツ一分に出宅、まうのぼり給ひしとかいふ。まづ、いとうれし。北のかたもよろこび給ふ。空もいとゞ晴しこゝちす。おとゝひのあその採聴の血色たゞならずおぼえしかば、それとハいはで、御産もけふより三日のうちにハあらなん、とたハむれたるに、あたれりけり、とわらひあふ。けさハ物の手につかで、たゞありがたきとうれしきとのミ。されど、御安産ありつらんハ疑ひなけれど、いか斗の御よろこびの御事にやなどゝ、まだこなたへハ聞えねば（冬一九ウ）、只それのミ心にかゝりて、うれしきうちもまた何くれと思ふなり。いかにも天が下をとゞろかす御勢ひハいふもさら也、わがこの草のとのうちさへも、所せきおほいどのともいふべきあたりのわたどのなど、たえまなふはしりありくおとす。何ぞとたづぬるに、何の用もなし。只人の心の何となふいさましくて、かたハらへ出る、何しらぬわらべなどもほゝゑミて居侍るをもて、よその事までもおしはかられ侍るぞ、いとありがたき御代のためし成ける。午の刻ちかき比（冬二〇オ）まで、いかゞやと待ものし奉りたるが、とミのつかひ来りて、やす〳〵と御産あらせ給ひて、しかも若君の御誕生まし〳〵たり、とちらとミるより、まづ涙ぞおつる。むかしよりも、たぐひまれなる

御事なり。いで、平岡の君のおきなのかたへ行て、恐賀申上奉らん。されど、かの翁、いつごろまかで給ふや、はやきゝてこよ、と荻かぜにいひつけぬ。つく〴〵と思ふに、かゝる御栄、誠に代〳〵にも立こえさせ給へば、猶も天が下の御事、御つゝしミあるべき御事なり。されど、かゝることハこの草のとのうち(ウ冬二〇)にて思ふべき事にもあらず。政とり給ふ人々の心のうち、もとよりわすれハし給ハじ、とハ思ふものから、老婆の情やミがたきをも、しゐてねんじて、また例のおろかぞよ、と思ひかへしてけり。未の半ごろ、出て平岡の邸へ行しが、はやまかで給へりとて、たゞちにあひ給ふ。まづ、けふの賀申のべたり。弥御薬のしるしありしことなど、さま〴〵かたり給へり。本邸へ立よりしかば、あそ、なミだこぼして、恐賀をいひ給ふ。酒少しくミあひて、かへりにけり。

　からやまと代〳〵のためしをひくとても(オ冬二一)
　たぐひまれなる御代ぞ此御代

恐賀いひ尽せしのちハ、御平安に生たち給ふこと斗、またねがふ。(ウ冬二一)

霜ふり月

朔日　空晴ぬ。けふハあそも、御産すミたれば、久しくてこし給ふ。いなりの西の岸ハよものもミぢのくまなくミゆれば、こゝへ行楽窩を設けたり。山谷やらん、行窩とて設けし事のありしに、よび給ひたりと人のいへば、かくなん名づけしなり。長明やらんにも、似たる事ありしやうなり。あそ、きのふよりかしらいたミ、ねちもよハに出てけれど、けさハまうのり給ハんとし給ふを、くすしを初、ミなしゐてとゞめ侍（冬二二オ）りて、けふハこゝへもこし給ハず、との事也。さらバ、ようこにても来り給へといへバ、ひる比きたり給ふ。秋風亭にて宴したるが、村しぐれのふりつ晴つしたるに、風にちるこのはの乱れとぶ、げにおかしきけしなり。庭ハはや紅ぢの梢の少しひまミえて、このもとのにしきおりはへたるにぞ、ふまねバ行んかたもなし、とわづらふ斗なり。歌よまんにも、たゞ若君の弥御安全にまします御事のミ思ひつゞけ奉りてのミ。

二日　朝より風いと寒く、このはちりかふ（冬二二ウ）、いとおかし。秋風亭の向ひのきしハ、只錦を引たらんやうに、黄なるも紅のこきも薄きも、うちしきて、こと色ハミえず。梢ハやゝ晴にけり。若君弥御乳よくものし給ふとの事うかゞひ得て、まづ落ばのけしきも紛なふながむるこゝちす。大洲の君来り給ひ、庭ありき、物がたりし、ともしとらんとする比、かへり給へり。けふも庭のけしきミ侍りて、

　梢にハ吹音たえてこがらしの
　　行衛に秋の色ぞ残れる
　落ばせし梢によハるこがらしも（冬二三オ）
　　かれふの荻に昔をやとふ

三日　猶も若君のミけしきうかゞひ奉りたく、あすハとく平岡うしのかたへ行んとおもふ。ねざめもとり交へていと早く目覚たれど、余りにくらけれバ、例の灼艾など

し、少ししらむころ起出てけり。けふさ《ハ》むし。晴わたりたる空に薄霧の立こめたる、春のあしたおぼゆ。平おかうし、早くあひ給ふ。ます〳〵御安全の御事などくハしくうかゞひ、いといたう心もおちゐぬ。あそも必らずやまひおし侍らざれ、とうしもいひ給ふ（冬二三ウ）。本邸へ行て、その事をもこまやかにいひものす。聞しよりハけしきよけれど、いまに頭いたミ給へバ、とて枕もし給ハず。何くれと久しくものがたりし、ひる飯くひて、かへりにけり。定栄の生日なれバ、ひるハさハる事ある日なれば、夕ぐれにとひてけり。かの楼より海をミる。はや日ハ入て、霧立のぼるを、

　船の帆に入日のかげハ有ながら
　　海づらくらき夕霧のそら

霧もやゝ晴ぬ。静けき空に、三か月の清らにミえたり（冬二四オ）。

　海バらハ浪うちたえてしづかなる
　　ミどりの空に三か月のかげ

ひともとす比より、酒くミあひぬ。書物このミ給へば、むかし今の事より経書の事など、とひにしたがひ、あかず物がたりしたるが、おもほえず夜もふけぬ。戌の半過るころ、秋風の庭を行つゝ、かへりにけり。

　入はてし月の名残や招くらん
　　おばなの雪の庭の小夜かぜ

かぜ、いとミにしみわたりけり。

四日　時雨の雲のさびしきに、かれふの尾（冬二四ウ）花のこゝかしこにのこりたる。もミぢハむら〳〵とのこれど、色くろミ行て、はやおとろへたり。池水の底のこりなふミへて、ひれふるいほもいづこいにけん、みえず。けふ、鳥取の君きたり給ふ。卯月の比よりいひこし給へど、辞したるが、余りにつらきいらへもいかゞとて、夕つかたと約せしなり。庭ありきて、かへり給へり。文晁・元旦、来りぬ。外山の梺にもミぢの梢少しかきて、山の中らにしら鷺のとび行さま画かきて（冬二五オ）、歌よめ、とありければ、

村しぐれ里の梢をとぶ雲に
おくれて鷺の山こゆる也

少し風まぜに、時雨のふり出てけり。

物思ふたが袖染し名残とて
おちばの後に猶しぐるらん

いぬるころも、玉水の音をきく。この比、いとめづらし。もミぢハ皆ちりぬらんと思へバ、しづ心なし。

五日　玉水の音をきゝつゝいねしが、よハ、やミにけり。ねざめのころハ風ふき出て、晴ぬ(冬二五ウ)。

さよしぐれはや此里ハ過行ぬ
いまハいづこの夢をとふらん

あすハ御七夜なり。あそも、けふハやゝつねにもちかきほどなり。若君いかゞおハしまし給ふらん、と心しりのかたへせうそこして、御けしきうかゞふ。けさの散歩、もミぢの道もせにちりつもりたるに、よべの雨のまだかハかぬにぞ、いと色のうきたちて、げにもにしきとハ、偽ならぬふるごとなり。

ちりつもるもミぢの下も紅葉にて
わくるにたえぬ錦也けり(冬二六オ)

夕つかた、猶晴にはれて、月の光そひたるに、ふじのまくろにミえたる。

六日　けふハ御七夜なりと思へバ、こと更晴わたるやうにおぼゆ。ふじのあざやかにミえたれバ、

むさしのを栞になして千代万《八千代》
かさねあげたる雪のふじのね

霜いと白し。心も空も、春日おぼゆる斗也。この青柳のはしをわたる比、芝ふの霜の白きをミて、いつか氷のむすぶらんなど思ひつゝ行たるが、春風館のうらのかたハはや氷むすびし、わらべとりて(冬二六ウ)、もちなどす。かほどにハ思ハざりけるも、かの漸とやらんをしらぬ心もいちじるし。御七夜にて、あそも星いたゞいてまうのぼり給へり。まかでゝわが方へき給ハんは、風のこゝちやうく\おこたり給ふけふなれバ、翁のまちうけなん、と未の半比に至りぬ。たまハりしもの、つミかさねたり。

それを、翁もぬかづきし、酒少しくミあひてまちたるが、御式のいと長うて、くれがたかへり給へり。たいめして、共に御恵の事にハかしこまり、御栄の事にハ（冬二七オ）なミだこぼしてかたりつゝ、給ハりし御かハらけふところより出し給へれバ、それにて酒くミつゝ、はやくこよひハやすミ給へ、とて酉の刻過にかへりぬ。猶もけふのうれしさに、北のかた・烈子などゝ酒くミあひけり。さかなもなければ、さけのほじゝの一色をうミ山のものといはん斗にして、宴しけり。よハ、風いとあらう吹にけり。

七日　きのふの夕つかた、けふもまうのぼり侍れ、と執政のかたよりいひきたるにぞ、けふまたまうのぼりたまへり（冬二七ウ）。よべの風にも、山ふところのもミぢバ思ひの外にちりのこれり。紅ぢの岸のハ、ミなちりにけり。

　染そはんあすのもミぢをくれごとに
　　まちにし末ハこがらしの風

あそ、まうのぼり給ひしかバ、こたびの御誕生につきて、日光の御宮へ御名代の事を命ぜらる。いとありがたき御事とて、こぞりてよろこびあふ。

　日のひかりくもらぬ御代の恵社
　　こハそも何といひハ尽さん

南のかへしの風、つよく吹かふ。空ハしぐれの（冬二八オ）雲のこりしくも、此ごろのけしきなり。夜に入て、寒き風をもいとはで庭へ出れば、夕つかたのしぐれの雲も、むら／＼とたゞよふ。夕月のさえたりしを、

　吹残すしぐれの雲も月かげも
　　氷る斗のこがらしのかぜ

はなびし／＼をいとハずもあらねバ、いりぬ。いぬるころ、月やおちけんとミれバ、ミえず。まぢかふ、白雲のむら／＼とうかべるやうなるに、ほしのちいさくきらめきてミえたるを、

　手にとらバ手にとりつべき浮雲の（冬二八ウ）
　　たえまに高き星のかげかな

八日　晴ぬ。けふも氷むすぶ。盆梅の咲たるをもてきたりぬ。

一年の花のとぢめの菊もまた
　のこるが中に匂ふ梅がゝ

近きころハかうやうの事もいとたくミにものするにぞ、桜・藤なども年のうちにさかせ侍る事になん。けふハしぐれの雲だになし。ふじハ朝よりさやかにミゆ。夕つかた、月の光そひたるに、水鳥の遊ぶあたりのさゞなミにきらめきてかげのうつれる、寒さわすれて、例の春かぜ・秋かぜの庭より海べのあたりまで散歩逍遥す(冬二九オ)。

九日　けふハ、あそ・つな子来り給ふ。ねざめよりその事思ひつゞけてたのしミ侍るも、げに老にけり、とミづからも思ふなり。起出てミれバ、薄霧の立こめたり。

　水鳥も池に声して朝ぼらけ
　　哀こめたる薄霧のそら

朝いひくひて、例のごと散歩す。霜ハ雪のごとをきたるに、いろ〳〵の落ばも霜をきそへたるが、少しとけたるハ色のミゆるぞ、画にかけるが如くになん。霜をふミつゝ、ゆく(冬二九ウ)。

元ゆひのかゝるもしらで朝な〳〵
　置そふ霜をふミつゝぞ行

とひとり口すさび、ところ〴〵に立やすらひてハ、よもの梢をミる。むら〳〵とのこれるもミぢの色、また一しほはへある心ちす。ことに、千入の一枝のつと池にさし出たるが、ちり残りたるもめづらしけれバ、からうじて手折て、月君にまいらするとて、

　もミぢばの此一枝ハミせばやの
　　心に風も吹のこしけん

といひやりければ(冬三〇オ)、

　吹風のよきける庭のもミぢバに
　　心の色もミえてうれしき

と、いらへこし給へり。あそ・つな子、来り給ふ。例の物がたりし、庭ありき、行楽窩にて茶などまいらせ、それより酒くミあひたるが、興に入て、酔にけり。ことに、きのふにもかハらず空はれて、月のいとさむげにひとりさえたるにぞ、またうちつれて庭ありき㒵。

十日　寒さも霜もきのふにかハらず、日かげのどかなり。北おもての水ハ氷れり。けふも、月よし(冬三〇ウ)。

十一日　けふハかの北村うし招んと思ひしが、あそ来り給ふとあれバ、やめつ。けふも月ハさえぬらん。海ふく風あらくて、氷もミえず。ひる過るころきたり給へば、物がたりなどし、くれてかへり給へり。

十二日　霧のいと深かりしが、やゝはれぬ。夕つかた、北むらうしをまねく。秋風にて、文晁が折にあふけしき、扇に画くを、われも北村も、とり〳〵歌よミたり。おばなのかれしを画きたるに、翁が、

露ハ霜に結びかへても荻原の

そよげバぬるゝ袖のうへかな(冬三一オ)

とよミたるを、心にかなひしとて、もちかへりぬ。くれ行海のけしき画きたる、船の帆をくろうかきたり。

船のほの色よりくるゝ海バらや

沖ハ入日の名残ながらに

庭のおちばのけしき画きたるに、

もミぢばを吹伝たる家のかぜ

庭に再びさかりをぞなす

とよミしハ、かの季吟てふ人、再昌院となんいひしをかたりしかバ、よミぬ。其余、かず〳〵かたミによミたるがなかに、黒く夕のふじを画きたるに、かのうしが、

空高くミし色かへて夕べ〳〵(冬三一ウ)

入日にきゆるふじの白雪

これハおかしとおもえバ、こゝに書とめつ。いと興に入て、くれてかへりぬ。

十三日　いとはやき寝覚に、床寒き心ちす。あそハ、けふまうのぼり給ふ。はや出給ふらんと思へば、

厚ぶすまきてしも寒き暁に

つかふる道をはやいそぐらん

われは今霜よの星をよそにミて

ふすまも厚き恵をぞ思ふ

朝日のどかに、霜いとふかし。軒ちかきもミぢのちりて、ミえざりしかたより軒ば(冬三二オ)のあらハにミゆるを、

落ばして浅かりけりと山住の
　心あらハに人やミるらん
また、声にごり頭いたミて、風にくめバ、散歩もせでゐたり。月さやけし。
月に吹松の嵐ぞさやかなる
　雲やこのはのあとものこらで
月をのミ吹のこしたる木がらしの
　風に音なき冬夜空
こからしに夕の雲を払ひても
　木の葉の雨ぞ月に残れる
けふ、あそ、日光への御いとまを蒙り、御馬を賜りぬ。こゝへ来り給ハんが、御馬ひき来るほどもしれがたければ、もちの（冬三二ウ）日にきたり給へ、といひやりぬ。
十四日　よハの月かげ、けさの晴たる、げにくまハなかりけり。きのふのいたづき、おなじことなれバ、まづ朝の散歩もせず。ひるつかた、しばし庭へ出て、盆梅などへ水そゝぐ。おほくハ例の書写を事としてけり。よハことに晴しといへば、うかれて障子明たるに、霧いと深く、たゞ庭のおもハ朝ぼらけのけしきなり。
十五日　例の晴わたりぬ。寒さハきのふよりまさる。いたづき半バいゑたれバ（冬三三オ）、今朝も書写などのミしてけり。あそ、来り給ふ。ひるいひまいらせ、酒少しくミあふ。吸物てふものハこの比の干鯛にて、さかなハするめとこぶにたる。これもこの比のたまものをあがち給へりしなり。ひる過る比、かへり給へり。こよひも月よし。時々すのこへ出て、ミる。
十六日　けふまた、大君より、御鷹のとりたる雁を、上使もて給ふよし聞えけれバ、この比の風の心ちもわすれて、辰の刻過過る（ママ）比、本邸へ行。ほどなく上使ありて、雁を二ツたまふ。いといたうかしこし（冬三三ウ）。あそハ、あす立給ふとて事多けれども、打よりてゆたかに物がたりす。北のかたも来り給へり。くるゝより、あそハものいミし給ふ。翁ハこぞの服のうちなれバ、夕つかた、酒くミあひ、ともしとらんとするころ、かへりの後にたいめし侍らん、寒き御山なれバ、例のうすぎもところにしたがひ給へ、などいひて、それよりよう子のそうしに行て、またこゝちよく酒くミなんどして、いねにけり。

十七日　日の出る比、あそたち給ふを、物見の亭へ皆行て、ミる。さらバかへり侍らんが、けふハ（冬三四オ）おもき日なれば、さうじゝて、あハたゞしうかへるべきにあらず、とまたさま〲書写などし、北のかた・つな子・よう子などと共に物がたりしつ。日のくるゝ比、さかななど出て、酒少しくミて、かへりにけり。こたびの御山の御名代ハ、御本丸のハあそ蒙り、西御丸のハ庄内の君蒙り給へり。かの庄内ハ花やかなるを好ミ給へバ、引つくろひてミやび尽し給ふらん。たゞわがかたハ、ものゝふのかうあるべきさまはすとも、花やかにおごりたる事をかたく禁じ給へかし。たゞ旅行のさまのしづやかにあハれミふかく、人々のつゝしミなん（冬三四ウ）ことハおとるまじけれバ、是をもて心ある人のそしりハまぬがれん、など思ふのミ。行てかへりたるものら、かのかたハ思ひしよりハものゝぐまでふるくて、是ぞと目とまるものもなく、ミるものゝうちにても何かといひしとぞ。ことに、先へたつ人のたけをそろへんとて、きのふにハかにやとひ入し、などゝまでいふとぞ。かへる比より、少し風まぜにミぞれのふりて、寒かりければ、

　こてのうへにふりしもあるを旅衣
　　風のミぞれハ何かいとはん

十八日　よべより雨のふりくらして、いつ目ざめても玉水のおとをきく。あすハ（冬三五オ）晴なんと思へど、暁のころ、しきりにふるおとす。旅の空いかゞあらんと思ふにも、まづ、

　うれしさを猶もかさぬる旅衣
　　かへす〲も恵をぞ思ふ

けふよりハ古河の道なれバ、雨ふるともさして泥濘のうれいあるまじと思。

　君が代の千世の栄をまつバらの
　　直なる道ハ神ぞ守らん

あさと出にも雨ふりたり。きのふひと日、園中散歩せざれバ、とかさゝして行。おちばのかれしも雨に色そひて、ふたゝび錦をしく。仰瞻堂の松の梢に紅ぢ（冬三五ウ）のちりて、ミどりの半かくるゝ斗なるが、それも雨に色そひたり。

旅衣かへす錦の袂をも
けさよりまつにかけてミるかな

けふハ、こたびの御事によて、御能あるとぞ。町入とかいひて、この都の町のものら、庭上につらなりて見物する事なるが、この雨にハいかゞあらん。夕つかたになり侍れど、たゞいく重の雲に風もうちたえて、雲の行きもミえ侍らず、晴べしとハおもハで、たゞわびしく詠ゐたり。

十九日　よべハふらざりしが、星もミえざりけり。おとゝ日幸手のすくにとまり給ひ（冬三六オ）しよし、せうそこもきたりて、弥上下安全のむねいひきたりて、心もおちゐぬ。けさも雨ハふらず。けふ長岡の君きたり給ふが、園中の道いとしるくて、興もあらじと思へバ、おしとゞめにやりたり。この比、かもよくなれて、すのこへ出れバ、はやとびくる斗なり。夕つかた、少し入日のなごり、雲にうつる。

廿日　雲まに朝日のさし出たる、おかし。けふは御山へつき給ふ日也。うまごミにとて、本邸へ行。たいめし、留守の事などつかさどるものらにあひて、たゞちにかへりにけり。八天宮の祭とて、のぼりたつ。つゞミうつ（冬三六ウ）べきが、あそおもき勤のありてものいミし給ふに、留守にてさハがしくし侍らんもつき〳〵しからねバ、かさねてうたすべし、とわらハべなどにいひきかせよ、とて。

廿一日　いとよふ晴わたりぬ。心もいとゞくまなし。おき出る比ハ有明の月も空たかく残りて、朝日のこのまにきらめきたるに、かりがねのいくつらとなくミゆるを、ミおくれバ、ふじのねのましろにミえたるぞ、げにおかしきけしきなり。けふハあそ拝礼つとめ給ふ日に、かく晴ぬるこそ、げにも御代の栄いちじるしと、うれしさ、ありがたさ、いはんかたなし。散歩にも寒だにわす（冬三七オ）るゝ心ちぞする。夕つかた、空の紅にミえたるにぞ、あすの空たのもしくて、ゆびおりてかへり給ふをまち侍りぬ。あゆの子あるを、おほく人のもとよりこしたり。ことしハあゆの久しくのこれる、めづらし。

廿二日　いそぐねざめに、

　老がミハ重ぬる床の下冷て
　　暁月の霜ぞしらるゝ

起出て窓あくれバ、月のさしわたしたる、

　閨のとのしらむ光ハ在明の
　　つれなき月ぞ夜を残しける

起出る比にハまだはるかなり、とひとりよせて（冬三七ウ）たばこすひつゝ、何くれと思ふに、まづあそのいそぐ道にハ、今も道行給ふらん。

　旅衣いかにかさねて暁の
　　月の霜夜に道いそぐらん

霜よのかねのことさらにひゞきたるに、つく〴〵と思へバ、かのかたき氷なすさがなりといへバ、色々のおちばのにしきをうづむ霜も、かれくさに花とミするも、ときハの色をかくす斗なるも、さま〴〵の霜を思ひつゝ、くれハ身もそゞろ寒くおぼゆ。

　老づるのこゑも雲井に通ふらん
　　霜よの月のかねのひゞきも

柴のとに世をへだてゝも君を思ひ
　子を思ふミぞ置どころなき（冬三八オ）

からうじて、夜ハ明ぬ。起出る時至りて、ミれバ朝日のかゞやくに、ふじのミえたる、いとおかし。秋風の池ハ半氷れり。この比、かねてきまほしといひ給ふがうちなれバ、与板の君にいひやりたるが、風寒におかされて、ねちもつよく、といひこし給ふ。長岡の君、この比、日々の恐賀の御式、あるハ御能などありて、この月ハこしがたし、といひこし給ふ。もとよりよそへもいひやらバ、例のまらうどおほにもなり侍らんが、めづらしくこの比

くる人のまれなるを、かの山住めかしく、戯によめりける、

とはじ《れ》を思へバ花やもミぢばの（冬三八ウ）
いろかなりけり冬がれの庭

翁かくよをへだてゝハ、本邸の政をもきかず、たま〳〵あその物がたりにて聞侍るのミなり。されバ、こたびの旅装いか斗にや、いかなる人のいくにや、しらぬ事おほく、一々たづね、又ハいひきかせよといはゞ、いとゞ事しげき有司の、こゝらかしこに心を置て、とミの事もとりあハせがたきやうになり侍らんと思へバ、それもせず。けふハいづかたのむまやにとまり給ふことだにしらず。廿日余り四日にハかへり給ふてふ（冬三九オ）事のミ聞得たるも、おかし。侍臣ハさすがによくしり居たれバ、けさ聞たるを、きのふハいづくのすく、けふハそのすく、道ハ十二里、十三里などゝかたる。日ハ短し。いとくるしむことゝなんいふ。されど、これもむかし諸侯の旅の里数ハかくありけんかし。日光への御名代、むかしより、日も定まり、かへる日も定りたれバ、今ニてハ道遠きとハいへど、むかしの定の、これにハ残れるなるべし。南部の君ハ、いまに古の定めにかハらずして、一日に十四、五里づゝ行給ふとぞ。いかにも今の人ハおこたりがちにて、あるハあさゐし、ひるハねぶり（冬三九ウ）、小休にてハ酒宴などし侍るにぞ、十里、八、九里の道とハおのづから成にけんとぞおぼゆる。これによても、年を重て人ハいとめ〳〵しくなり侍るものにこそ。この日記をむかしの事よとミる比ハ、猶もいまよりハおとろへ行べし、など思ふ。けふも庭いくたひかめぐりぬ。夕つかた、静山の君より、市橋のとて、画をこして、歌をこふ。よミて、かきぬ。山に在明の月、ほとゝぎす鳴行けしき、

人ならバまてといふなる一声や
月の入さの山ほとゝぎす

江のかれあしに、雁の鳴行（冬四〇オ）、

かれあしも折ふすまゝに声たえて
入江の風にかりぞ鳴なる

たゞいちはやき斗にて、ことがきのやうなり。歌をもて名を得てん事のはづかしきと思ふより、いとゞ考ふることもせでよミなし侍るにぞ。夕つかた風はげしう吹たるに、庭を打ながめて、

置そふる霜におちばも朽はてゝ
庭に色なき木がらしのかぜ

蜘のゐにこのはのかゝりたるをミて、

風寒ミあるじむなしきくものゐに
くちぬ落ばの色をミるかな

廿三日　いと早くめざめたり。寅の半刻にやあらん、鈴のおとす。旅ぢよりの(冬四〇ウ)たよりならんとまつに、それなり。あそより、せうそこもこし給ふ。ふんきるもおそしとミれば、廿一日、御名代つとめ万づ滞なふすミて、うつのミやへゆく、とあり。いと空も晴て、しづかなるにぞ、いとゞかしこく思ひ侍りたる、など聞ゆ。いとうれし。かたハらのもの、通天のもミぢをすりたる紙をミせければ、

村しぐれ晴ぬるのちハくれなゐの
入日の天に通ふもミぢば

など、よミてやる。けさ、寒し。風あらゝかに吹てけり。船こしうし、北のかたに用ありとて、こし給ふ。庭などミせぬ。くれて、かへり(冬四一オ)給へり。弥あすハかへり給ふ、との便もあり。

廿四日　例の暁の月、いとミにしむ。霜いと深し。朝の散歩、日かげさすあたりをとめて行。あそ、草賀にとまり給ひて、執政のかたへ行、それより本邸へかへり給へバ、午の半刻ごろ、立出て、本邸へ行。しバしゝてかへり給ふ。ミなよろこぼひて、たがひに物語などし、酒少しくミあひ、はやくけふハやすミ給へ、とてくるゝ比、かへりにけり。

廿五日　けふも晴ぬ。朝の散歩、いと寒し(冬四一ウ)。かの市橋うしより、きのふの歌の礼にとて、桜づけてふものを松浦までおくりしとて、きたる。ミれバ、おほねを薄くきりて、菜のやうなるもの入て煮たるもの也。こハ中

野城主蒲生知閑の比より是を製したるが、今につたふ。永正のころの人なりとぞ。めづらしくおぼえしかバ、静山の君のもとへまいらせし消息のうちに、白雲のかゝるとやミん山ざくらつげこす風のかほりあらずバ　といひやりたるも、いとわかく／＼し。北の方、霊岸寺へ詣で、かへりに本邸へこし給ふ。こぞよりやしなひし盆梅（オ冬四二）の、きのふより咲初たるが、けふハ四ッ五ッ咲出たり。この比よりよそにてさかせたるもあれど、わがさかせしハことさらにおぼゆるも、おかし。

廿六日　いとよくはれぬ。あそけふまうのぼり侍れ、ときのふの夕つかた、執政の奉書来りしなり。まかでゝ、こゝへ来り給ふ。つな子にもき給ふ。百代子もき給へり。けふは、御名代つとめしことを御まぢかく出て言上する事なれば、進退のほどもいかゞあらん、などあんじものしたるが、午の刻過るころ滞ることなくすミ給ひぬと聞えて、ほどもなく来り給へり。打（ウ冬四二）よりて庭ありき、酒くミあひ、酉の刻ごろ、ふたりともかへり給ふ。それよりものがたりなどして、いぬ。夜ふかく、こがらしの落ばをさそひて、窓にはら／＼と音しけれバ、

時雨かとミれバ有明のかげのうちに
　風の落ばの窓をうつ声

雪蛍あつめし窓の例をも
　このはにうづむ木がらしの風

廿七日　けふハ、とし子来り給ふ。つねにもあらぬさまなれば、庭もちかきあたり斗ありき給ふ。ことにくもりて、いと寒し。翁は（オ冬四三）きのふ酒のミたれば、けふハいきゝがうちめぐらして、酉の半刻ごろ、かへり給へり。かの永太郎、とにかくはかぐ／＼しからざれバ、何くれといへど、うちミのさしてもなきにや、おどろくものも少なかりしが、何となふやせ／＼となり給ひて、夜ハいね給ハず。小瘡のかゆきいたきにや、とかくなき給ふ、と聞ゆ。されバこそ、たやすからぬけしき、とかねていひしを、などむづかり聞ゆるにぞ、いとゞけふハおもしろからず。

廿八日　いとよく晴ぬ。庭のかもハ、まぢかく来りあつまりて、餌ひろふさま、いとのどかなり。本邸へ、上使もて、雁をたま（冬四三ウ）ひぬとぞ。打かさねてのかしこまりを、と皆いふ。風余りにはげしくて、散歩もしげからず。述斎君来り、物がたり、酒くミあひてけり。

廿九日　けさも寒し。風やまず。過し十日の比にかありけん、卯の半ごろ、流星のやうなるもの西南のかたにミえしときゝしが、日をへてきけバ房州のあたりにもミし、といふ。世にてハかの火のことゝこそいふべきに、こがねの玉なり、祭るべしなどいふハ、人の心のおとろへしにや、などいふものもありとぞ。かねの音のしげく（冬四四オ）きこゆ。何ならんといへバ、南のかたに煙いと黒くたちなびく、といふ。散歩のおりなれバ、かの蓬台にのぼりてミるに、品川のすくの末のかたとおぼゆるあたり、煙もたちなびき、ほのほさへミゆる。けふハ、よう子かへり給ふ。風余りにはげしけれバ、園中もちかきあたりのミありきぬ。夜半ふと目さめたれば、鈴のおとして、本邸の近きあたりに火あり、といふ。しばらくして、火ハ高砂丁にて、浜町のかたへやけ行、といふ。さらバよしとて（冬四四ウ）、起もやらでつゐにねしが、例のねざめの比、又鈴のおとす。きけバ、よべのハいまにしづまらで、風のかハりたれバ、又本邸へ煙なびくけしきなれバ、馬にていきぬ、といふ。しらミ行ころ、はやきえにけり。

晦日　霧たちたる朝のけしき、寒きものから、またおかし。けふハ冬至なり。日かげも何となふのどかなり。かれあしの岸べをありくとて、

かれわたる霜の村あしそよ更に
　下根ハ春の色やミゆらん（冬四五オ）

芦管の事おもひ出て、かくなん。松山の十六日ざくらを得て、庭にうゆる。いつのむ月にも、十六日にかならず花咲初る、といふ。冬至の宴とて、侍臣などよび出て、酒少しくむ。

くはゝる月

朔日　雪催空のけしきなり。けふは御宮参の日なりとて、あそまうのぼり給ひしが、ミきなどたまハりしとぞ。ひる過る比より、翁も行。けふハ、打かさなりたるおほやけの勤どもの、みな滞なふすミしをいわひて、宴設け（冬四五ウ）給ふなり。北のかたもこし給ふ。酒くミあふて、かへりぬ。雪催すけしきを、

　とぢはてしむぐらも今ハ霜がれぬ
　　はや道かくせやどの白雪

二日　けふも、おり〳〵日かげのさしてハ、又くもる。雪かとミれバ、ほどなく晴ぬ。高崎の君、けふ、庸子をやしなひ給ふとて、執政へつげものし給ふ。よう子、再び嫁し侍る事ハおもひたえて、ミづから髪などきり給ひたるが、年いとわかう侍れバ、とてミな人さゝえてける。もはや三とせになりにたり。ことにこの君養（冬四六オ）となし給ふ深き情に、せんかたなくてやうやくやミぬ。

三日　はや寝覚に、いくたびかたばこすふ。いとしづかなる暁なり。こゝハ庭もひろけれバ、人の声もなし。南の風ならでハかねも聞えず、とり・いぬの声もせず。

　松かぜもかれにし荻も声絶て
　　寝覚静けき暁の床

むかし今うしとミしよのなき身にハ
　ねざめ楽しき暁のとこ

また思へバ、またかなし。

　年々にうせにし人を数ふれバ（冬四六ウ）
　　ねざめの袖の露ハものかハ

やゝしらミゆけバ、かうし明て、そともをミる。

　水鳥のこゑもほのかに霧こめて
　　霜をきまよふ明ぐれの庭

朝の散歩いとのどかに、春日おぼゆるけしき也。けふハ事なし。いとのどかなり。夕つかた、三か月のミゆるといへば、老たる身ハかうやうの事も人におくるゝものよ、

とすのこへいづれば、まづふじのあざやかにミえて、空ハ少し霞ミたるに、うす紅にそめしやうなり。いづこといへバ、この軒ばの桜の枝の少しふとしき（冬四七オ）かたハらに、ほそきがくもでになりたるひまにミゆるといひ、ひとりハ、ほそき枝のしげきうちに少しひまありて、かたハらの松のつと出たる枝の、など。ミるところにてかハれば、いかでさハミえん。させる枝ハいかほどもあれバと打わらひて、庭へ出たれば、しろう、いと筯のやうにミえしぞ、わかゞへりたる心ちぞする。

四日　辰の半ごろ、出てかの大塚なる春秋の園へ行。冬がれのけしき、ミるべきものもなけれど、春ハこゝへこの木をうつしものせよ、などさたして、未の半（冬四七ウ）ごろ、供そろへてかへりぬ。護持院・護国寺の両寺、こゝよりハいと近しといふにぞ、門前を通りてミしが、護国寺のかたハ門の明たれバ、本堂の前をミわたしてかへりぬ。例の、道遠し。日本橋にてともしつけて、かへりぬ。

五日　晴わたれども、ふじハミえず。このごろたまひたる雁を、朔日に本邸にてひらきたるが、残肉おほけれバ、けふなん、わが方のもの皆よびて、かの炉になべうちかけ、手づから煮て皆へやりしが、いと興ありけり（冬四八オ）。

六日　大洲の温子ミまかりし、とつげこす。けふより、翁が前のつまの三十三回の法会あり。この人も女の道をそなへてけり。身まかり給ふころ、翁にもいひをくことなど、いき短にこま〴〵とかたり給ひぬ。その比ハ翁もいと若かりしにぞ、たけき心のミありけるを、くりかへして諫給ひたるなんど、いまも耳にのこれり。はやかく年をへだてしとも、更におぼえぬ斗になん。

みそじあまりミしよの夜ハの月の影
むかしの袖にやつしてぞミる（冬四八ウ）

今も猶とけやらぬ袖の氷にも
むすびし人のかげをしぞ思

さらでだにうしとミしよの人だにも
むかしとなれバ恋しきものを

七日　暁に目ざめて、よめりける、

君が代にさしそふ松の深緑
家の栄のしるきかげ哉

けふ、いと晴ぬ。きじ橋のうま子、またとミに驚風の症となりし、とけさよりいひ来る。つゐに未の下刻、世をさり給ふとなり。名までまいらせたりしに、いとはかなさ、いふべくもあらず。よう子いかゞ、などあんじものす。三日に(冬四九オ)仙洞崩御のよし、けふふれありて、あすハ皆出仕するとぞ。十一日ま《で》物の音をとゞめらる。御齢ハいと高うましまし給ひしとぞ。翁もむかし京へのぼりしが、災後の比にて、いとまぢかう拝し奉りしことも有しを。

八日

うれしさも又悲しさの涙さへ
つねなきそらに晴くもりつゝ
もとの露末の雫もつらゝゐて
いとゞしのぶぞ軒に乱るゝ

けふハかの法会の終なり(冬四九ラ)。

もミぢばの残る色なる袖の上に
ちりしあとゝふこがらしの風

風いとはげしう吹ぬ。那古寺の戒猷ハわが藩のものにて、好古の癖あれば、何くれとその事にハ益ある事もありけり。かねて、庭ミまほし、ときこえたれバ、かたハらのものら、あないして、ミせぬ。

九日　けさ、いと寒し。千秋館の池も氷むすぶ。霊岸寺へ詣でぬ。この比の法会にハつまの墓参の例な(冬五〇オ)きハ、おほやけもしかとぞきく。されども、わがこゝへきしハ、かの人ありて、縁むすびしなり。かぞいろの御まへへまうでゝのち、かの年回のかたへも焼香せしハ、当職にあらねば、例かハりしとてもありなん、とおもひし也。それより本邸へ行て、永太郎をミ、あそとも例のものがたりし、未の刻過にかへりぬ。こよひ、月よし。

十日　ねざめによめりける、

あふぎミし雲井の月の影きえて(冬五〇ウ)

松も声せぬ暁のそら

けさハ氷ましぬ。よハ、月いとさやけし。

十一日　松山の君きたり、あからさまにかへり給ふ。あそもきたり給へり。例の物がたりし、庭めぐり、酒くミ給ひて、ともしつけんとする比、かへり給へり。いと庭の月よしと荻風のいふにぞ、うかれて、庭ありきぬ。何となふ春のけしきして、梅ぞのゝ梢も春をふくめるに、霧の立わたりたる、いとおかし。池の氷も皆解にけり（冬五一オ）。かの水月集の序を、とその君の望ミ給ふにぞ、かく。隔なき友がきに、何かといはんもつゝまし。されど、おもてにかきするのわがミなれば、又かくべき事もなし。やう〳〵このごろかいたれど、心にハいさゝかもかなふ所なし。林の君にミせたれバ、思ひの外にほめ給ふ。ことばのあや、てにをハとやらん、心とゞめなば出来くべけれども、さ斗のことものうくて、水月の君に添削こひたるも、またちめづらし。されど、翁にまさりしのミか、心しる人ハまたなければとてなん（冬五一ウ）。さてこそ何くれと、てにハなどの事いひこし給ひたれバ、げにもとて、書あらためてまいらせたり。

十二日　しぐれの雲をミて、

時雨行あしたの雲ハきぬ〳〵の
たが袖とひし名残成らん

けふハ事なし。歌にてもよミてん、反古堆などもはらひてんなど思へバ、有司ら来りて、さま〳〵の物がたりす。消息こゝかしこよりきたる。梅ぞのゝ梅一枝、咲そめたり。こぞの君、花をこのミ給へバこそ。さてハ、

とくさかん先ミせばやと思ひしも
ことしハ花にまかせてぞミる（冬五二オ）

ふじくろく、月白し。夜ふけて、

置迷ふ霜よの月の庭の面ハ
木かげ斗ぞくまと成ける

十三日　明るころ、ないふりし。けさもよく晴ぬ。霜ハ雪のごとし。あるかたより、きのふ当座によめりとて、花満山と、うらこぐ船のといふ歌をこし給ふ。われもま

た、

松をのミ絶まになして桜ばな
やまのすがたにかゝるしらくも

朝霧の立そふなべにほの〳〵と
浦こぐ船のミえみえずミ

ひる過るころ、高崎の君・静山君きたり給ふ。こゝちよく物がたりし、酒くミ（冬五二ウ）あひて、戌の半ごろにかへり給へり。されども月花の興ハなし。
十四日　よべ、月のかさありしといふ。けふハくもりたるが、ひるより少し雨ふり出たる、いかにもけさハあたゝかなりけり。雪ならバよう子をとゞめ侍らん、と空をたび〳〵ミる。夕つかた、晴ぬ。
十五日　よべ、風いとおどろ〳〵しく吹暮しぬ。空ハいかゞと起出てミれバ、くろきまでさえにさえて、月ハひるなしたり。風もふきやミぬ。けさハ、ふじのとぎあげしやうにあざやかなるが、朝日くまなくさし（冬五三オ）いでたり。けふハ小寒のせちなり。例の寒さにくらぶべうハなし。いつか〳〵といひこし給へバ、せんかたなく、戸沢の君・すハの鋏次郎まねきて、庭などミする。もと庭の為ならで、何か教とやらんうけたき、など戸沢のハミづからこひ給ふ。世子ハその補佐なるものゝ、しゐていふなり。されど、いまだ問もなく、疑もなけれバ、いふべきふしもなし。志のたつべき事など、少しかたりぬ。夕つかたより風はげしく、いと寒し。述斎君（冬五三ウ）より、はゝその木を庭へうへよ、とこし給ふ。歌などにもよむものから、この木しれる人さへまれなりしを、いとめづらし、とて庭へうへぬ。

心をバちしほに染てめづるぞよ
うすきはゝそのいろしなりとも

十六日　晴ぬ。氷むすびぬ。あそ、けふ来り給ふとの事也。けふハ事なしと思ふ比、人のとひなどする《ぞ》心なき事よ、などつねにわぶるが、あそ来り給ふときけば、此事なしてんと思ふことのおこたりも、露斗心にとめざるも、おかし。例の（冬五四オ）ものがたり、酒くミあひ、くるゝころかへり給へり。こがらし、いとふきに吹たり。

　物思ふ夕の雲ハはれやらで
　　袖にしぐるゝこがらしのかぜ

十七日　きのふよりげに寒し。日かげの霜も氷も、つれなきさまなり。水鳥の夜がれしや。夕つかた、述斎君、来り給ふ。是もきのふのごと、よろこびてあふ。

十八日　浜へならせ給ふ。風吹出たりけれバ、

　こと木をバ払ひ尽して山松の
　　梢にのこる木がらしの声

庭の荻や尾花をもからで置しハ（冬五四ウ）、雪をミんとなり。吹おつるかぜにかればのそよぐを、

　荻のはに音あらましき山風も
　　尾花がうへに吹よハるなり

けふハ庭へも出ず。氷もひるの比ハひまミえけり。よハことに晴て、月の出けるに、はや霜にかすめる庭のおも、あハれを尽すけしきなり。

　置まよふ霜よの空の木枯に
　　月のミわたる鵲のはし

十九日　四とせ斗もゆかでありしを、余りにときこえ給へバ、けふ長岡邸へ（冬五五オ）行。朝の散歩、いと寒し。花月亭のまへ、いさゝか氷のひまあるに、水鳥のところ得がほにあそぶ。長岡の君・北方、ともにいとよろこび給ふ。さるがうあり。うとふといふ曲をし給ふ。このミ給へバ、いかにもよくし給へり。世子の玄蕃頭も竹生嶋まひ給ふ。もとより清雅なるものにハあらねど、あハしくつくりなせしハ、さすが今のよのものにてハなかりけり。夕つかたおハりて、酒くミあひ、わがやへかへりぬるころ、月の少し梢のうちにミえたり。かへれバ、こゝかしこのせうそこ来りつどふ（冬五五ウ）。

廿日　少し氷ハひまミゆ。用ありとて、大洲の君、来り給ふ。おもしろからぬ事など語りて、かへり給ふ。ひるのころより、雪ふる。まちこしものを、寒きとていかで、といひつゝ庭ありく。いづこといふべくもあらねど、秋風の庭の雪のけしき、ことにおぼゆ。かのおぎ・すゝき

にうす〳〵とつもりたる、いふもさらなり。

かゝれとてかりのこしたる荻薄
　ところ得がほにつもる雪かな
春秋の庭もひとつに月花の
　光をこめてつもるしら雪(冬五六オ)

夕つかたハ、やミにけり。

廿一日　例のねざめいそぐにぞ、しばしひとり引よせてゐたりしが、ふりそひしや晴しやいとおぼつかなくて、起出てミれバ、月のかげのミにしむけしき、いはんかたなし。

ふりそひし色かとミれバ夫ならで
　月のかげしく在明の庭
庭のおもハふりしまゝなる白雪の
　色もつれなき在明の月

また、ふすまかづきてゐし。

しら雪のふりにしミこそ悲しけれ
　とけてあふよハ昔がたりに(冬五六ウ)

かくおもひつゞけしハ、おとこ女の中らいのことのやうにやミえん、とおかし。古びとの恋の歌とてよめるも、かならずおとこ女の中にもかぎるまじけれ。起出るころ、はや風吹いでゝ、猶寒し。朝日のさしわたるに、雪のきらめきたる、おかし。軒ばのつりなんどの葉末ハ、玉なしてつらゝゐにけり。すゞめのこゝかしこゑもとむるも、かものとび来りて池の氷うちめぐりてとびさるも、おのづからのけしき也。けふハ御能ありて、あそもまうのぼり侍れ、とてきのふ仰ごとありしとぞ(冬五七オ)。卯の刻にはやまうのぼり給ふとぞきこゆ。庭もやゝ雪まそひぬ。秋風の池の氷のうへに、しろき鳥の一ツ、物淋しげに居たり。ゆき〳〵てミれバ、かのはしとあしのあかき鳥なり。ねぶりしづけきさまもおかし。亀山の大夫、きたる。何くれといふ。いかにいふとも、翁などからがへもつかざる事なれバ、たゞかの両家にいひね。翁、いかでそのところもしらず、ひともしらで、何とかいひ侍らん、などこたふ。夕つかた、風あらく吹出たり。戌の初の比にや、かのばん木てふおとす。北のかたに火の（冬五七ウ）ミゆる、などいふ。しばらくして、植むら氏の邸、といふ。この人、むかしはねもごろなりけるに、翁ハ、おもき職任おひたる比より、はゞかりてうとかりけり。いかに心をいため給ふらん、など思ひやる。

廿二日　ねざめに思ひつゞけたる、

　世中を何かいとはん月はなも
　　うきよの外にあらんものかハ

　ねざめして物にまぎれぬ心にも
　　まづ月花ハおもかげにたつ

けふハ本邸へ行。永太郎、このごろまたねち出て、いたミのやうにミゆる（冬五八オ）にぞ、きのふもひと日あんじものしたり。あしたの散歩、少し手のこゞゆるを覚たり。日かげもかハらず。邸へ行てミしが、たやすきけしきならず。かへらんとおもへど、あそもとめ給ふにぞ、日のくるゝまでも居て、かへりぬ。例の消そこ数々ありしを、ミつ。

廿三日　霜・氷、かハらず。永太郎、きのふにかハらず。

廿四日　池の氷も半とけぬ。ひるごろ、本邸へ行。永太郎、いたづきも少しおこたりぬ。あそ・つな子、いとよき中らひにて、共に孝つくし、酒くミかハし給ふ（冬五八ウ）さま、げにもかゝる中らひあるまじきとまで思へバ、何なき酒も、うミ山のものつらねならべしよりもいといたうめづらしうれしくて、戌の刻過にかへりにけり。

廿五日　よべい《より》いとあたゝかにて、日かげのさしわたし、霞深きに、池の氷ハ残りなふとけにけり。梅も、つぼミおほきくなりぬ。しほがまの硯をかいもとむ。後柏原の勅名にて、堂上の歌一巻に由来書しをそへたり。

廿六日　田安の黄門の君わたり給ふ（冬五九オ）、とつげくるにぞ、いとうれしくて、此おとゞへおましひきつくろハん、かしこのわたどのいとながけれバ、くれとこやうのものとりあつめて、うちはし設けぬ。ほどなくわたり給ふ。御かたハらに居て、御物語どもしぬとおぼゆれバ、夢さめたり。いと口おしさいはんかたなく、やおらおきあがりて、ぬかづきて、いふべき事のありしを、心にていひてけり。おんなごりおしさ、いはんかたなし。

　夢にさへさらぬわかれのあるよぞと
　　おもへバいとゞぬるゝ袖かな（冬五九ウ）

猶さま〳〵に思ひつゞくるに、ともし火のくらさ、火取のはいがちなる、例のねざめの比なりけり。翁が十あまり四ッの比に、君ハ世をさり給ひたり。その比ハかくありし、などさま〳〵おもひつゞくれば、またゆめに立かへりし心ちす。からうじて夜明ぬ。また風の吹出て、いと寒し。ときはゞしの北のかたのよミ給へる御ことのは、ミづからゐらび、かいとゞめたるを、はやひとめぐりにもなり給へバ、けふより筆とりつ。ことにけふなん法会（冬六〇オ）あれば、猶一しほに思ひ出て、

　あとしたふ法の筵に敷しのぶ
　　事をあまたのふミの巻々

あしたの散歩の寒さ、めづらしきまでに思へり。きのふの春にけふの冬、ともいひつべし。あそ、きたり給ふ。

さま〳〵物語し、日の入んとする比、かへり給へり。かたハらのものなどゝ歌よむ。翁も例の口とく、口にまかせつ。皆画を題にしたるを、

　雪のうちに梅咲たる、
しろたへのおなじ色なる雪ながら
　よやハかくるゝ梅の一枝（冬六〇ウ）

　人の家に梅咲たる、
立よりてそれかとミれば白妙に
　梅咲かハる夕ぐれのやど

　なでしこ色々咲たる、
さま〳〵の色にさけども生したつ
　露ハへだてぬかきのなでしこ

　もミぢの本に菊もさけり、
秋もやゝ入あやちかきかざしとや
　もミぢのもとに菊も咲けり

　雪のゝはらに杉一村あり、
のべ遠ミ雪わけわぶる夕ぐれに

　これもしるしの里の杉むら

あるひとのもとより、塞翁が馬ひき（冬六一オ）ゐたる画に、賛せよ、とありけれバ、

　山かぜにちりにしのちの遅桜
　　などものゝふのかざしにハせん

馬よりおちて軍に出ざれバいのちたすかりしは、かの役にあたる農夫ハむべなり、とてかくよミたれども、何くれと珍らしなど人のいひなさんことハせず。よて、かゝる画にハ歌よミがたし、とてかへしぬ。

廿七日　晴ぬ。きのふの夕つかたより、寒さことにまされり。

廿八日　寒けれども、氷結ばず。会津の君（冬六一ウ）、翁にあひ給ひたき、とて夏の比よりたび／＼いひこし給ふが、何くれとしてあハざりけり。けふなん本邸にてあひ給ハん、との事なり。せんかたもなけれバ、本邸へ行てあふ。夕つかた、風吹いでゝ、雪ふりたり。ミるがうちにやミにけり。

　木がらしのさそひもてきし白雪ハ
　　いづこの山の名残成らん

夜ハも寒し。このはなどかきくべたり。

廿九日　軒ちかき梅の、一木咲たるも、春近きしるしとや。福山の君、きたり給ふ。いつもうつくしき人なり。こその（冬六二オ）こよいハ田安の御とゞにゐたりし、などおもふ。

　立かへり心のやミじまどふかな
　　月なきよハの空をながめて

（冬六二ウ）

春待月

朔日　けふもおなじ寒さにおぼゆ。大寒のせちなり。にハかにひるつかた、あそきたり給へバ、打まぎれて物がたりしつ。いぬるころもつく〴〵と思ひけり。

こぞことしひとつ涙にかきくれて
ゆめかうつゝかわくかたもなし

二日　こぞのけふ、あま君の雲ときえ給ひしを、げに月日のたつハ早きものなり。

ひとゝせもはやめぐりぬる小車に
やるかたもなきなげきをぞつむ（冬六三オ）

御寺へまうでんとたちいづ。こぞのけふハ雪など少しふりて、空もかきくもりたるが、けふハ風の吹いでゝ、晴に晴たり。

なき人のかたミの雲の一筋も
のこらぬ空の風ハうらめし

上のゝ御山の松かぜの物あハれなるを、
松がえのかハらぬ色をとことハに
契りし袖に風むせぶ也

まうでゝ焼香すれバ、おきつきのともしびのもとに、打なびきてけむりのきえにしを、

たきものゝくゆる煙をかたミぞと（冬六三ウ）
ミれバきえ行ともし火のもと

それよりかへりにけり。

むぐらふハかれはてゝしも忍ぶぐさ
のこるかたミと露や乱るゝ

三日　ひる過るころより、季文きたる。また、画によて歌よミたり。

海辺のちどりの絵、
はるかなる絵じまに通ふ村千鳥
声ハ心にまかせてぞきく

関路の雪、
君が代ハ只名斗の関のとに

とざしわすれずつもる雪哉（冬六四オ）
　たび人の霜の板はしわたる、
　鳥がねにいづこのやどを立出て
　　わたるか深き霜の板はし
なんど〻、五、六首もよミたり。文晁が夕ぐれのふじの画に、かの夕日にきゆるの歌、おもしろけれバ、かいてよ、と季文にこふ。季文またそのかたをか〻せて、翁にこふ。その絵がける水ハ、ふじのいたゞきに玉女水といふをくみたりとて人のこしたるをもて、墨すりてかけるもめづらし。
　けさミつる雪ハいづこぞふじの（冬六四ウ）ねの
　　色よりいそぐたそがれの空
四日　はれわたりて、霜ハ雪のごとし。長岡の君・村上の君、きたり給ふ。夕つかた、高崎の君もきたり給へり。例のごと、させる興なし。あそもきたり給へり。
五日　少しくもりたれバ、例のまちたるが、又ところ〴〵はれぬ。
六日　霜、いとふかし。この比、春日おぼゆ。ひる過るころ、熊本の前少将きたり給ふ。もとハねもごろなりしが、致任し給ひてハ中たえし。いま阿波のもやミて国にいき給ひ、彦根もこ〻にハ（冬六五オ）居給ハず。其余、交りにし萩も鳥取なんどもうせて、今ハ翁斗なり。よて、あひまほしとて、その事いひ給ふ。庭ありき、酒少しくミて、かへり給へり。翁ハ酒ものミ侍らで居し。只この人ハ、おとろへし事とやまふの事などのものがたり也けり。げにおとろへ給ひにたるか。
七日　例の目ざめてけれバ、ともし火きえぬ。火とりさぐりよせ、はし出して灰をかきまさぐれバ、から〳〵と炭のおとして、やミ夜に星のかげもなし。火とりのおほひハひえにひえ（冬六五ウ）たり。よべ、わらハべの炭さしけんかし。よし火ありとても、いくたびたばこすひ侍るものかハ。北のかたおどろかしてんも、わびし。手うちた〻きて人よバんも、うるさし。ひとり埋火のあるあたりか〻ぐりありかんにも、とのゐのものらのいねしあたりゆかば、さぞなおどろきぬべし。さらバ、かくてこそあらめと思ふも、いと心しづけし。

何事も事たるのミハふしもなし
たらぬぞものゝあハれミせける（冬六六オ）

月の雲、花の嵐も、また一ふしぞかし、など思ふ。それよりはや思ひいづれバ、こぞのこの比の御事のミ、むねにもミち、目のまへにもうかぶやうにぞおぼゆる。

一年の月日ハよしやへだつれど
こぞハきのふの心ちのミして

はやしらみゆきなんとミれバ、からすの声もきこゆ。起出てミれバ、けふも春日おぼえて、あたゝかなり。

年のうちにくる春ちかき比とてや
まだき霞めるしのゝめの空

明るころより風ふき出たるが、海より（冬六六ウ）ふくかぜにて、寒からず。ひるよりかへしのかぜ、いと寒し。あそ、来り給ふ。

八日　例よりも早く目覚たるが、よべもあたゝかなりしが、雪にてもふり侍るや、窓のせうじのかミのしめりて、風におとぞする。

窓のとに静に通ふ風のおとハ
そよまつひとゝ下またれけり

おぼつかなくて窓をあくれバ、月のさしたらんやうにしろうミえたり。おい、雪よ、といへバ、ミなこゝらの戸おし明てミる。またふすまかづきて、

軒のまつ窓のくれ竹（冬六七オ）声たえて
雪静なる暁の比

しばしゝて寅の半のほうしぎのおとす。明るおそしとまたミれバ、小松などハうづもるゝ斗にふりつミ、なてんの実の紅なる、雪の下にはへあるも、かりのこしたる荻薄もおり得しさまにミゆるも、おかし。軒ばの梅の枝しげきに、一ツ〳〵につもりて、奥いとふかきけしきにミゆ。かもめの一ツ、かもにはなれてゐるもおかしと人のいふにぞ、そこゝミれども、ミえず。いづこぞといへバ、このしまの松のしづえの下に、といふ。ミれバ、う

す墨いろに（冬六七ウ）ミえたり。例のしろき鳥とおもひしが、雪の色に奪ハれにけり、とわらふ。この比、氷もなけれバ、池水のくろきによもの白妙、いといたうおかし。朝の散歩おこたらじ、と毛ごろもきて行。水鳥よくなれて、人おりたてバこなたへよりくるを、ゑまきあたふ。秋風の庭ハことにおぼゆ。もミぢの枝につもりたるが、花にまがふ抔とハ、ミぬ人のいひけんことばなりけり。

今しばしきえだにあらバ春とても
雪の外にハ花もまたまじ（冬六八オ）

梅の林の少し咲たる枝も、ミな雪のそこと成にけり。鶯のはねしろたへといひたる、げにもとミゆ。砌ちかふあさる水鳥も、からすもすゞめも、鶴の毛衣かりしとミゆ。物もいはで打ながめゐしおり、西のかたの門にて、ほうし木うつおとす。まろうどきたり給ハヾ、かねてうつべき掟なり。いかなる人かきたり給ふらん。

花ならバとハれもしなんよもぎふの
ゆきかきわけてたれかとふべき

など思ひてまつに、しバしゝて、述斎君来り給ふ、といふ。さらバ、はやこなたへ、といひて、あひたり。よくこそき給ひし（冬六八ウ）、といふ。やがて庭めぐり給ハんとあれバ、翁も秋風の庭のあたりまであないして、こゝより人にゆづりて、かへりにけり。

ふミわけてとひこし人の情まで
つもりそへたる庭の雪かな

なんどよミたるころ、めぐりてかへり給へり。少し酒すゝめてけり。しバしとて、はやかへり給ハんとあれバ、とまれかくまれ、心のまに〳〵さかふ事なきハ此草のとのおきてぞといへバ、さらバいま一度庭打めぐりてかへりなん、と立出給ふ、いとおかし。例の机引よせて、ひとり（冬六九オ）雪うちながめて、

木〳〵ハ花庭につもるハ月のかげ
春秋かけて通ふ雪哉

草のともむかししりにし関のとの
名のミのこしてつもる雪哉

くさのとのうちとしづけミ楽むも
つもる恵のふかき雪かな
夕つかたハふりやミて、少し晴行けしき也。
ふりやむか雪げの雲のひまとひて
おり〳〵ミゆる夕附日哉
けふハ、三たびよたび、雪ふミ分て散歩しにけり(冬六九ウ)。
九日　例のねざめに戸をあくれば、きのふの雪なり。空ハいかにとミれバ、くもりたり。さらバ、つぎてふるらんと思ひて枕をとれバ、雨のおとす。けふハ本邸よりきたり給ふ。枝の雪ハおちなん、などあんじものす。あけてミれバ、松にハのこれり。
春またぬ桜ハはやもちりにけり
たゞ十かへりの花をのこして
など口すさびつゝ、又庭ありく。昨日のけしきミざらんものハ、けふをしもことにおかしとミつらんとおもへバ、少し心(冬七〇オ)おちゐぬ。さるに、けふハさハる事ありて、き給ハず。この比ハ只麗玉集をかいあつむる事をのミして、ものゝはしをもミず。述斎君より、きのふの事をからうたし、こし給ふ。
ことのはにかゝれる雪の光をバ
柴の庵の思ひ出にせん
といらへしてけり。風もなかりしが、空ハいつしか晴に晴て、空たかく月のすミたるを、おりたちてあふぎミしにぞ、雪のはれし恨も忘れにけり(冬七〇ウ)。
十日　寝覚寒くおぼえけるが、水鳥の声まぢかふ聞ゆ。
くがにまどふ声ハ寒けし押かもの
夜床も今ハ氷はてけん
起出てミれば、朝日のゝぼるに、残りし雪のてりあひたり。水鳥のう、なれぞなれて、あしまに遊ぶ。
汀なるかれふのあしのひま〳〵に
青はまがハぬかもの村鳥
巳の刻過に、松山の君きたり給ふ。けふハのどかなり。ふじさやかに、月またすめり(冬七一オ)。
十一日　けふハ、つな子来り給ふ。少しくもりたれど、めづらしとて、庭ありき給へり。あそもきたり給ハねバ、待ものし給らんと、たそがれ比、いそぎてかへり給ひにけり。よハ、少し雲のむら〳〵とミえて、月の氷る斗さやかなるに、

風寒ミ雪げの雲の通ひぢに
乙女の袖や氷る月かげ

十二日　晴ぬ。きえのこる雪といひ、けさハ霜もことに深く、風いと寒し。されども、梅園の梅ハ十二、三株も咲初ぬ(冬七二ウ)。

こゝかしこ咲初る梅のあたりのミ
雪の外なる春かぜぞ吹

九鬼の君より画をこして、歌よめとありければ、画のけしきをそのまゝによめる、

秋ふかミ外山の尾花霜がれて
たちどあらハに鹿ぞ鳴なる

あきかぜになびく尾花の末晴て
鹿のねおくる山川の水

あそ、このあたりへき給ひしとて、夕つかた、立より給ふ。酉の半ごろ、かへり給へり(冬七二オ)。

十三日　正一あそのつくり給へりし茶匕のめいをこふものあり。ミれバ、くろき竹の、かい先よりしろく一筋ミえたるを、滝として、しらいとゝ名づけぬ。この茶匕、百とせ斗ももち伝たるに、たれしるものもなかりしを、こたび、ふるきひつなど引出して、ほうごなど引やりたるとき、其中より初てミ出しぬると聞えければ、

ミやまぢのしげミが中に一筋の(冬七二ウ)
滝のしらいとけふミそめけり

と戯にかいてけり。風いと寒く、散歩も手こゞゆる、と若うどもいふ。夕つかたも、例、人々のこひによて物かくも、手のひゆるをおぼゆ。夜半、そともをミれば、庭ハ霜の置たらんやうにて、しかもきらめきてミゆれば、月なんめりとすのこへ出れバ、月いと高うて、ミえず。

庭へ出れバ、

雲きりも晴行あとハ風きえて

月のミひとりさゆる夜の空

余りに高うすめれバ、わがかげを（冬七三オ）ふミつゝ行。

十四日　暁ごろ、ことに寒く、厚ぶすま例のかさねしも、かろくおぼゆ。

あつぶすまかさねても猶さゆる夜を
あじろもる男の袖やいかなる

こゝらにも、あるハはしのうへなんどにむしろかぶりてぬるものなど、いかにして夜をあかすらん、と思ふ。かけ置たる昇降水といふものゝしが、ことしの冬になりての寒さなり。けさ、麗玉集をかいおハりぬ。末のかたへ（冬七三ウ）、

こひしたふ袖ハいく度朽るとも
ことばの露ハ代／＼にのこらん

ひる過るころ、戸沢の君きたり給ふ。年わかけれども、道に志ふかくて、何くれととひ給ふ。

十五日　きのふの寒さにかハらず。散歩いと寒し。宮川の君より、ちりとりをミづからつくり給ひて、歌をこハる。

世のちりも心のちりも払ひ捨て
日に新なる道やたのしむ

など、例のおろそかに書ちらして、参らせたり。けふハ立春のせち也。夜ハ雪の（冬七四オ）ふりければ、

梓弓おしてけふより春きぬと
いへども雪ハふるとしの空

本邸にすみけるころハ、なやらふ声もかしましく聞えしが、こゝハ人のすむあたりも遠くて、いと静也。

十六日　よべの雪、むら／＼とのこりてけり。わかなつむべきこゝちぞする。最明寺時頼の雪中に微服潜行したる絵に、賛せよ、といふ。侍臣なれバ憚らず、よし此事ありしとても、とかいて、

毛衣に寒さをしらぬ例より
少しこゝろの深き雪哉（冬七四ウ）

となんかいたり。もとより時頼ほどのもの、微服潜行し侍るつたなき事ハあらじを、謡曲につくりなせしを誠の

やうにいひもてはやす、とぞ聞ゆ。されど、景公の、雨雪三日寒からざる、などいひしよりハ少しよきといふ心ばへなり。この比、寒に感じたれバ、ひるとても庭へも出ず、臥牀に居しなり。月いとさえたるに、

きのふかも春ハたちしを霜氷
　かさねてさゆる冬夜月（冬七五オ）

十七日　けふも、ふすまかづきてゐし。よその賀の代歌などおほくよミたるが、松のちとせか鶴のよハひなどいふたぐひなれバ、かきもとゞめず。庭へ出ざれバ、よハまでものかく。大洲の君かねてこひ給ふ六々歌仙の歌の色紙なども、かいてけり。三部抄をひと日よりかけるが、けふ五部かき畢りぬ。きのふ、叙爵の申進などありしとぞ。かゝることとも、年わかけれどもかゝるいさほありし、かくかしこき人なり、さハうらやまし、とすゝむ人などもあらバ、めでたからん。きのふ（冬七五ウ）の事なれば、そのけしきもいまだきこえず。草の庵ハ猶うとし。

十八日　けふハ、永太郎さきの比のやまふいゐたることほぎなれバ、翁も北の方も本邸へ行。例のごとまめやかに馳走し給ふにぞ、輿に乗じてけり。月の初のころより酒ものまでありしが、けふハのミてけり。こゝの月花こそことにあくときもなく、ときハにたのしむ色かにこそ。

十九日　風あらく吹たり。寿子の着帯のいわいあり（冬七六オ）。

廿日　寒さ、昨日にかハらず。けふも脈とぢて、頭いたむ。時々ふすまかづきつ。夕がたの空をミやりて、よめりける、

あハれしらぬ人にミせばや夕暮の
　村くも迷ふ空のけしきを

あハれしらぬものほど、むくつけきものハあらじ。

月花の色かハ人の情にて
　あハれぞひとのいのち也ける

廿一日　風、いとあらし。久しくふらざれバ、土砂ふきたてゝ、日のいろあかうミゆ。このごろ、事なし。世の事しげき時ハ、いとのどかなり（冬七六ウ）。

廿二日　あそ、きたり給ふ。例のごと、こゝろよくものがたりし、庭ありき、酒少しくミあふてけり。

廿三日　けさ起出れバ、いつか雪のうすくつもりたり。ミるがうちにまた少しふり出て、つゐにハ雨となぬ。松浦肥前の守、きたり給ふ。何くれともの語しぬ。倹吝のわかちハ公私によるてふことなど、くりかへしかたりものす。

廿四日　けふも、ひめもすくもる。いさゝか散歩す。いまだ風寒に感じたるが（冬七七オ）おこたらざれバなり。

廿五日　旭のミやの御日なれバ、うまひかして霊岸寺へまうでぬ。かの麗玉集、あすなん備へ侍れ、とてもたせてやりつ。くるゝころより少し雪ふりし、といふ。やおらたち出てミしが、ところ〴〵にむら〳〵とつもりたり。

　むかししのぶ草の庵の雨よりも
　　雪に思ひのつもるよハかな

廿六日　しづけき暁なり。かゝるおりハ雪つもるもの也とて戸明れば、木〳〵もあたゝかげにつもりたるぞ（冬七七ウ）、あかぬところなし。されども、起出るころならねバ、又ふすまにうづもれぬ。けふハこぞのと思へバ、たゞにその御事のミくりかへしつゝ思ふ。

　われのミかなミだも共にふりそへて
　　おもひミだるゝけふの雪かな

例のころになりにけれバ、おき出て、そともをミる。この比のけしきより立まさるやうに、と人々いふ。かれ木の枝々にこまかにふりつもりて、池水いとくらう、水鳥ハすのこ近くつどひて餌をもとむるも、おかし。朝飯くふ（冬七八オ）より、はや薄く日のさしたるに、驚きてミれば、いつかところ〴〵青〳〵と空のミえたり。さらバ、秋風のやの雪など見残さんもほいなし、とたゞちに出て行。梅ぞのもはや桜のおもかげをなし、松も檜原もひとつ春の盛ミせたり。あしだのはに雪のこちたくつきたるを、木のもとにたちよりておとさんとたゝけバ、梢の雪のおちて頭の雪となるも、わびし。やう〳〵杖にすがりて行（冬七八ウ）。秋風の庭より、もミぢの岸・桜のきし、くまなふありきて、花月亭に行。こゝハ朝日にむかへバ、道もそれとわかるゝ斗とけにけり。雪と雨とハ秋風の庭を兄とし、花月の雪それにつぎ、千秋館ハまたそれにつぐ。雪のつもりたるを、

三よしのも心の奥にかゝりけり
花より先のはなの白雪

けふハはかたゝの世子の婚儀とゝのへ給ふ、ときけバ(冬七九オ)、

松竹のちよのけぢめもあらハれて
ミどりはへあるけふの雪かな

ひるよりハ、軒の玉水くりかへしてけり。けさも、花に嵐、雪にハ朝附日ほどつれなきものハあらじ、と寒さいとふ身にも思ふめり。夕つかた庭ありくころハ、いつ雪のふりけん、といふ斗にきえにけり。

廿七日　いとはやう目さめてけり。

年のうちに春ハきぬれど子を思ふ
霜よのつるの声ハかハらず

けさもまた雪げの空のけしき也(冬七九ウ)。けふハ翁が生れし日なれど、こぞより宴をとゞめてけり。夜ハ雁の鳴わたりたるを、

なれもまた月のありかをたづぬるや
雪げの空のよハのかりがね

わがことや、などゝうちづしてぬる。

廿八日　起出る比より、雪のいとこまやかにふり出たり。けふハあそ・つな子来り給へバ、

をのづからけふハとひくる月花に
人まつうさも雪に思ハず

いかにも、塩をちらしまきたるやうに(冬八〇オ)こそ。やなぎの花といひけんよりハことバつたなき物から、さすがに偽ならぬことハ、今はた思ひ出るぞかし。つもらぬうちもおかしからめ、とかさゝして、庭あまねくめぐりぬ。しゐのはなどハ、やゝしろくなりぬ。松ハ、もとつはに少しつもりたり。雲もところ〳〵うすくミゆれバ、深くつもるべしや、おぼつかなし。けふき給ふに、ふら

バ雪のけしき猶はへあらん。されども、かへさの道すぎなどやめるもいとほしければ、はやくかへり給ハん。ふらずバそのうれへ（冬八〇ウ）なければ、長く物がたりし侍らん。雪にまかせて興あるべし、とミつゝ思ふ。はやきたり給へり。打つれて、ありく。夕つかた、雪もやミたり。酒くミあひて、あかず物語しぬ。此いほハ人少なきが、何くれと事おほきを、わが方のものら、まめやかにつかへて、万の事をもわけへだてなくつとむれば、とてかの一日の沢ともいふべく、ことさらに酒さかなゝどやりつゝ、庭なんどにても興じさせけり。くさかるものらまでも（冬八一オ）。

廿九日　いと寒し。述斎君、ひるごろきたり給へり。

晦日　はれわたりぬ。寒さハ、過にし十四日のころよりもまさりぬ。夕つかた、季文・逸阿・文晁などきたる。こハ、除夜の宴なして、歌などよまん、とかねてちぎりしなり。いとのどかにものがたりし、例の画などによて、歌よむ。

遠山の雪、夕ぐれのけしき也、

けふハまだ霞もやらで夕まぐれ（冬八一ウ）
まぢかくむかふ雪の遠山

谷のうぐひす、

あすといはゞ春と共にや立出ん
われをすす守の谷のうぐひす

下部のおのこ、門にまつたつる、

あすハ、や千年の春を契らなん
はやたてわたせ門のまつがえ

やミの梅、

やミの夜ハ色こそミえね年内の
春とハしるく匂ふ梅がゝ（冬八二オ）

雪中の梅、

冬と春の行かふけふハふる雪の
かたえに梅もかほりそめつゝ

この宴なすところを画がきしに、

梓弓いそじ余りのむつまじき

けふのまどゐハまたあらめやも
少し斗酒くミかハしてけり。はや戌の刻過なれバ、また
春こそ、とてかへしてけり。けふまたべちによめる、
あすハ、や花咲春の初瀬山
　はげしき風の音もいつまで（冬八二ウ）
ながれ行月日に春もあすか川
　きのふといひしおりもありしを
行年ハおしまぬにしもあらねども
　しゐてハいかゞ心とむべき
怠を悔し心ハむかしにて
　只月花にくらす年月
ひま過る駒の歩にまかせつゝ
　ことしも月と花にくらしつ
身につもる齢斗をのこし置て
　つれなく年のいなんとやする（冬八三オ）
をのづから春をむかふるけしきかな
　軒の松がえ窓のくれ竹

文化十年　　楽翁

（冬八三ウ）

付

録

浴恩園記　仮名記

浦わの翁のすめる里ハつき地といふ。西のかたに柴門あり。いさゝかの廊あり。廊のすのこにつまどあり。こゝより入ぬれバ、まどかなる額に楽の一字をつけたり。そのうちハ翁のはや起ふしするところなりとぞ。それを千秋館といひて、輪王寺　親王額かい給ふとかいふ。西のかたにいとさゝやかなる間あり、これを日新蕃といふ。千秋館ハ南おもてしとミ・つまど設けぬ。東のかたハ養気室となづく。そのひさしよりつゞきたる小室のおもてに清風明月の額かけ、うちには風月の二字、水月君のかい給ふをもがミ川の埋木につけたり。かべにハ翁がむかしよりミし山河のけしきをかゝせてはり、其額に処々青山是故人とかいふ句を、阿波の拾遺かい給ふ。又そのつゞきに一楽のもじかいたるあり。千秋の庭ハ南に池あり、西ハ盆松などを初めとして、さま〳〵ならべて置て、翁日ごとにミづから水などそゝぐとぞ。軒ばにいと年老たる松ありて、石葦などおひぬ。其かたハらの梅ハ名もなき物から、清香ことなりしといふ。左のかたに桜あり、是をときハざくらといふ。是も兎褢へうつりし比うへたり。軒にならぶ斗なりしが、年々にいとたちのびてけり。この花園の花ちりぬる後も盛をのこせバ名づけしとや。軒の下にハながれのかたちありて白きさゞれをしきたり。玉水のおちてながるゝも盥石のミづをもこゝにおとさん料とぞ。ゝのながれに石の大なるはしあり。ひろさ六尺、長さ一丈三尺余といふ。千代の岩はしとかいふ。その下にむらさきの石あり。こハ本邸よりうつせし也とぞ。南のすのこより七、八間にして芝うへたる所ハまひまふ台なり。其むかひハ池なり。池のきしハ千とせの浜といふ。池ハ青風を名とす。其池の中らに松のおかしうおひたる嶋二ッありて、名残の嶋といふ。一ッハなごりの小嶋といふ。こハむかししほがまのうらミにいきたるおり、明ぼのに松嶋のほの〳〵とまぢかきが二ッ斗ミえしを身にしミておぼえしが、この二ッのしまミれバ、かならずその曙のことおもひ出すとと《（ママ）》て名づけしとかきゝぬ。またかの岩橋のかたハらに柳あり。きぬがさと名づく。こハ六角堂の柳の枝さしたるなり。いまハその六角堂の柳ハかれうせて、こゝにのこれるもおかしきと都人ハいふとやらんきゝぬ。こゝに門あり、橋あり、松の大なるが橋をおほへれバにや、松濤深処のもじを門にかけぬ。はしを出れバ色かのそのにて、梅おほくうへたり。門と橋の間にハ大庾嶺の梅とめこかし、小ぐらのもミぢ・まがきの竹とをうへぬ。まがきの竹とハさくやくのかたハらに竹をきりてたて《おほく》をきたるが、いつか根づきて枚葉しげりしなり。めづらしとて、こゝにうつしたりときゝぬ。かの館の西のかた、盆玩などならべしあたりにハ、さま〴〵の蓮をかめなどに《うへ》をきてけり。こゝに露台有。望嶽といふ。ふじハさらなり、はこねの山〳〵ものこりなふミゆ。もとの地ハ高からねども、ミわたすあたりに山も森はやしもなきにや、千秋館の窓よりも座してふじをミる。江戸のうち、高きところハあれども、楼台ならでふじミる事ハいとまれならんかし。台の下ハむろといひて、冬にたへざる盆玩のものいるゝ設なり。台のかたハらに小柴がき引まハしたる一ツの園あり。石いとおほけれバ石園といふ。さま〴〵石もてたゝミて山とし、池としてつくれり。おほくのいし、色も姿もさま〴〵なるをたくミにつくりあげたるハ、この翁のしたることにて、石ハミなこの園中の池のきし、水のなかなどにうもれゐしなど引あげたるなり。もとこの園は猷廟のころ、いなば濃州の別荘にして、しるところも小田ハらなりけれバ、それよりもうつし、人よりきそひだもおくりけるが、石ことにおほし。橋邸このやしきかへ給ふおりも、木石御心のまゝにうつし給へかしとねぎたれバ、おほくうつし給しのこりなれバ、むかしこちたきまで石ありしをもしるべし。翁こゝをわがものにしても、かゝる名園古跡の木石、ミづからのものとせず、聊もこの園中の外に出さずなん思。この園のうちに石五ツハ翁のものなりと人にもいへバ、あやしミわらふ。そハ、この石園に二ッハ、大洲の君の船底にいれし石の不用なるをいれしと、日新蕣の軒の下に白き緑の平らかなる《二》は本邸よりうつせしなり。石園の中央にかハらをふちにし土もりあげて牡丹をうゆ。石山の下、池をへだてゝ畳二ッ余りしくべき石のうへに亭を設けて、露盤に涼風の字あり。げに木だちしげりて、夏もこゝに来りぬれバひやゝかにぞおぼゆる。その山の上に堂あり。もと田安の姫君こゝにうつり給ひたるが、とミのやまふにて身まかり給しを、あかず名残思ひて、地蔵尊一軀をつくり、安置し、三とせがうち、日ごとにまうでけり。三とせ過て、その像をバ深川の寺におさめぬ。その堂もようなかりしを、北のかた、ひたすらにこひ給ひて日蓮の像を置給ひて、今ハ妙華堂とかいふ。山の下、門あり。大なるうつぎの二ッ三ッあれバにや、うつぎの関となんといふ。此関をこゆれバ、右ハ池、左ハ桜のなミ木にて、きぬ桜といふもこゝにあり。遅ざくらにて、色のことなれバ、ときハとゝもにめづる木也。こゝに亭あり。浸月の額を小だハらの君かき、繞花のハ村上の君かき給ふ。二ッをあハせて花月亭といふ。げに花の梢をミるハこゝなりけり。寒山の山にある桜ことに高けれども、よその梢にかくれて、よそよりハミえず。こゝにてハそれも残りなふミゆ。また月も東山より出るを、まづこゝにミる。池のさゞなミにうつれるのミかハ、春風の池をたてざまにしらさぎのはしまでミ《ゆ》れバ、ことにひらうて、しま〳〵のうかめるさまもおかし。亭の左のかたに大なる松に池に望《臨》めり。又いとおほきなる石あり。青が《き》なかに白きすぢありて、むかしより樊会石とかいふ。一丈ばかりに、めぐり一丈四尺余といふ。高うそびえてたてるに、ばせを少しげりてめぐりそひたるよし。此石をかくいふハいかなるよしもしらず。ある人のいふ、此石いと大きなれバ、門くゞして園へいれしより、ともいふ。石は左にて、右ハ池なり。山ぶき・こでまりなど、春ハ咲交れり。左のはせをにハまた桜ぞつゞける。木のもとハ菊をうへぬ。こゝに又関あり、葉山の関といふ。竹いとしげりて、をぐらし。それをめぐりて出れバ、亭あり。枕流といふ。

この亭のまへに澗水のながれしが、今ハたえたれど、そのあとハのこれり。このあたり、すろおほくて、からめきたり。これよりはる〴〵の池の岸をめぐる。左右ミな桜にて、山吹木のもとにしげり、つはぶきハきしべにあり。この園ハことにおほし。行先の山も尾もしげれるぞおほき。またあせミ、かつ〴〵あり。かの濃州、むかしあつめしとかいふ。此道をすべて花の下道といふ。行尽せば、右のかたに道ありて馬ばへ行。それをもよそにして行バ、おほきなる松の二もとありて、板ばしをわたる。こゝに桜の渕とてさま〴〵の石をあつめしところあり。そのうへに峯のかけはしともいふべき柴はしのたかうかゝれるを、花のかけはしとかやいふ。板ばしの中らに亭あり、釣殿といふ。これよりミれバ向ひハ春風館也。なゝめにミれバかの花月亭なり。嶋々ミゆるもおかし。板ばしをつくせバ又右に坂あり。左ハはまべにて、山ぎハ、つゝじ・山吹のたぐひおほし。もと、桜ハすべて枝をならぶれバ、ミな花をもて名とす。このはまべをしのゝめのうらいふハ、有明のうらより明ぼのゝころミれバ、こゝらのふぢの花打かすミて、横雲のたなびくやうにミゆれバ、名づけしとかいふ。またまた初の左にあなる坂をのぼれバ、木そ・はこねともいふべきけハしき道の竹の林のうちにあるを、竹を力にのぼりくだる道を、竹の細道といふ。それより月とふさとゝいふあり。馬ばの亭《嘯》也《月臚といふ。》。幽篁のうちなり。この道へハ花のかけはしわたりても行つべし。馬場ハ七、八十間斗にて、東に鳥銃ならふ処あり、左右石にてたゝミて玉《銃丸》のよそへ行ざるやうにつくりしものなり。馬場の左右ハはじの木うへて、下にハうぢのちやをうへたり。この里より竹のうちをしばらく行バ、秋風の池の向ふなるもミぢの下道へ出るとなり。月とふ里のあたりに石ぶミありて、初めの句ハわすれにたれど、春風秋風《なれ〳〵しそのゝ春風秋の風なり。》吹らん末のそでもゆかしきといふにて、李氏の園よりも高しといふ人もありとや。またこの里をバとハではまべのかたを行バ、山のうへに遊仙亭といふあり。もとハうぢの鳳凰堂をひるなの屋のやうにさゝやかにつくれりしをいれたりしが、しほかぜたえずふけバ、その堂なども破損すれバにや。大塚のなかどころへうつして、今は布袋を安置したり。此山を高岡山といふハ、鳳凰堂ありしよりつけしにや有けん。高岡山のつゞきの高き山ハむかしより風をる《り》山といふ。海よりふく風をこゝにてくじきとむるとの心にや、山のかたちゐぼうしのやうにむかしハありやしけむ。今ハさもミえず。打のぼれバ、風神などまつれるやしろあり。たつた山の心ともミえず。されど山のうしろハもミぢ打しげり、前ハ桜ことにおほし。南のふもとハ月とふ里なり。山上山王などの林なども青うくまどりたるやうにミゆるなり。その山々のふもとなるはまべを行バ橋あり。こハ春風・秋風の二ツの池の半らなれバ、二水などゝかい給ひけんによりしや。はしをもしらさぎとよぶ。そのはしをわたりて春風館のかたへハ行で(濁マヽ)、左のけハしき山ミちをゆけバ、山吹・荻などしげりたる細道にて、色ねの道とかいふとぞ。その坂ハ秋風の庭へ出る間道也。そのこミちよりせざる

輩ハ感応山のふもとにつきて、春風の柳のやの庭に行めり。又、そのはしをわたらで高岡山の東のふもとを行バ、紅ぢいとおほうて、もミぢの下道といふ。この道いと長し。左ハ竹のはやし、右ハ秋風の池なり。半行あたりに芝はしありて、嶋へわたる。こゝに弁天を安置す。橋邸のときにかハらず、邸の尊像なり。その嶋の西北に小嶋あり、松の小嶋といふ。又この弁天の嶋より東へ出し崎ををとめが崎といふ。ほそく一筋に池に出たる道なり。向ひハいなりのやしろなり、又それよりもほそき道の出しをとりゐが崎といふ。むかし堤ありし処の大なる松、いまもつかのごと高きうへに生ひそひぬ。こゝに小亭あり、操琴屠蘇といふ。この崎にうちにながれうがちて、しほいとミちぬれバ、こゝよりながれ出るおとゝ松とをあハせて名づけしが、のちに柴はし出来てよりハ、させることなけれども、松風のしらべとのミこそハなりぬる。むかしハそのつゝミ感応山につゞきて、つゝミより嶋またハ石などありて、おどりこえて行ぬ。今の秋風の池のあたりハよしあしのミしげりて、御池にもあらざりしなり。ふたつの崎のあふところにはしあり。そのはしをわたれバいなりのやしろに行。やしろも橋邸のころよりありしがまゝなり。それより池を左にしてあゆめバ、かのあじろの床ま

ねびたるやあり。それをあじろのうらといふ。はじめの芝はしをわたりてもミぢの下道をはる〳〵行てもこゝに出るなり。こゝより大海のうしほこの池にかよふ道あり。こゝにまた山あり。さかを竹の《行バ》林にて、孟宗とかいふハことにたけたかう打なびけり。坂をつくせば小松のうれのうなバらをミる。いはゞ、うぢのあじろミつゝ山ざとゝハんと思ふが、おもハずうらわへ出しこゝちすめり。こゝをなんくづれずのきしといふ。むかしあまたゝび高しほの打きてくづせしより、石などもてきしをもつくりけれバなづけしなるべし。こゝに亭あり。蓬瀛をもて林の君名づけし也。福山の君かきて、ほりしハ松ら静山翁なりけり。こゝハつねの亭と思ひて、ぜし(濁マヽ)やうなどのひまよりミれバ、高楼のうへなり。いかにとゝへバ、過しころ秋風の池のいと埋れにけれバ、その土をほりとりてもせんかたなく、皆こゝにもてきたり。くづれずの堤もひとつ山となしなバいとゝかたからんとておくまゝに、楼の下のかたハ皆うづミて、道ハ高楼の上に打つゞくやうになれり。されど、楼の南西ハかくうづミて、北東のにハ土もらざれバ、下よりミれバつねの楼なり。これも一つのミるめとなす。下は竹おひしげりて、七ツのなにとかいふ人の遊ぶべき処なめりいふ斗也。これより竹の林を行バ又堤ありて、さま〳〵の名ある竹うへたり。左にミつゝゆけバ、まはぎの関なり。いなりのやしろの前のかたよりゆきても、此関路にいづるなり。この関ハ萩あるをもてせり。その関をこえて左のかたへ行バ、尾花のつゝミとて、左右に尾花打しげりて、わけわぶる斗なり。尾花のなかに小高き山あり、船のかたちしたれバふな山といふ。今ハその山いさゝか処をかへたれど、尾花の波にうかめる船のごとおもハる。山にハさま〳〵の木ふようおほし。その山をこゆれバ、ひろきのに尾花打しげり、中にハ萩・ふぢばかま・きゝやう・われもかう・小ぐるまなんど、ところ〳〵に咲まじれり。こハ秋風池のきしべの原なり。又かの関より右のかたへ行バ、冬さく菊かず〳〵うへたるに、水仙などもおほし。こゝに柴《こ》の柴門、今とし梁山の関につくりかへて、この額かけたり。

門あり、浴恩園の額、一橋の中将の君かき給へり。海翁の君よりおくり給ひしくざく・めん羊などかひをけるもこゝなり。そのきくあるところの左ハ、ふぢばかまのミおほふうへぬ。過れバ花圃多くありて小亭衆芳の額、秋田の君かき給ふ。花ハ牡丹・さくやく・仙翁花・鶏頭《菊》など、さま〳〵うへ置てけり。こゝもまたいとひろし。末のかたハなす・さゝげなどもうへたり。名どころの木草のたね、とし〳〵にこゝにうへて、生たつ比ハ大塚のなかどころのそのにうつすとかきく。亭の北ハ黄なる花と唐国の紫のと吹上のはまのしらぎくとをわけておほくうへたる、おかし。亭を出れバ、花菖蒲いとおほくうへたり。はゞ三間に長十間也。それをミつゝすぐにゆけバ、ちぐさの園なり。園の左右ハ桃いとおほし。さま〳〵の花さく、錦のごとし。こゝにも蓮池有。この池は、四間にて十八間也といふ。池のよも、堤ありて、高潮のおり、しほ水をいれじとの料なり。千くさの園ハおほく薬草など、せにうへたり。園の半より尾花のうちを左にゆけバ秋風の庭に出。秋風の池の波よするきしなだらかにて、しほひのけしきもめづらし。こゝをミなとだといひて、いなつくりしが、しほ水通へバつゐにいまハやめて、ミなとだのうらなど今ハいふめり。尾花の中にハ松ところ〳〵にありて、二、三尺斗かこむ斗なり。吹上浦・高砂・田子浦・岸姫松などことに大なる松なり。もとハ紀州の大公手づからうへ給ひしを三もと、さゝやかなる盆にうへて給ひしをこゝにうつしたるが、五《三》十余りにかくハなりにけり。ことしハめづらしく花もさきにけり。山の上、亭あり。秋風の額ひろはしの儀同かき給へり。亭上より池をミわたしぬれば花も波そへたる。おかし。このあたりの山ハミなつはぶきおひしげりて、口なし山などゝいふ。亭の北のかたこだかき所に又小亭あり。山間なれバにや、楽山のもじをかけたり。亭のうしろに露だいあり。のぼれバかの桃をミ、唐バはちすをミる。露台清香の額ハ東のかたにかけ、熈春の額ハ西のかたにかけ、その亭を辞して口なし山を過れバ、南ハ感応殿といふ額ありて観音を安置す。山のたえまに橋かけて、そのはしの下を行バ楊柳池のかたへ出ると也。それをへだてゝ堂あり。仰瞻の額ありて、拝殿なり。その山にたいしてあるを、かざしの山といふ。山の上、亭あり。四時亭とかいふ。のぼりてミれバ、東のかたハ紅葉のこのまより秋風の池をミ、南ハ花のこのまより春風の池をミ、西ハ梅ぞのゝ梢をたまもの池のきしなる松のうれよりミる。北ハたまもの山々の間なる千代の細道なり。かざしの山といふハふぢ・桜・山吹・もミぢなどあれバにや。ふたばの葵もあれど、それのミにハいはじかし。額ハ巻物にして、画にてもじの姿をなす。春ハ梅・さくらの花にてをのづから薫風のもじをなし、夏ハミどりのうちのおそざくらの花にて緑陰のもじをミせ、秋ハもミぢの山水にて砕錦、冬ハ松の雪のつもれるにて含光となす。げに此山のけしき、よつのときにかよへりけり。亭榭おほけれど、まづいはゞ春風館ハむかし御城なりしころよりつたハりしにて、其後やけにしのちもそれにしたがひて、はぶきたれど姿をのこす。花月・衆芳ハ、もとつたハりしを引うつしたり。秋風ハ母うへの小室をうつし、蓬瀛ハ、翁が大任のころ、西下といふところにつくりし小楼をうつせしなり。新につくりしハ此亭のミなり。もとより事そげたれバ、おかしきふしもなきがうへに、日《に》きにもかいたるごとく、ことにものをはぶきすてにけり。この山の下に小池あり、こゝハうしほいらざれバ、たまハりし蓮をうへしより、たまもの池となづく。さるをはぶきて玉もといふハあやまりなれど、池の玉もゝつき〴〵しとて、よび来りしとぞ。左右のかず〳〵の山をもたまもの山といふハ、池よりうつりきしなりけり。此かざしの山とたまもの山の間に、坂あり。ミそぎ坂といふ。こハ、春風の庭もおり過て、藤・山吹もちりぬるころ、たまものうつ木など咲出るに、はちすのかほりもすゞしく、木かげおほけれバ、夏をことにもてはやす処なり。この坂を下れバ、桐の林ありて、それを初秋のもりといひて、かたハらにはゝそなどもたてり。されバ、夏と秋との行かふ坂なれバかくやいひけん。むかしこゝにてミそぎやしけん、なをとハまし。たまもの山の池につと出たる所に、かへでにふぢのかゝりて、下に瓦しきたる処を、ゆかりのやといふ。その山の坂をへだてゝ、寒山拾得の像のいと大なるを置り。女わらべなどいとむくつけし、などいふ。この山の西の坂を下れバ、色かのそのなり、はじめ盆梅などうへたるが、今ハいと名残りもなふ生たちてけり。またその坂をバくだらで寒山のふもとを行バ、右左の山々、松のミおひしげりぬ。千世の細道とかいふとぞきこゆ。そのうちを行過れば、かの蓮の池といろかのそのなり。これよりくだもの林とて、かき・なし・りんご・すもゝなどいとおほくうへしところを行て、また色かの園に出るなり。こゝに小亭あり、琴雪堂といふ。堂の北のかたに大なる松あり。園中第一番とよぶ。高さハ一丈あまりにて、東西四丈四尺、南北二丈五尺、四尺余りのかこミなり。臥竜のすがたをなす。松を琴とし、梅をきさらぎの雪として、亭に名づけゝん。松のかたハらにいと大きなる覇王樹ときりんきく《の（マヽ）》あり。この地にてハミしことなしとぞいふなる。是を合せて三奇園ともいふとかいふ。その覇王樹のうしろハいとうちしげりて、つばき・山茶花・もくせいなどいとおほし。一位の君よりたまハりし椿三もとうへたり。それにそへて、竹もてつくりし小亭あり。このしげりたるそとハひろき芝ふにて、早梅おほくうへぬ。中央にあるを立冬梅といふ。冬至などいふたぐひならず。青ばあるうちに咲出るなり。こゝをなん春しるさとゝいふハ、早梅おほくあれバなりけり。色かのその南ハ春風館なり。額ハ加茂の甲斐がかけり。こハ承明・紫宸の御額かいたる書博士なり。此館南のすのこハ池にのぞめり。館の東の小室を楊柳亭といふ。此庭ハかのたまもの池よりつゞき《た》る小池にて、さくら・柳まじれり。感応・仰瞻山をミる。いでこの館ハ園中の亭榭の第一なりといふ。南のかたハ花のかけはし・桜が渕をはるかにミ、南東ハしのゝめのうらをミ、西ハかのいろかの園より有明の浦、それより鳰の通ひぢなどのしま〳〵をミるなり。つりこのめるおのこハけしきもミずてすり《（ママ）》するもあるべし。色かのそのゝ南館の西ハ、有明のうらといふ小嶋あり。さま〳〵の色あるものをうへたれば、錦嶋といふ。うらより右をおどりつゝ行なり。こゝを鴫のかよひぢといふ。げにしほミちぬる時ハ、おどり行べき石もミえずなん。又こゝにはしあり。八こゑのはしといふ。はしを行バ、ときハ嶋といふにわたる。大なるそてつのあれバなり。又はしあり、千代の長橋といふ。われ《た》バ小嶋ありて、そてつ三もとばかりミゆ。これをば《ば》《ミ》かきハ嶋とかいふ。大なるのハ大洲の長はまといふ所の亭にありしが、その亭廃して不用となれバ、おくりこしたる也。かきハのハ、房州又ハ八丈のとかいへり。嶋よりもどりて色かのそのを行バ、はしありて、松濤深所の額かけたる門にいる。

（浴恩園御在時之図）

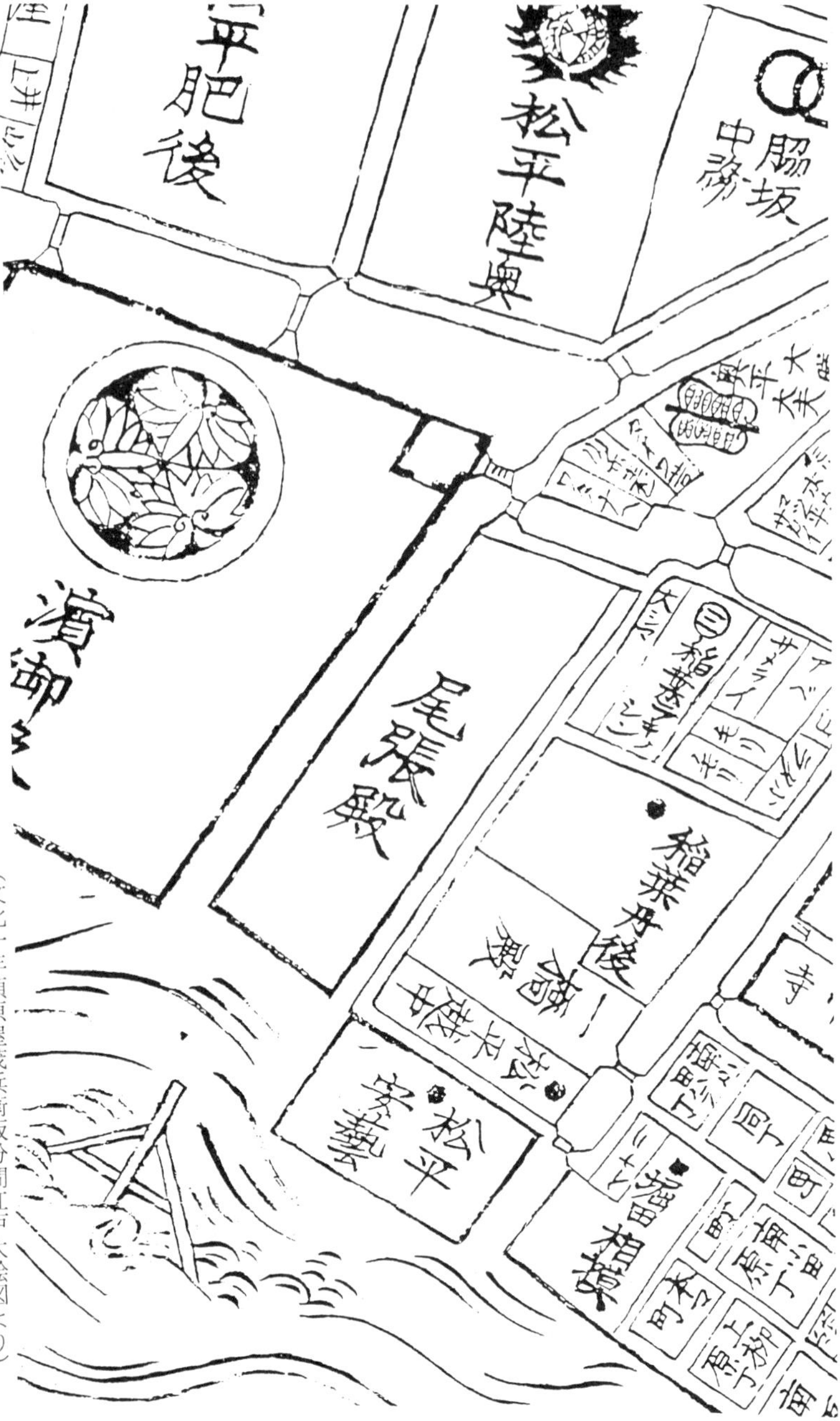

（文化十年須原屋茂兵衛版分間江戸大絵図より）

あとがき

松平定信関係の資料が一括して天理図書館に入ったのは、この戦後間もなく昭和二十二年のことです。一括といっても勿論知られているものの全部というわけでありません。例えば彼の文業の最たる集古十集の版木などもきていませんし、かつて学習院での展示目録のうちの幾つかを欠いてもいます。浴恩園蔵書目録のみあって、それに著録の、つまり彼が集めた和漢の古典籍類は殆んどありません。政治家として彼が最も心を用いた当時の外交問題に関する資料、いわゆる外夷文書は流石に豊富ですが、この種のものは蔵書目録に著録すべき筋合のものでなく、従って浴恩園蔵書目録にはみえませんが、その主要のものは多くきているかと思われます。要するに彼自身の著作、手写本、或いは彼に就いての伝記関係文献といった、定信関係文書とか文献ともいうべきものが主体のようです。しかし随分筆を執ったはずの書画類は一切ありません。しかし、目もあやな金襴表紙の鳥の子料紙に写した源氏物語や八代集などといった古典類の数は少なくありません。御一新の際、家什のあれこれを領国の桑名から船積みして東京に移そうとして遠州沖とかで海難、その多くを失ったというが、それも実は悪徳船頭の海難を装っての謀略、といった話柄も耳にしたことあるものの真偽果してどうでしょうか。現存の定信資料は松平当家、桑名地方、そして天理図書館の三つが中心、最初に彼が藩主だった白河方面には殆んど残ってはいぬように聞いております。古書肆の目録などに関係資料が載ることもあるようですから、当然逸出したものもあるはずでしょうし、書画筆蹟の類は求められて他に与えるのが建前ですから、元来松平家蔵たるべき性質のものでもありますまい。

彼の随筆文集花月冊子は近世擬古文の範として、中学の頃、暗誦するまでに習ったことを懐しく想いだします。その後、岩波文庫で自叙伝というかその修行録と宇下人言を読んで生ま身の彼を知り、他から教わったり歴史の書物などから得た定信像とのあまりの相違に愕然としたこともありました。天理本中にこの二書の原本勿論あり、彼の自筆により改めて読返したときの感激をいまに忘れません。己が無能無才を恥じてのことですが、せめて学問の裏街道を歩くなど馬鹿げたことをいって、例えば版にもならぬような江戸の実録ものに血道をあげたのもいまは昔の話。中山夢物語など例の尊号一件も随分写本の多い、この筋では評判ものの一つでしたが、その関係の基本資料の一切が定信文書の中にあるのです。中でもその特別極秘五大力封印付きの三重箱四重箱を一つ二つと開けるときの手の震えを、何とも押えることができませんでした。多くの定信資料中から十五点を選んで天理図書館善本写真集第三十三集を編んだのは昭和四十四年でしたか、その前書きに、彼をさして賢人と言い、わが青眼の人などと心のたけを籠めて文章を綴ったことを覚えています。もうその頃にはすっかり定信好きになっていたのです。追って松平定信展を東京で催したのは五十九年のことでした。天理図書館の定信資料の実際が世間に知られるようになったのもようやくその時分からでしょうか。先年、岩波書店の日本文学大辞典に定信関係の何項目か執筆の依頼を受けましたが、宇下人言の書名の宇下がこれまでウゲと訓まれていたのをウカと改めたところ、誤りかとかえって何人かに注意されましたが、同様のことは東京での展観のときにもありました。

定信資料の中でわたしの一番楽しく読むのはやはり花月日記。さきに老中執政の役を去り、追って藩侯の職も譲って隠居を願い出で、許しの下りたその日から起筆して死の前の年の暮れ月まで殆んど一日を休むことのなかった日次記で、文化九年四月六日から文政十一年十二月末、五十五才から七十一才までの風流清雅な日々の記録、花鳥風月についての心の行きとどいたその克明な描写の筆つきは、恐らく空前といってもよいのではありますまいか。日常の立居振舞いの一々も彼の清楚潔白な人柄を示して残すところはありません。その生活の場となった江戸は築地の浴恩園、広袤二万坪に近いか、それをしも草の庵、自ら草の庵の翁を称する行き方には何か納得しかねるのも事実です。しかし、功なり名遂げた者のなおかつ清貧ぶることのいやらしさ、臭みといったものは、その行文のどんなはしばしにも少しも感取し得ません。成金風情のわる気取りと軽蔑するにはその実際の暮しぶりがあまりにも真摯で、本もの人間としての性根に筋金が大きく一本徹っているように思われてなりません。江戸好き連中の間で定信嫌いを揚言する御仁も少なくないようです。清三郎三村竹清はわたしの好きな人の一人ですがやはり定信嫌いの一党で、人にはしきりに倹約を強いながら自分は贅沢三昧、要するに大名坊ちゃん、大名芸、といった定信評の文章が彼の編集した雑誌集古のどこかにあったと記憶しています。草の庵などといった言葉遣いにも、随分いい気なもんだといったそんな矛盾を感じないわけでもありませんが、しかしそれよりも何よりも、堅くるしいまでの生真面目さにはやはりかえって魅かれるところ決して少なくないのです。政治家として成功したかどうか、歴史に於ける功罪の問題などにはさほど興味はなく、だから大辞典でのその方面の項目は辞退しました。

わたしもこの三月で古稀定年の齢、その月その日からのわが身の上を、定信の花月の世界に不図重ねあわせたことがあります。二万坪近い浴恩園の住人と奈良のはずれのまるで兎小屋の寒書生との較べあわせなどとんだ不遜、座興千万ながら、草の庵を言いたてるならむしろこちらが本もの、といった冗談まじりまでのこと。天理図書館には馬琴資料も比較的多く集っています。彼の手紙や日記など難読ともいわれていますが、ともかくもその解読にやや年月を経てきました。それも館員としてのわたしの仕事のうちだったのですから。そんな手間ひまをかけているうちに偏屈者と煙たがられるこの男が次第に好きになってきました。世にいう京伝贔屓の馬琴嫌いもさることながら、それでも自分は馬琴の味方だとはっきり言えるようになりました。世に不評判の馬琴や定信に入れあげるこのわたし、これではどうでも臍まがりの、天の邪気のとうしろ指さされても致し方もあるまいと、ついわれながらに苦笑されてしまいます。

十数年前からはじめている天理図書館善本叢書に花月日記の所収を望む声早くからあり、編集部にもその案は何度か出たのですが、何分にも大部に過ぎ、処置のしようもなくて延びのびになっていたのを、いよいよ最終期に伊藤仁斎日記と取合せ、せめてその最初の一年分だけでも、ということになったのです。その編集の仕事中のことでしたか、花月日記文化九年最初一頁分複写の解読が今年の京都大学国文科大学院の入学試験問題に出たそうです。わたしの出講している女子大の受験生からの報告でそのことを知りました。当人実は近世文学専攻なのに、大方はその読みが下らなかったそうで、幸い無事入学できたからよかったものの、指導の立場にあった自分として大変申しわけなく、恥じ入った次第でありました。折角複製しても読んでもらえなくては――。善本叢書馬琴書翰集の場合、複製とは別に天理図書館蔵全馬琴書翰の翻刻を別冊として付けましたが、花月ではその量の点からもそうはいきません。そこで、自分の定年引退ということに兼ねあわせ、善本叢書とはかかわりなく、例の私版で、と思いついたわけです。初年度の文化九年は四月六日から起筆、とすれば定信一年のその折りおりを知るには一―三月分が足りません。で、翌文化十年分をも含めることにしました。花月日記そのものについては善本叢書に京都大学日野龍夫先生の詳しい解題があります。更に又、本書解読のためには浴恩園真景図二巻が何よりの手引きでしょうがこれは何分大巻で、わずかに一葉の口絵でその俤を偲んでもらうしかありません。その他谷文晁描くところの画図もあるが、破損があまりにも激しく、到底使用に堪えません。浴恩園は後に焼失したのですが、旧臣某往時を偲び、天保十三年にその旧態を描いた一面の画作あり、これをもって園のおよそを示すことにしました。しかしあまりに大画面に過ぎ、到底説明文字までも明瞭に出す方法もなく、ようやくその図形を示すにとどめることに終ってしまいました。そこで、定信自筆の浴恩園仮名記を付載してせめてもの補いとすることにしました。なお、浴恩園を営んだ築地あたりの地図を、文化十年須原屋茂兵衛版分間江戸大絵図から分載しておきました。

この日記は後になるほど面白くなっていくのですが、文化十一年以降分については現在何の予定も持っていません。このわずか二年分の日記で果してどれほどの定信好きが新しく生れるか、逆にかえって定信嫌いを助長するかなど考えたこともなく、ただ吾が好む所に従ったまでのこと。

最後になってしまいましたが、貴重な資料の数々の使用を御許し下さった天理図書館のいつもながらの御好意、この本作りの一切に面倒をみて下さった善本叢書室の岡嶌偉久子さんをはじめ皆さん、日記解読についての調べごとに一々力を借して下さった大阪樟蔭女子大学図書館の津田康子さんをはじめ皆さんの御友情に対し、篤く御礼申しあげます。勿論、善本叢書からの口絵の転載を許して下さったその編集部へも。

餘 二 稿 八

昭和六十一年三月二十四日

木村 三 四 吾 編 校